车家智 著
TIAN LÜ XIN CHENG

旅心程

时代出版传媒股份有限公司
安徽文艺出版社

图书在版编目（CIP）数据

天旅心程/车家智著.—合肥：安徽文艺出版社,2023.10
ISBN 978-7-5396-7755-2

Ⅰ.①天… Ⅱ.①车… Ⅲ.①幻想小说－中国－当代
Ⅳ.①I247.5

中国国家版本馆 CIP 数据核字(2023)第 070942 号

出 版 人：姚　巍
责任编辑：胡　莉　　　　　　装帧设计：熙宇文化

出版发行：安徽文艺出版社　　www.awpub.com
地　　址：合肥市翡翠路 1118 号　　邮政编码：230071
营 销 部：(0551)63533889
印　　制：合肥创新印务有限公司　　(0551)64391446

开本：700×1000　1/16　印张：17.75　字数：238 千字
版次：2023 年 10 月第 1 版
印次：2023 年 10 月第 1 次印刷
定价：58.00 元

(如发现印装质量问题，影响阅读，请与出版社联系调换)
版权所有，侵权必究

目 录

引子 / 001

1. 我被飞碟带往天帝星球 / 003
2. 我受到天帝星球人类盛大欢迎 / 010
3. 我上了外星人培训学校 / 015
4. 我选娶了一位妙龄女郎 / 023
5. 听伍神博士讲课 / 027
6. 天帝宫和人类历史博物馆 / 031
7. 拜谒地球人祖先的灵庙 / 038
8. 到野人山探望人类志愿者 / 042
9. 科政一体化——天帝星球奇特的管理体制 / 048
10. 天帝终于来了 / 054
11. 人类是精灵也是魔鬼 / 059
12. 动物的天堂万兽山 / 062
13. 惊心动魄的恐龙摔跤表演 / 065
14. 麒麟之舞、百鸟和鸣撼人心魄 / 070
15. 捕杀野牛的机器人大黄蜂 / 074

16. 天帝星球的体育活动 / 078

17. 歌舞比赛中的机器人表演 / 083

18. 大型无人钢铁联合企业 / 088

19. 无人钢铁冶炼厂——几条封闭的玻璃管道 / 093

20. 树大米和树小麦 / 097

21. 面包果树和奶果树 / 101

22. 中洲畜牧场 / 107

23. 人造肉工厂 / 113

24. 中洲蔬菜基地 / 117

25. 海底戏鱼 / 124

26. 海洋捕鱼 / 129

27. 机器人老婆 / 134

28. 牛头山的浪漫旅游 / 138

29. 牛头山遇险 / 147

30. 地狱岛——恐怖的世界（1）/ 152

31. 地狱岛——恐怖的世界（2）/ 155

32. 我妻子玉妃不见了 / 158

33. 做蓝云丈夫的荣耀 / 163

34. 陆仙教授的人类社会学理论 / 166

35. 我见到了亲人（1）/ 172

36. 我见到了亲人（2）/ 181

37. 神奇的人脑刻录机 / 185

38. 看望蓝云的儿子 / 189

39. 我找到了我的奶奶 / 193

40. 抢救长立 / 198

41. 再见，木里 / 201

42. 我被派往遥远的星球执行任务 / 205

43. 陆仙关于宇宙星球生命的理论 / 208

44. 北土国大王 / 214

45. 南土国大王 / 221

46. "惩罚行动"立见成效 / 226

47. 第二次执行任务 / 230

48. 通天塔和穿地洞 / 239

49. 魔鬼的星球 / 245

50. 戴防毒面具的人类 / 250

51. 天帝下决心消灭魔鬼 / 265

52. 我和妻子意外重逢 / 269

53. 带着遗憾身死故乡 / 273

引　子

　　某年秋天的一个黄昏，昆仑山上天气晴朗，万里无云。有一个牧人无意中把目光投向深远的长空，发现一颗白色的亮点飘飘忽忽地在霞光中飞行，像流星却比流星慢，像飞机却比飞机高。牧人只当是一架普通的人造飞行物，没有在意。但事后他惊讶地得知，这是一架来自遥远星球的飞碟。飞碟在昆仑山上降落，带走了一位八十四岁的老人。

　　消息很快传开。人们通过网络搜索，得知老人名叫田永生，是一位退休的大学教授，著名的人类历史学家，著作等身，名扬四海。退休后他到处旅游，这天恰巧来到昆仑山上，遇上了外星球的飞碟。

　　谁也不知道这架飞碟来自哪个星球，更不知道老人被带到了什么地方，将有怎样的遭遇。为此国际有关组织召开了紧急会议，研究得出三条结论：一、飞碟的出现证明外星球智慧生物（智人）确实存在；二、外星球智慧生物的科技水平已经高于地球人类；三、本星球已经处在外星球智慧生物的观察和觊觎之中。

　　各地各部门迅即做好了准备，应对下一架飞碟的到来。但奇怪的是，此后三百多年，虽然几次发现天空中有疑似飞碟飘过，却没有一架降落地面，更没有听说和某人接触，带走某人某物，地球也没有受到外星球智慧生物的侵扰。当年那个被飞碟带走的田永生教授始终不知去向。年代久了，人们甚至怀疑事件的真实性。再后来，这一宗疑案被人们抛到了脑后。

终于有一天,一位穿着前朝衣冠、杵着荆杖的中年男人出现在昆仑山上。最先见到他的也是一位牧人,是早年目睹飞碟造访地球的那位牧人的第十二代孙。这位牧人说:"当时一架飞碟停在昆仑山顶,里面走出一个人,一头黑发,一把黑胡子,身体强健,目光有神,看样子只有三四十岁。他出来后向飞碟挥了挥手,飞碟就飞走了。"

牧人说:"那位中年男人径直朝我走来,自我介绍说,他本来是地球上的人,名叫田永生,八十四岁时乘飞碟离去,至今已有三百多年了。中年男人询问了地球的现状和人类的生活。我告诉他,地球已不是三百年前的那个地球,人类也不是以前那个人类。十年前,地球人类发生了第三次世界大战,人口已所剩无几。幸存者栖身在山洞里,过着原始的生活。"中年男人听后大为震惊,脸上顿时失去了颜色。他默然良久,然后杵着荆杖踉踉跄跄地走下山去。

几个月后,牧人再次见到中年男人,发现他已经变得苍老了。头发和胡须由黑变白,脸上爬满皱纹,身体已经佝偻,成了一位名副其实的八十多岁的老人。只见他十分艰难地攀上山顶,坐在岩石上仰望着天空,像石头一样一动不动,眼睛里充满着失落和悲伤。他好像在等待飞碟的到来,带他离开地球,但是飞碟再也没有出现。

老人最终死在山顶上,牧人把他的遗体埋葬好,垒起了一座坟茔。随他入墓的还有他的荆杖、包裹以及一只无法打开的铁箱。此后多年,除偶尔有人前来凭吊之外,墓前杳无人迹。

一天,一位作家来到这里,在老人的坟头郑重地燃上一炷香,磕了三个头,以示对老人的怀念和敬重。这位作家从此得了耳鸣的毛病,每当深夜,他的耳朵里就有一种奇怪的声音,像一位老人在絮絮叨叨地说话。初听似觉荒唐,细听甚觉有趣。原来就是那个叫田永生的老人在说话,讲他在太空三百多年的生活经历。下面就是老人讲话的全文。

1. 我被飞碟带往天帝星球

作家先生,感谢您不远万里来祭奠我,说明地球上还有知道我的人。在我看来,您是我在这个星球上唯一的知己了。既然是知己,我想对您说说心里话。

我是从遥远的天帝星球回来的。您可能知道,我离开地球的时候已经八十四岁,正值垂暮之年,是天帝星球高度发达的生物(医疗)科学使我返老还童,长生不死。三百多年来,我一直在天帝星球幸福地生活和工作着。此次回到地球,一方面是思念我的故乡和亲人,另一方面也负有特殊使命。天帝对我说:"你出生的那个地球正处在危难之中。我派你去拯救地球,拯救那里的人类。"

我回来后,对地球和人类的现状进行了详细的考察,一切都出乎我的意料。三百多年来人类对地球的过度开发、无节制的索取,造成土地、海洋和空气重度污染,自然生态失衡,灾害不断。各种人造激素、基因技术和脑机结合技术的滥用,使得地球上的生物畸形发展,植物不像植物,动物不像动物,人类不像人类。更严重的是第三次世界大战爆发,人类几乎灭绝,地球面目全非,这使我十分痛心。我找不到祖国,找不到故乡,找不到亲人,没有了精神寄托,难以完成拯救地球、拯救人类的使命,并且觉得此举已毫无意义,因此我的心死了,人也随之衰老死亡了。

这些日子,我的肉体虽然躺在坟墓里,但我的灵魂在地球上游荡,在昆仑山上徘徊,久久不忍离去。因为这是生我养我的星球,是埋葬我祖辈骸骨的土地，我爱它爱得太深了。我的悲伤和绝望到了极点。我决定离去，把我的骸骨归还给地球，因为它属于这个星球；把我的灵魂带走，回到天帝身边去，回到那个没有战争、没有污染、没有疾病和死亡，只有香花和甜果，只有美食和佳酿，只有友谊和欢乐的天堂上去了。

作家先生，地球人类对我田永生乘飞碟离开，在天帝身边生活三百多年的故事有许多不同的传说，但是没有一种与事实相符，在我的灵魂离开之前，且把真实的情况告诉您吧。

正如人们所了解的，我曾经是个大学教授，研究人类历史，写了几十本书，在人世间有了一些虚名。我六十一岁时，老伴去世，一儿一女各自成家。我身体尚健，退休后就当了一名旅游者。我游过世界上许多名山大川，到过各国最美丽的风景胜地，但我最喜欢、最经常来的还是昆仑山。二十三年旅游生涯，我一共来昆仑山九次，觉得昆仑山是个神秘又神圣的地方，是与天帝最近的地方。据民间传说，天帝曾经来过昆仑山，黄帝得道也从昆仑山升天，西王母更是常住昆仑山。因此每当我到了昆仑山，就会有一种异常的心灵感应，精力充沛，灵魂升华。我认为昆仑山与日月星辰离得最近，与神仙圣贤相与更亲。站在昆仑山之巅，放眼宇宙，心寄苍茫，我能感觉到地球的律动，听到宇宙的呼吸。我的心灵能与天地合一，与天帝相通。

那天黄昏，我像往常一样，一个人静静地坐在昆仑山顶峰的巨石之上。此时我的头脑格外清醒，精神异常亢奋。我左手搭着行李包裹，右手扶着弯柄荆杖，老花眼镜挂在胸前，苍老的眼睛望着天空。虽然天色向晚，我还是恋恋不舍不忍离去，好像等待着什么似的。此时晚霞绚丽，天地一色。昆仑山高峰的瑞雪被霞光照射得更加雄奇壮丽，光彩夺目。看着眼前变幻莫测的自然景象，感觉脚下腾空飞旋的小小地球，想到天帝老爷的匠心独运、鬼斧神工，我不禁心潮澎湃，如痴如狂，我情不自禁地站起身来，向着宇宙苍穹大声地呼喊：

"天帝呀,您什么时候缔造了宇宙星辰?用什么方法缔造了世间万物?我田永生仅是这个小小星球上的一个生物,今年已经八十四岁了,发白齿稀,来日无多。但我不是一只朝生暮死的虫豸,不是一具吃喝拉撒的行尸走肉。我有思想、有灵魂、有欲望、有祈求。天帝呀,您给我的生命太短暂了。我不想像流星一样匆匆地飞过,不想像蝼蚁一样糊涂地死去。在这短短的八十四年里,我一直在思考,在求索。'朝闻道,夕死可矣。'我要知道宇宙之奥秘,要了解生命之真谛,要探讨人生之价值,要寻找万物苍生阴阳变化、盛衰交替的大道至理。我现在很想见到您,得到您的教诲和启示。万能的天帝呀,您能满足我这个小小生灵的祈求吗?……"

当时风住人静,万籁俱寂,我的声音在宇宙中传得很远很远,并且越来越响,像电波回荡,像惊雷滚动。

突然,我觉得脚下的昆仑山颤抖了几下,天空中的云朵闪动了几下。此时太阳已经下山,大地暗了下来,天空仍然瓦蓝瓦蓝,天高云淡,清澈辽远。我忽然看到天际那遥远幽深的地方,有一个星星一样的亮点向我飞来。那个亮点由小变大,在天空中飘飘荡荡,起初像一只白色的小鸟,又像一只轻扬的风筝,后来它变成了一个锃亮的转盘,越飞越近了。那是一只飞碟,一只我从未见过的从遥远宇宙飞来的飞碟。这只飞碟在我头顶几百米的高处盘旋了几分钟,像是犹豫不定的样子。最后它选定了一个地方,飘落下来,停在昆仑山的山脊上。

飞碟很大,形状像一顶草帽。帽檐是旋转的转盘,帽顶像一座城堡。飞碟停下之后,从里面钻出四个人,一律穿黑色的紧身衣服。他们从四面慢慢向我靠近,像是怕我畏惧逃跑似的。我并不畏惧,只是好奇。飞碟这么近停在我的面前,是来找我的吗?我想一定是因我大声叫喊,才招致飞碟的到来。我坐在岩石上一动不动,看看来人怎么对待我。他们一定是来自天空中另一个神秘世界,可能就是来自天帝的身边。

四个人走近了,其中一个头戴耳幔的人问我:

"是您向空中叫喊的?"

我点点头。

"您要见天帝?"

"是的。"我毫不含糊地说。

"那很好。我们都是天帝的子孙。"戴耳幔的黑衣人说,"现在我考一考您:您知道天帝的名字吗?"

"天帝叫玄元,字太极,号上苍。"我大声回答。记得古人在书上说过。

"说得对。"那人说,"看来我们找对了人。我们带您去见天帝,好不好?"

"你们带我去见天帝?"我惊喜地重复道。

"当然。"戴耳幔的人说,"我们来自天帝星球,来自天帝身边。我们按照天帝的指示行事。"戴耳幔的人态度很和蔼,"您愿意跟我们走吗?"

"我愿意!"我兴奋地站了起来。

"那就走吧!"戴耳幔的人向我一招手。

我背上行李,提着荆杖,毅然向飞碟走去。我相信他们不是坏人,不想谋害一个垂暮老人。他们一定是天帝派来的。如果能够带我去见天帝,那是梦想不到的好事,就是凶多吉少我也心甘情愿。我活了八十四年,正等着这一天哩!

我走近飞碟。从远处看,飞碟的转盘好像落在地面上,走近之后才发现,原来转盘由四根铁杆支撑着,离地面两米多高,其中一根铁杆上挂着一个悬梯。在黑衣人的指引下,我背好行李,插好荆杖,顺着悬梯爬了上去。飞碟有三层,下层是巨大的电机室,中层是飞行控制室。我爬到上层,那里有一个宽敞的客厅,四周有柔软的沙发,中间摆着各种仪器。仪器上方有大屏幕电视,屏幕里面显示着地球各个角度的画面。客厅四周的上方是四面很大的玻璃窗,从窗口可以看到外面的星空。

戴耳幔的黑衣人让我在沙发上坐下,他自己则坐在我的斜对面。其他三个黑衣人不见了,可能留在第二层飞行控制室里。我听到机器启动的细小柔和的声音,沙沙作响。在电视屏幕上,我看到飞碟离开了地面,悬梯和四根铁杆自动收起。开始,我感到一股巨大的压力,自上而下,好像要把我压成肉饼,但瞬间压力消失,身体立刻变得轻飘飘的,仿佛一下子坠落水底,然后迅速浮了上来。我连忙抓住沙发的扶手,发现飞碟的速度极快,眼前的荧光屏上,地球迅速后退,越来越小,越来越远。无数繁星的夜空出现在荧光屏上,地球成了宇宙中的一颗极小的普通的星星,最后消失不见了。从窗口朝外看,近处的星星像路灯一样闪过,远处的星星在旋转飘移,太空中各种星球大小各异,五彩缤纷,背景却是一片黑暗。

我就这样被飞碟带走了,我知道我永远离开了我的故乡——地球。那一刻我突然有了留恋的感情,但很快就过去了。

"先生,怎么称呼您?"我问戴耳幔的黑衣人。

我这才看清,对方三十来岁,一米八几的个子,身材健美,皮肤呈米白色,头发、眼睛是黑色,面目端庄清秀。我心里想,地球人一直认为太空人长相丑陋,大脑袋、大眼睛、小鼻子、小下巴、短肢细腿,其实这是误解。经书上说,天帝按照自己的模样缔造了人类。虽然天帝星球与地球相隔很远,长期阻隔,但彼此的差别仍然不大。而且从几个黑衣人的长相来看,天帝星球人类比地球人类长得高大、英俊些。相比之下,地球人类则显得有些"土气"。

戴耳幔的黑衣人看了看我,回答:"我叫启望。"

"我叫田永生。"我说。

启望看看我的白发银须,问:"您多大年纪?"

"八十四岁。"我回答。

"八十四岁?也就是说,您出生后,你们的地球才绕你们的太阳八十四周?"启望说。

"是的,才八十四周。"我不无自嘲。

1. 我被飞碟带往天帝星球

"就把您'绕'成这个样子了?"启望笑着说。

我听出他的口气,就说:"您看我很老了吧?"

"外表是老些。"启望点头说,"但年龄上不算老。在天帝星球,您还是个孩子哩!"

我很吃惊,想起"天上方一日,世上已千年"的古话,我问启望:"先生三十多岁吧?"

"我已经三千多岁了。"启望说。

"开玩笑。"我自语,觉得年轻人说话不够诚实。

不料启望听到了我的话,他认真地说:"是三千多岁,不是和您开玩笑。"

"如果您三千多岁,像您这样的身体状况,岂不要活一万多岁?"我问他。

"这不奇怪。在天帝星球,人活一万岁、几万岁都很正常。如果您想活,就一直活下去,永远不会死的。"启望平淡地说。

不像是开玩笑,我暗暗纳罕,这是真的吗?但由于初次见面,不便多问。

启望说:"我们是天帝星球派驻你们地球的大使,每隔六十年来地球一次。我们早就观察到您了。您是个旅行者,经常上昆仑山。这次我们根据您的要求,决定把您作为地球人的活标本,带到天帝星球去例行检查,您不介意吧?"

"很乐意!"我说。

"您要很好地配合。"启望说,"天帝星球很远很远的,离你们地球一百八十五万光年。所以我们称你们的地球为'0185'。我们不带您去,您是去不了的。此次旅行,您要有长期的打算,也许不能回来了。"

我说:"我已经老了,就是在地球上也活不了几年,与其埋骨地球,倒不如去见见天帝,就是死了,也死在天帝的身边。"

启望笑了，他说："您有这种思想准备很好。"

这时从二层上来一个黑衣人，手里托着一个盘子，里面是些医疗器械。启望对我说："您要抽一滴血，检查一下身体。"

我点点头。

那个黑衣人在我的耳朵上采了一滴血，转身下到二层。过了一会儿，那人复上来。启望摘下耳幔，和那人说了几句我听不懂的话。然后启望重新戴上耳幔对我说："您的身体里有多种疾病，高血压、高血脂、高血糖，轻微的心梗、脑梗，心脏和肺功能都很弱——处于衰老的状态，说明您在地球上确实已经进入了暮年。为了保证您能顺利到达天帝星球，我们的医生要让您吃几粒药丸，给您注射一针药剂，帮助您增强活力，战胜衰老，同时还要让您长时间休眠，保证您在旅途中不会出现健康问题。"他强调，"尽管我们用宇宙终极速度（超过光速十万倍）飞行，但是飞行一百八十五万光年的距离，也需要十八年之久，我们怕您的生命坚持不到那个时候。"

我点头说："好，我同意吃药、注射。请你们务必让我活到那个时候。"

医生给了我两颗白色的药丸，让我就着温水吞下肚去，接着给我进行了静脉注射，过了一会儿，我就昏昏睡去，此后的事情就不知道了。后来他们告诉我，启望和医生把我装进一个长方形的箱子里，盖上盖，上面写上几个字："0185 地球人类标本（活体）。"为了防止在失重情况下箱子浮动，他们把箱子固定了起来。

我就是这样乘着飞碟高速飞向天帝星球，飞到了天帝的身边。

2. 我受到天帝星球人类盛大欢迎

经过十八年的飞行,我们终于到达了天帝星球。

我到达的那天,天帝星球的居民沸腾了。据说迎接外星球的来人,从没有那么热闹过。我后来翻看新闻报道和录像资料得知,天帝星球的居民听说远在一百八十五万光年的地球人即将到来,兴奋不已。男男女女从屋子里、树林里走出来,聚集在广场、公园和旷野之中,他们手持高倍望远镜,仰望天空,焦急地等待着我的降临。

天帝星球是天帝居住的星球,也是人类的诞生地和大本营。天帝在这里主宰着茫茫宇宙,管理着空间万物。

早在几年前,飞碟上的信号就发回到天帝星球。为迎接远方的客人,天帝星球科学研究院院长洪圣博士召开了星球科学家联席会议,研究接人方案。像这种迎接外星人的会议每年都要召开几次,已经不足为奇。尽管如此,科学家们还是极为慎重,精心安排。洪圣博士是天帝星球的泰斗级科学家,也是天帝星球最高行政领导人。他看起来只有四十多岁,方脸上留着稀疏的络腮胡子,飘飘然有神仙之态。知情人说,他至少已有三十万岁了。天帝星球已经解决了生老病死的问题,人人得以长生,所以几十万岁算不上什么,他们都像年轻人一样朝气蓬勃地生活着,很少有人考虑老死方面的问题。

科学家联席会议结束后,由科学研究院女科学家兼发言人蓝云博士发表电视讲话,宣布重大消息。蓝云看起来三十几岁,真实年龄无须赘叙,她是一个面目端庄、仪态大方、美丽娴雅的女士。蓝云在电视上说:"天帝星球的居民们,离我们一百八十五万光年的0185号星球人类活标本,已由我们的宇宙飞碟运载回来,马上就要到了。0185号星球人类是天帝在三百万年前派去繁衍人类的两对志愿者伏羲氏和女娲、亚当和夏娃的后裔。直到现在,他们的体形、相貌(据传回来的照片)与我们天帝星球人类基本无异。他们是我们的血脉亲人,是天帝的子孙。我们热切地欢迎0185号星球人的到来。"蓝云的讲话被海潮般的欢呼声淹没。天帝星球人类向来对来自遥远的星球人类十分亲切热情,这次更是如痴如狂,像是等到了盛大的喜庆节日。

蓝云说:"毕竟0185离我们很远,相隔时间太长,我们对那里的情况不是完全掌握,所以,0185的活标本到来后,我们需要对他进行一段时间的隔离,要对他的身体进行检查,如果他有疾病,要为他治疗,让他康复;为了让他尽快融入天帝星球人类的生活,我们还要对他进行必要的教育和培训。这些都需要时间,希望大家不要着急。"

蓝云宣布后,立刻从全球发来无数条信息,强烈要求尽快见到0185号星球人。蓝云代表科学院表态说:"为了满足大家的好奇心,我们将尽快安排0185号星球人与大家见面。我们将在电视上定期公布对0185号星球人身体检查的情况,公布对他的科学研究成果,但愿大家的热情不会影响科学院的工作。"

蓝云说话后约一个小时,肉眼就可以看到从遥远星球飞来的飞碟了。人们欢呼雀跃,挥舞着七彩旗向飞碟降落的地方拥去。许多人站在街头的电子大屏幕前,更多的人低头盯着自己的电脑或者手表(具有计算机和手机功能),观看电视台的现场直播。而那些被称为"外星迷"的少年儿童,则扑扇着他们的小天使翅膀,像鸟儿一样向空中飞去,围绕着即将降落的飞碟不停地旋转。

飞碟盘旋而下,降落在天帝星球最大的城市——神仙台市天帝中心广场。在那里，早已布置了几百名维持秩序的警察。他们在广场中心画了一千平方米的地方，不让人们靠近。警察则在四周围起了人墙。飞碟冉冉降落，准确而平稳地落在指定的场地。四根铁杆放下，启望他们沿着悬梯走了下来。人们热烈鼓掌欢呼。启望等四名司乘人员的女友，都扑上去与她们的爱人热烈地拥抱、激动地接吻，他们分别五十多年了。

洪圣博士带领科学家们走了过来，与启望等人亲切握手，祝贺他们顺利归来。跟在洪圣博士和科学家们身后的是一群医护和各方面的技术人员。他们七手八脚地把装着我的那个长木箱子吊了下来，消毒人员对木箱进行消毒。配有消毒剂的白色液体把木箱冲洗几遍，木箱被装进玻璃柜，抬上了救护车，救护车呼啸着向神仙台市中心医院开去。人们有些失望，他们没有看到地球人什么样子。洪圣博士表态："如果顺利，一个月之后让大家看到0185号星球人。"

人们耐心地等待着，觉得时间特别漫长。在神仙台市中心医院急救中心，医务人员和科学家夜以继日地紧张工作。首先必须让进入休眠状态的我复苏，接着要解决我一旦复苏后，人体器官迅速老化衰竭的问题。以地球上的年龄计算，我现在已经一百多岁了。好在天帝星球的生命科学和医疗科学十分先进，只要标本还有生命体征，这个问题不难解决，只是在操作上要特别细心，防止发生意外。科学家给我的静脉血管先后输入了抗老化、抗衰竭、增强细胞活力的药物，并注入一种恢复脑功能、增强记忆的药物。同时，他们还向我的血管里输入足量的益生细菌，以杀死有害细菌，改善体内细菌菌群。另外他们将几十万个纳米级机器人注入血管，这种机器人只有在显微镜下才能看到。它们在我的血管里清扫垃圾，疏通管道，摘除微小的病灶，对坏死的组织进行修复。我的身上插满了管子，一动也不能动。输入人体内的感光液，随着血液流入各个脏器，将我身上各个器官、各个组织照得通体透亮，使我成了一个透明的人。全身各器官的生理功能、生物学方面的各种参数都被记入电脑，都在密切观察和调理之中。我在旅途中已经沉睡了十八年，现在还要继续沉睡一个月时间。

一个月后，我顺利苏醒，脸色有了红润，身体恢复到正常状态，各个器官开始运转，一切感觉良好。我像做了一场梦，从病床上爬起来。洪圣博士和科学家们这才放下心来。大家好奇地打量着我这位既面熟又陌生的地球人。

待我的身体允许，医生帮我穿好衣服，把我搀进一个玻璃柜里，让我躺在椅子上休息。这个玻璃柜从外面可以看到里面，里面却不能看到外面，这样安排是为了不让我感到尴尬。玻璃柜下面有四个轮子，我被推进了一个宽敞的大厅。此时大厅里早已站满了等待参观的人。我被推进大厅后，受到人们的热烈欢迎，掌声雷动，经久不息。参观的人川流不息，排着队围绕着玻璃柜行进，近距离地观察我这个地球人活标本。一连十多天，每天四个小时。我的眼睛看不见玻璃柜外面，耳朵也听不到喧嚣的声音。我坐在玻璃柜里休息，接受着成千上万人近距离的观察。同时影像数据通过无线电信号传输出去，远在几亿公里以外的天帝星球居民都能看到。

与此同时，我每天接受各种检查，既有肉体方面的，也有精神方面的，仪器显示我身体各个器官的功能是否恢复，精神状态是否正常。我企图和人们交流，但没有人能听懂我的话。我的话只有启望能听懂，但启望不在身边。自从来到天帝星球，我就没有见到过启望。后来我才知道，启望和他的女朋友度假去了。

为什么启望能听懂我的话，启望的话我也能听懂？其关键就在启望戴的那个耳幔。启望的耳幔是一个功能强大的计算机，它能翻译各种复杂的语言。启望多次到0185号星球，他搜集和输入了几十种地球人语言，并把它们翻译成天帝星球的语言，又把天帝星球的语言翻译成地球人类的各种语言。他甚至能够翻译0185号星球上多种动物的语言，并能模拟动物的声音,从而与动物交流。启望走后,把耳幔存在神仙台市语言研究所。语言研究所与计算机研究所通力合作,很快复制成了一批专门用于和0185号星球人类交流的耳幔。于是人们就能和我交流了。

我的形象通过视频传到天帝星球的每一个角落。人们对这个白头发、白胡子的地球人极为好奇,却很不习惯。在天帝星球,见不到长着白头发和白胡子的人,因为人们都很年轻。只有天帝本人留着白头发和白胡子,那是至高无上的象征,是尊贵、智慧和权威的标志。一个普通人留着白头发、白胡子,就像一个普通战士戴着元帅肩章,是不被允许的,除非这个人精神出了毛病。人们遗憾我这个地球人太老了,一致呼吁把我尽快弄得年轻些。

实际上,以洪圣博士为首的科学家们正在给我进行返老还童的治疗,只是这需要三年时间,急不得。科学家们首先把我身上的基因进行手术式的重组,修改了衰老基因的密码,同时定期往我的身上注射青春激素,增强细胞活力。这在地球上属于无法解决的尖端科学,但在天帝星球是很平常的技术。道理很简单:只要人体的衰老基因密码被删改,让人体的生长细胞强于衰老细胞,人体就会返老还童。反之,当衰老细胞强于生长细胞时,人体就会逐渐衰老以至死亡。如果生长细胞与衰老细胞保持平衡,则人体就会永远保持在某个年龄段不变。我一方面接受科学的物理重塑,另一方面又在科学家的指导下进行了体能锻炼。三年之后,我的头发和胡子由白变黑,掉落的牙齿重新生长,骨骼由疏松变得坚韧,浑浊的眼瞳变得清澈乌亮,腰杆挺直,脸上的老年斑消失,皱纹减少,皮肤变紧变嫩。最终一个八十多岁的垂暮老人,变成了并且定格为一位体格强健的三十岁青年。我刮了胡须,换上了天帝星球人类的服装,脱胎换骨地成为一个崭新的人了。

3. 我上了外星人培训学校

三年后,我恢复了青春活力,又掌握了天帝星球的语言,早已按捺不住激动的心情,要走出医院,参加工作,融入社会,享受生活。医院方面却通知我到外星人培训学校学习。

顾名思义,外星人培训学校专门对天帝星球以外的天体来人进行短期培训,目的是让他们了解天帝星球基本的社会制度、自然科学与社会科学的常识,以适应天帝星球的生活环境。

在办理出院手续时,医院方面为我出具了"婴儿出生证"和"天帝星球居民身份证",两证合一。有了这个证件,我就可以按周领到基本的生活费,享受与天帝星球人类工作、住房、医疗、教育、出行、娱乐等方面的同等待遇。我看了看"身份证",上面写着:"姓名,田永生,男,×年×月于神仙台市中心医院出生(来自0185号星球),从即日起成为天帝星球居民。"我对神仙台市中心医院为我恢复健康、恢复青春表示了深深的感谢。我提着从0185带来的显得有些古怪的荆杖、包裹,离开了医院。

凭着"身份证",我到神仙台市科学研究所领取一台手提电脑和一只手表。研究所告诉我:这是根据天帝星球科学研究院的通知安排的。手提电脑和手表是我学习和工作的工具,也是天帝星球居民的标配。

研究所还告诉我:手表必须一直戴着,须臾不可摘离。手表实际上是个微型电脑,功能十分强大。它不仅显示时间,还兼有计算、定位、体检、预测环境变化、记录日常活动、接收外界信息和处理日常事务等多项功能。手表的表面可以放大，触摸一下按钮，可以展开二十厘米见方的屏幕，便于阅读和书写。

研究所嘱咐我：天帝星球没有货币，我的基本生活费由神仙台市电脑中心发放，每周定期存储在我的手表电脑的钱包中，吃饭、购物时，用手表扫码支付，按照显示的金额，量入为出。

我告别研究所，以一个年轻人的体貌和步伐，在手表的导航下，独自前往外星人培训学校。

在前往学校之前，我要先看看天帝星球最大的都市神仙台市是个什么样子。神仙台市确实很大，街道纵横交错，长得看不到头。但楼房不太高，一般三四层，高的也只有七八层，但规划得十分整齐。道路宽阔，绿树掩映，像一座大花园。街上的商店不叫商店，叫商品展销馆，既卖商品，又是人们游览、休息的场所。你如果需要购买某种商品，看中了之后，可以当场购买，也可以下个订单，商品会送到你的住处。商品没有假冒伪劣的，不合适可以退货。大街上很少看到汽车、电车等交通工具，行人大都穿着滑轮鞋，每只鞋子下面有四个轮子，电力驱动，在地面滑行如飞。街道的上空有两道铁轨，一节节车厢在上面飞驰，那是城市轨道交通。由于车辆行在空中，不会扬起路上的灰尘，又是电力驱动，没有尾气排放，街上的空气十分干净清新。每节车厢四个座位，没有坐人时，它便静静地停在轻轨车站。

游览了几条街道，我便动身前往外星人培训学校。按照手表的提示，首先坐轻轨出城，到西北高铁站坐高铁。我走到轻轨车站，见那里停着一节车厢，便走了进去，按照操作说明，点了一下"西北高铁站"站名，车门自动关闭，电梯将车厢提升到空中，接上轨道后，以每小时一百码的速度飞速运行，中途不需停靠。到达地点后，车厢自动减速滑入岔道，在电梯的帮助下降至地面站台。我走出车厢，回看空中，一节接一节车厢在头顶如飞而过，互不影响。

在西北高铁站，我登上了高速列车，以每小时一千多公里的速度高速运行。听车上的人说，高铁是天帝星球短程交通工具，采用的是胶囊真空管磁悬浮技术，主要在各大洲内（五千公里左右的范围）运行。如果要到另外一个大洲，就要坐飞机。当然，在大洲范围内也可以坐飞机。如果经济允许，可以开私家直升机或租用直升机。直升机无人驾驶，只要在电脑上输入目的地，启动开关即可。天帝星球很少有私家汽车和出租车，因为直升机十分普及，比汽车方便快捷，且不存在堵车的问题。在短途，人们为了行动自由，常常背上小天使翅膀出行，想飞到哪儿就飞到哪儿。我一路上看到许多小天使在天上飞来飞去，像小蜜蜂似的，十分好玩。

外星人培训学校坐落在美丽的麒麟山下孔雀湖边。我出了车站，有一群教师和学员来迎接。为首的是一个皮肤稍黑、长着棕色头发的三十岁左右的青年，人称伍神博士，话不多，但态度热情诚恳。他看了看我的"身份证"，上下打量我一下，问：

"您就是0185？"

"是的。我叫田永生。"我说。

"0185和田永生都一样。"伍神笑了，露出雪白的牙齿说，"在我们这里，星球的名字就是人的名字，因为你们星球只来您一个。"

我坐上伍神的私家直升机到达学校。伍神帮助我做了入学登记，领取了住宿卡，并带我来到学员住宿区。

住宿区在一座竹林茂盛、鲜花纷披的小山边，这里有十几幢两层连体小楼。后面是麒麟山，前面是孔雀湖。山不高，湖不广，但小巧玲珑，环境优美。整个校区是一个大花园。我的宿舍在后面小山边，两层连体公寓。进门是客厅，有沙发、饭桌、洗漱间；卧室在楼上，有一张双人床、一个卫生间、一个储藏室。不像是学员宿舍，像是宾馆，我十分满意。伍神告诉我，学校分三个区：这是宿舍区，在中间；教学区在左边，从窗户可以看见教学大楼、实验室、体育场、艺术馆；右边是食品加工房、膳食区、消毒房、洗衣房和废弃物处理房。

伍神说:"学员不要自己做饭、洗衣,因为要集中处理污水。学员的任务是学习,卫生问题有专门的机器人来处理。"他指着床上的一套新衣说,"您换上学校统一服装。六点钟在学校食堂吃饭,七点钟在礼堂集合,参加新学员开学典礼和庆祝舞会。"

"我来得正巧。"我说。

"您是最后一个到校的。我们就等您了。"

我看看表,此时是下午四点钟。

伍神他们走后,我洗了澡,换上校服,休息了一会儿。六点钟我到食堂里用过自助餐,就到了学校大礼堂。

此时大礼堂已经到了不少人,都是近几年外星球来的新学员。学员们来自宇宙各个人居星球,都是像我一样乘飞碟过来的。由于各个星球距离有远有近,各人来到天帝星球的时间也不一样,远的在途中飞行了上百年的时间,近的也要十几年。不管远近,到天帝星球后,用三年时间养好身体,学会天帝星球语言,才能参加培训。天帝星球不定期培训外星球学员,学制三年。这个学校共有三个班级,每个班级五十人。今晚是一年级新学员开学典礼。

学员们聚到一起虽是陌生,却很亲切。虽然来自各个星球,相距遥远,但都是天帝的子民,彼此身上流着能够相互输送的同一种血液。大家相聚到一起,彼此都很珍惜相聚的缘分和友谊。

我早早地找一个椅子坐下,看着学员们陆续进来,有男有女,有高有矮,不同的肤色,但都能熟练地使用天帝星球的语言。

坐在我左边的学员是个黑人,黑黑的皮肤,卷卷的头发,说话时露出灿白的两排门牙。我们互相好奇地打量了一番。我先开了口:

"请问先生,怎么称呼您?"

"我叫木里。"

"哪个星球的?"

"0213。"木里羞涩地笑着。

"我叫田永生,0185。"

"你们离得近些。"木里说。

"比你近二十八万光年。"我点头。

坐在我右边的年轻人听到谈话,把头偏过来接话说:"我们更远。我来自0320号星球,叫长立。"

"啊!"我惊讶地说,"你比我远一百三十五万光年!"

"是啊。"长立是个白人,有着白白的皮肤、高高的鼻梁、淡蓝色的眼睛。

我问长立:"您在途中飞行多少年?"

"三十多年哪!"

"来的时候多大年纪?"

"七十三岁。"

"现在算是百岁老人了。"我笑道。

"我六十五岁离家,"木里插话,"现在也近百岁了。"

我说:"我当年八十四岁,途中飞行十八年,在天帝星球三年,算起来一百零五岁了。"

木里说:"在我们那个星球,没有人活过八十岁。"

"感谢天帝。"长立说,"我们不仅没有死,而且恢复了青春。"

"谁说不是?真是幸运。而且来到了天帝的身边。"木里深情地说。

学员们陆续进入。

我好奇地问长立:"你们那个星球是不是很寒冷?"

"是啊。"长立说,"全年大部分时间生活在冰雪里。"

我又问木里:"不用问,你们那个星球很热了?"

"不错。长年温度四十摄氏度左右。"木里摸摸头上卷曲的黑发。

"你们星球上人类肤色是不是差不多?"

"差不多。"俩人都点头。

我说:"我们那个星球有白人,也有黑人。我是黄种人。"

木里好奇地问:"同在一个星球,为什么肤色不同?"

"因为地理气候不同。"我说,"我们的星球围绕一个太阳旋转,南北两极寒冷,中间赤道炎热,温差很大。人类分居在不同的地区,时间久了,就形成了不同的肤色。"

"人类应该群居在一处呀,为什么要分居呢?"

"因为人口太多了。"我解释说,"我们的祖先早期群居在靠近赤道的地方,以狩猎和采集为生。由于人口的增长,食物不能满足需要,于是就追逐野兽,采集野果,四处迁徙,散落到星球各地。后来人类学会了种植和养殖,就在一个地方定居下来。几十万年以后,人类逐渐与当地的气候环境相适应,进化成了各种肤色和体貌。"

木里点点头,又问:"看起来您很有学问,是人类学家吧?"

"我是历史学教授。"

"我说呢。"木里问,"你们星球现在还是交通阻隔吗?"

"不了。"我说,"我们0185已经很发达了,有飞机,有高速铁路,人类相互来往很容易。将来我们星球的人类肤色将逐渐向黄色靠近,因为黄色皮肤代表气候温和。地球人类已学会改变生存环境,寒冷时开暖气,炎热时开冷气,或者去温暖的地方旅游、生活。这就为肤色的趋同创造了条件。体貌也会改变,比如那个御寒的大鼻子就没有必要了。但改变这一切也需要几十万年时间。"

长立问我:"你们那个星球海洋面积占多大比例?"

"百分之七十是海洋。"

"我们星球海洋面积没有这么大。"长立说,"海洋只占百分之四十。"

木里说:"我们海洋面积只占百分之三十。"

"海洋面积小,气候就一定干燥吧?"我说。

"是呀,"木里说,"气候干燥炎热。"

长立说:"我们那里干冷干冷的。"

我问:"你们的星球海洋面积一直是那么大吗?"

木里说:"不是。我们星球原先的海洋面积要大得多。"

"为什么减小了呢?"我问。

木里摇摇头:"不知道。"

长立说:"水面减小是星球逐渐老化的表现。"

"水面减小与星球老化有关系吗?"我问。

"当然。"长立说,"星球从气态到液态,再到固态,有一个逐步演变的过程。水体的大小,是星球兴衰的一个重要参考值。"

"您对这方面很有研究?"木里说。

"我是地理学家。"

"难怪。"我说,"看来能来天帝星球的,都是不简单的人物。"

我问木里:"您来之前从事什么工作?"

木里不好意思地笑了:"我是一个动物学家。"

"动物学家,也包括人类吧?"

"不包括人类。"木里说,"人类让你们去研究。"

我哈哈大笑。木里有些腼腆,但有时也很调皮,是个不错的青年。长立显得老成,有一种知识分子的严谨执着。我们很快感情融洽起来。

长立只关心他感兴趣的话题——星球地理。他问我:"你们地球有多少岁?"

我说:"据我们地球天体物理学家估计,四十多亿岁了。"

长立点点头说:"差不多是这个年龄。我们的星球已经六十多亿岁了。"

木里说:"我不知道我们的星球多少岁。"

长立对木里说:"根据您说的情况推断,我想你们的星球年龄不小于七十亿岁。"

木里点点头:"可能如你所说。"

长立对我说:"还是你们0185年轻,是个好星球。生活在你们星球是多么幸福。"

我说:"可是我们星球上的有些人却不这么想,他们总是想着往外星球移民,把大把的钱花在对外星球探测方面,却把自身所在的地球搞得乌七八糟,不加治理。"

长立不屑地笑了。他说:"宇宙无穷地大,星球无限量地多,以人类这点力量,能探测得了吗?"

木里说:"我也赞同这个理。那是在浪费金钱,浪费资源,自找烦恼。"

4. 我选娶了一位妙龄女郎

说话间,五十个学员到齐了。七点钟典礼开始,我看到讲台上站着三个人,经介绍,他们是洪圣博士、蓝云博士和伍神博士。洪圣博士亲自到场,说明星球领导对这期学员培训的重视。蓝云博士担任主持人,伍神博士是教授兼我们的班主任。

蓝云宣布:"天帝星球本期外星人培训班开学典礼现在开始。全体起立,齐唱《天帝之歌》。"

大家都站了起来,这时扩音器里响起一支优美的歌曲,但学员们大都不会唱,只是随着音乐哼起来。

歌毕,大家坐下,洪圣博士讲话。他说:"我们学校自成立以来,不定期地对外星人进行培训,至今坚持了二十几万年,办了八万多期。每届学员五十人,学制三年,在校学员一百五十人。这个学校是天帝星球唯一的外星人培训学校,由星球科学院直接管理,社会科学分院主办,天帝对学校特别重视和关心。"

洪圣说:"我们学校的宗旨是,传授天帝星球的社会科学和自然科学知识,讲授人类生存理念和社会生活准则,促进星球间人类的交流和融合。我们的学员毕业后,经过一段时间的生活体验,再回到他们原来的星球,担负着传播知识、改造人类的重大使命。"

洪圣的讲话在学员中间引起强烈的情绪波动和热烈的议论:"原来我们还不是天帝星球的永久居民?我们经过了百十年的太空航行,经受了生与死的磨难,终于来到了天帝身边,难道还要我们回去吗?我们不想回去,我们要求留在天帝星球!"学员们叫了起来,有的当场哭了。我也像被当头浇了一盆冷水,心中充满着失望和委屈。

对于这些情绪和议论,洪圣博士置若罔闻,无动于衷,他大概已经习惯了。每一期学员都是这样的,寻死觅活地要求留下来,但最后都必须服从天帝的安排。

洪圣博士按照自己的思路继续说:"在整个宇宙之中,我们已经在三万六千多个星球移居和繁衍了我们的人类,我们还密切关注着宇宙之中出现的新的人类宜居星球,一旦出现,我们将有计划地向该星球移民,从事繁衍人类的工作,让人类主宰那个星球,管理万物。"

洪圣继续说:"由于星球移民的时间不同,人类的智慧、技能、科学和社会发展进度难免存在着差异,有些星球人类科学技术已经相当发达,有些星球人类仍然处在蒙昧之中。对于后者,我们要派出志愿者去解惑,使人类尽快走向智慧、文明和秩序。要特别注意的是,还有的星球人类虽然科学技术有长足的进步,但社会发展走入歧途,发展下去,星球和人类都有自我毁灭的危险,我们要派出志愿者去拯救那里的人类。这些工作是我们天帝星球外星人培训学校工作的一部分,也是我们在座的每一个学员的神圣使命。"

洪圣最后说:"人类是宇宙的精灵,也是宇宙的主宰,我们要求每一个学员都要从宇宙人类发展的大局出发,好好学习,准备担负更加光荣的使命。"

洪圣讲话后没有掌声,学员们面面相觑,无话可说。

伍神博士作为本班教授和班主任接着讲话。他主要讲学校的一些规章制度,学员学习和生活方面的注意事项。在教学方面,伍神说:"外星人培训学校第一年学习人类社会历史,第二年学习星球物理和物质生产知识,第三年学习人类行为规范。每天上午上课,下午自习,第二天休息(天帝星球一天工作,一天休息)。除了上课、自习之外,学校会安排学员到社会上实地考察,参加实践活动。"

伍神讲话后,正好八点钟,蓝云博士宣布联欢舞会开始,随即与洪圣博士离去,伍神博士主持。

这时,礼堂一侧大门大开,一溜儿走进来五十名年龄在二十岁左右的年轻男女。男青年穿着蓝色的小翻领上衣、蓝色的裤子,式样有些像地球上的西服,只是领口和下摆的开衩小些,不打领带,显得很帅气。女青年则穿着景泰蓝式的白底蓝花短袖衬衫,下面是红褐条纹相间的裙子,有点像0185星球上的苗族服装,十分素雅、漂亮。根据伍神的安排,青年男女整齐地站到讲台上。我以为他们要表演什么,准备好好欣赏一番。

只听伍神说:"站在我们学员面前的,是神仙台市电子科技大学的学生,你们说,男学生帅不帅呀?"

女学员都说:"帅呀!"

伍神又问:"女学生美不美呀?"

男学员都说:"美呀!"

伍神说:"现在你们每一个学员都可以选择台上的一个学生,作为你的异性朋友。舞会之后,他或她,就是你的丈夫或妻子。今晚就是我们外星人培训学校学员和神仙台市电子科技大学学生的集体婚礼。"

他这样一说,大家喜出望外,情不自禁地欢呼起来。

这时,男女学生面向台下的学员,来来去去走着模特儿的步子,接受男女学员的选择。他们的腹部有个醒目的号码牌。伍神说:"你看中了谁,就高声报出对方的号码,这位学生便走下台来会你。"走了几圈之后,男学生被女学员选得一个不剩,女学生也被选得越来越少了。

我的眼睛简直不够使,看看这个美丽,看看那个漂亮,究竟选哪一个好,一时拿不定主意。看见台上的女学生不多了,我着急起来,心想这些女子都很漂亮,没有什么挑的,干脆眼一闭,心一横,点一个算了。正在想着,忽然眼前一亮,我看到了一个号码:85。这不是我的星球号码的尾数吗?就选这个吧。号码暗合,算是有缘吧。于是我选了85号。

85号走下了舞台,来到我面前,我一看,抑制不住地心跳。姑娘身材姣好,米白色的皮肤,乌黑的头发,面孔小巧精致,美丽动人。远看是美,近看更美。我心中顿时像灌满了蜜汁。

男女学生被选完,舞会开始了,欢乐的乐曲回荡在大厅里,男女青年翩翩起舞。我握着85号柔软的小手,又羞又怯,心旌荡漾,汇入舞者的洪流之中。

跳舞时,我与85号进行了交谈。85号自称玉妃,就读于神仙台市电子科技大学,并在校办工厂工作,亦工亦读。她说:"第一次参加这样的舞会,还被人选为妻子,简直羞死人了。但这是学校的安排,我只好服从。你们是遥远星球来的贵客,我们要好好服侍,不可怠慢。如果服侍不好,学校和工厂就会拆我们的骨头,扒我们的皮。"说着她妩媚地笑了。

我说:"不能说'服侍',我们是朋友,是夫妻,应该互相照顾。"

玉妃说:"如果您对我不满意,可以换一个,一点不要为难。"

我把玉妃抱紧,说:"满意满意!有了你——我的玉妃,田永生此生足矣!"

晚上,我与玉妃第一次同床共枕,心情十分忐忑。自从六十一岁时老伴去世,我独自生活了二十多年,加之年事已高,心思又移到了旅游上面,几十年来,没有了爱情方面的想头,也没有情欲的感觉。到了天帝星球后,经过返老还童的改变,我逐渐恢复了青春的活力,情的渴望和性的冲动已非一日。平时看到天帝星球的美女们,虽然心痒难抑,却不敢有非分之想。没想到校方成人之美,给了我这么个美女娇娃。玉妃皮肤雪白娇嫩,浑身魅力无限,床笫之事尤为让我称心如意。我乐不思蜀,大发再生之叹。此时此刻,我切实感觉到自己是个货真价实的年轻人,是个雄壮有力的男人了。

5. 听伍神博士讲课

第二天早晨我们出门散步，发现黑人木里和白人长立就住我的左右隔壁。木里的夫人叫金妃，长立的夫人叫银妃。金妃、银妃和玉妃都熟悉，她们是电子科技大学的同学，又在一个校办工厂工作。三对夫妻在空气清新、环境优美的孔雀湖边散步，自有一番情趣。散步之后，三位夫人回学校去了，我和木里、长立则到食堂里用餐。

上课在一个梯形教室里，半圆形的座椅围着一个讲台，讲台正中挂着大屏幕，下面放着电脑及音响设备，大厅顶上悬着各式吊灯。这是学校一年级教室，里面宽宽松松地摆着五十个座位，坐着五十个人，一个不多一个不少，可见校方的工作精细到位。

学员们虽然都是天帝的子民，但由于来自遥远的星球，生存环境不同，身材、肤色、头发、相貌也各有差异，总的都是圆圆脑袋顶在上部，眼睛、嘴巴、鼻子等五官配在前面，两条胳膊分垂在两个肩膀下面，一双长腿直立行走，两只又大又稳的脚。每个人都长着长长的厚厚的头发，有的溜直，有的卷曲，有的柔顺，有的杂毛横生，颜色是黑、红、灰、黄、紫、褐、白，色彩缤纷。直立行走、圆脑袋、五官向前、长发披肩，是人类区别于其他动物的显著标志。

我注意到，生活在天帝星球的教职员工，身高都在两米左右，皮肤以米黄色为基色，有稍黑稍白的差异；头发以乌黑、金黄、银灰色为主，也有其他颜色，是自然天成还是人为焗染，一时不好问究。

正说着闲话,伍神博士走上讲台,宣布开课。

伍神博士是人类历史学教授,天帝星球人类社会科学研究院院士,在天帝星球有着很高的声誉和地位。正因为这样,他被指派担任外星人培训学校负责人并兼职教授。这个学校只有三名兼职教授。一年级是伍神,二年级是蓝云,三年级是陆仙。

伍神按动电钮,大屏幕上出现他本人讲课的画面。整个课程都是事先录制好的,伍神只坐在一边观察大家的反应。伍神说:"如果学员有疑问,即可举手,讲课随时停止,由本人现场回答问题,与大家共同讨论;如果学员没有听懂、没有听清,也可以举手,电脑会反复播放讲课音像,直到学员都明白为止。"他还告诉大家,"我讲课的内容,已经发送到每个人的电脑里,如有疑问或评论,可以在课文后面发表意见,我在电脑里亦可与你们讨论。"

说到人类社会历史,课程从源头说起。伍神说:"天帝星球存在一千多亿年了,有人类居住一千多万年。一千亿年前,天帝缔造了宇宙。宇宙太大,天帝四处巡视,居无定所,感到很疲劳,于是在宇宙的中心缔造和选定了这颗巨大的星球定居下来。到了一千万年前,天帝感到一个人很孤独,决定按照自己的样子缔造人类,来做他的伴侣,同时让人类代替他管理宇宙万物。"

说到这里,有同学举手问伍神博士:"天帝缔造了宇宙,缔造了万物和人类,那么,是谁缔造了天帝?"

伍神说:"宇宙孕育了天帝,天帝缔造了宇宙,这个问题就像鸡生蛋、蛋生鸡一样,不是我们仅有的一点知识所能穷究的。"

同学又问:"既然宇宙存在了一千亿年,那么,天帝是否有一千亿岁?"

伍神肯定地说:"没错。天帝与天地共生、日月同寿。天帝肌体有强大的自我生长和修复能力。天帝不会死亡,天帝是永恒的。"

同学再问:"既然天帝与天地共生、日月同寿,他缔造的人类为什么有生有死?"

伍神说:"有生就有死,有始就有终,世间万物才有发展,才有变化。这是天帝给万物制定的规则。不过,天帝对我们人类格外宠护,他给了人类无限的智慧,人类可以借此解决生与死的问题。天帝星球的科学家在一百万年前就攻克了难关,使人类不死的愿望成为现实。你们这些从不同的星球到来的学员,有的年纪已经很老了,但到了天帝星球,都得以返老还童,这本身就享受到了天帝星球的科学成果。"

说到这里,课堂上爆发出热烈的掌声,大家高呼:"感谢天帝!"

伍神说:"你们各个外星球人类,都是天帝派去的移民繁衍的,都是天帝的血亲骨肉。天帝一直关注着宇宙中每一颗星球的发展情况,发现宜居的星球,便及时在那个星球缔造植物、缔造动物,着手人类移民工作。现在宇宙中已有人类的星球有三万六千多个。有的星球逐渐失去居住价值,将要淘汰;有的正在向宜居的条件发展。天帝星球每年都要派出上百只飞碟在宇宙中巡视,及时向天帝报告情况,由星球科学院专家进行考察评估,经天帝批准做出移民的计划和安排。

"移民是一件十分慎重又极其艰巨的工作。首先要在天帝星球确定男女志愿者,然后让他们经过十年的野外生存锻炼,适应环境。意志坚强、身体合格,才能将他们派往要去的星球。志愿者吃尽千辛万苦,经受难以忍受的磨难,面临难以想象的危险。就这样,移民成功的志愿者也不到十分之一。

"凡是有人类生存的星球,都是天帝移民的结果。宇宙人类是一家,我们的身上都流着天帝的血液,正因为如此,我们人类的血液是互通的。"

伍神的一番话使大家醍醐灌顶,引起了学员极大的兴趣,他们纷纷要求了解本人生长的那个星球是什么时候得到天帝移民的,有没有档案可查。伍神博士说:"天帝星球的档案是很全的,可以一直查到五百万年前的历史。就是说,天帝星球人类已经有五百多万年的文明史了。你们要是感兴趣，可以到天帝星球档案馆去查。"

伍神说："下次上课，我带你们去神仙台山上瞻仰天帝宫，参观人类历史博物馆，然后带你们去山下瞻仰人类先祖和先贤的灵庙，你们在那里可以了解到天帝缔造人类的历史，找到你们那个星球人类祖先的遗迹。"

6. 天帝宫和人类历史博物馆

在一个风和日丽的日子，伍神博士带领我们来到神仙台山。

神仙台山是神仙台市北面的一座大山，离神仙台市三百多公里，是一座三千多米高的雄伟的大山。山顶上有一大片平地，名字叫神仙台，上面建着殿堂式的高大的楼宇，名字叫天帝宫。据说天帝第一次踏上这颗星球，就在神仙台落脚，山顶有天帝落脚时留下的巨大的脚印。山上有观景台，站在上面可以观赏神仙台山的景色以及神仙台市区的全貌（天帝星球体积巨大，人们眼前的地平线很遥远，且空气洁净度高，能观察到数百公里之外）。神仙台山是处风景名胜。山顶的天帝宫原是天帝的寝宫，但是现在天帝已不住那里，他把神仙台和天帝宫让给星球的居民作为旅游点。天帝住在山下一个叫帝园的地方，那里山势幽深，风景秀美。一般情况下，天帝不会见客人，只有少数几个特别卓越的科学家才能见到他。

学员们坐直升机上了神仙台，直升机降落在山顶的直升机机场。下了直升机，伍神首先带领大家瞻仰天帝宫。天帝宫是一组建筑群，依山而建，很有气势。通过高大的门楼和庭院，进入宽敞的宫殿大厅，首先映入眼帘的是一尊高耸的天帝立体塑像。这是我平生第一次见到天帝的样子，十分惊喜和激动，双眼禁不住流出泪花。我看到天帝穿着黑色的长袍，身材高大、体格壮硕、方额阔腮。雪白的长发披在肩上，白色的眉毛，白色的络腮胡子垂到胸际，十分潇洒飘逸。看样子天帝像位八十岁的老者，但面色红润，眼睛有神，体态矫健，他使我感觉到什么才叫鹤发童颜。

他左手握着一卷宇宙星空图纸，右手扶着金色的手杖，神态庄重、威严、安详。学员们情不自禁地向天帝塑像鞠了三个躬，并长时间地行注目礼，然后由伍神带着，在天帝塑像下照了一张集体照片。有的学员想单独和天帝塑像照相，但伍神说："今天时间来不及，如果你们想单独照相，可以休息日自己来，反正有机会，天帝宫不会只来一次。"

接着进入天帝寝宫。天帝寝宫在天帝宫大厅的两边，都是平房。东面是天帝工作的地方，里面有读书室、星图室和档案室。伍神告诉大家："天帝读书室主要是星球研究院以及各大洲研究部报来的最新情况资料和科研成果；天帝星图室通过星图将宇宙形势展示在眼前，以便天帝控制宇宙的发展变化；天帝档案室保存了宇宙万物及人类活动的各种历史资料，它是一个袖珍博物馆，是天帝星球博物馆的备份，主要便于天帝查阅和使用。这些东西都是五十万年前天帝使用过的。自从天帝移居'帝园'，在那里建立了新的工作室和袖珍博物馆，这些东西只是作为历史陈迹陈列在这里，便于人们来此瞻仰，了解天帝当年是如何为宇宙、为万物、为人类操心劳神的。"

学员们赞叹："天帝真不容易啊！"

天帝宫西边的寝宫是天帝休息的地方，有客厅、餐厅、寝室等等。令人惊讶的是，天帝生活极其简朴，生活用具基本都是木制品和竹制品，竹桌竹椅，木床木柜，锅是铁的，盆钵是陶的，碗是瓷的，制作也不精美，很少见到铜、铝、锡等器皿，更没有金银玉贝、珍珠玛瑙。伍神说："天帝提倡节俭生活。他认为人类不应该浪费星球的资源追求奢侈豪华的生活，更不能暴殄天物。天帝给我们人类做出了榜样。"

瞻仰了天帝寝宫，学员这才感觉到，怪不得天帝星球最大的城市——神仙台市——看不见高大宏伟的地标式建筑，没有超豪华的宾馆、体育场、艺术宫等等。即使是天帝宫，除了中间的天帝塑像大厅显得高大宏伟之外，两边的寝宫也只是普通平房。一切都那么朴素、简洁、实用，没有各种雕塑、绘画做装饰。但是对于学习、工作和生活中的各种需求，都是方便、舒适和尽善尽美的。这是天帝对生活的态度。

通过天帝宫两边的门廊，后面是个院落，院落靠山边是一排五千平方米的三层楼房。这是人类历史博物馆。

人类历史博物馆里面悬挂着精美的绘画，陈列着各种珍贵的文物。伍神领着大家进入展览大厅。迎面墙上挂着一幅巨大的《宇宙星空图》，画着广袤宇宙各个星系的形象和位置。天帝星球处于葵花星系的中心，而葵花星系又是宇宙的中心，因此天帝星球是宇宙中心的中心。从葵花星系向四面观察，各个天体、各个星系向四面八方延伸扩散，形成放射形、波浪形的状态，十分神奇和壮观。

在众多星系中，我竭力寻找银河系，最后在遥远的星云中发现了银河系呈螺旋状的云团。银河系很小，在广袤的宇宙海洋中只是一朵小小的浪花。而0185号星球和它依附的太阳系，更小得难以发现。

第二幅图是《天帝选居图》。画面上，天帝站在神仙台山山顶，用他的闪光的手杖点着脚下的星球大地，目光是认真和自信的。从他的目光中可以看出，他已选定这个星球作为人类定居点和根据地。天帝脚下山势雄伟，群山连绵，大地平展，河流纵横，远处蔚蓝色的大海扬起欢乐的浪花。伍神介绍："天帝星球本来是颗燃烧的恒星，因为被选为天帝居住地和人类的根据地，天帝让它快速熄灭了火焰。但星球的内部仍然炽热，在坚硬的地壳和地幔底下，岩浆奔涌。"

第三幅图讲述天帝缔造太阳和月亮的故事。天帝决定给这个巨大的星球缔造一颗太阳。他用巨手在地上拾起一块块金子，然后双手搓捏成团，放在右手手心，用口一吹，金团便飞升到空中，成为太阳，发出强烈的光和热。天帝采取同样的方法，用银子缔造一轮月亮，月亮从此给天帝星球夜晚照明。天帝还将七颗宝石撒向空中，成为天帝星球的卫星，使天空夜色不再单调，而是星光交辉，色彩纷呈。

第四幅图讲述天帝缔造植物的故事。天帝用他那神奇的手杖向空中挥舞了几下,用口一吹,大地顿时长满了各种植物,有小草,也有参天大树,覆盖了整个地面甚至水下,到处开放着各种美丽的花朵。大地变绿了,空气清新了,景色优美了。

第五幅图讲述天帝如何缔造动物。天帝用手杖在泥水中搅拌,当泥水变稠时,天帝忽然提起手杖向空中扬起,那些泥浆水滴顿时成了各种动物。它们向四面八方爬走了,飞走了。

第六幅图讲述天帝如何缔造人类。天帝按照自己的样子缔造人类。他先用水和泥制成人形泥胎,然后把自己的手指划破,往泥人的头上滴下一滴血,这个泥人就活了。所以人类身上流淌着天帝的血液,人类是天帝的后代。伍神说:"天帝努力工作,一年也只缔造百十来个人。这项工作太辛苦了,于是天帝就让人类自己缔造自己,也就是繁衍后代。本来,人类是雌雄同体,产生的后代也是雌雄同体,后来天帝发现他们各奔东西,互不交往,孤单地生活着。天帝觉得这样不行,就把人分成男女,进行异性繁殖,用性的纽带把人类联结起来,从此你离不开我,我也离不开你,人类就成了一体。天帝以同样的方法缔造了世间各种动物,使动物的族群紧密结合。异性繁殖带来的另一个好处,就是一个新的个体接受了来自两个个体的遗传基因,增强了对不同环境的适应性,防止了物种退化。天帝为了方便寻找他缔造的人类,给予人类特有的标志——直立行走,长长的头发。这样,天帝在很远的地方就可以发现和辨别哪些是兽类,哪些是人类。"

第七幅图是天帝星球的地图,先是一个巨大的球体模型,接着是一幅长卷,从东方到西方依次展开。据文字介绍:天帝星球直径一亿多千米(是0185星球的一万倍),整个球面百分之八十是蔚蓝色的海洋。海洋之中分布八万多个大洲。天帝星球居住人口二十万亿(其中两万亿是各个星球的死亡者来到天帝星球暂住的灵魂,他们根据生前的善恶,分别住在天堂岛和地狱岛,实际本星球人口十八万亿)。天帝星球体积庞大,人口稀少。从地图上的标识来看,人们主要集中居住在河流入海口三角洲。陆地上广袤的森林和自然湖泊都是人迹罕至的地方。

第八幅图是天帝和科学家们在一起开会的情形。一条长方形的会议桌,天帝坐在上首,其他科学家坐在两边,会场内的陈设十分简朴。天帝正在听取科学家的发言。图中文字注释说:"天帝听取宇宙各星球发展情况的汇报,和与会者讨论如何向宜居星球派出志愿者,如何改善星球人类生存状况的问题。"

第九幅及之后的是系列绘图,分别是各个宜居星球的情况介绍——星球的位置、人类生存状况、环境和物产情况以及派出志愿者的画像。我一路看过去,终于看到了0185号星球的图画和介绍,上面有地球各个角度的影像,还有伏羲和女娲、亚当和夏娃的画像。

伍神告诉我:"这是天帝向你们星球派出的两对繁衍人类的志愿者。"

下面有一行小字:

"该星球人口众多,资源渐趋枯竭,科学技术畸形发展,已经违背了为地球人类谋福祉的宗旨。各国相互争斗,多次发生战争。空气、地面、水体严重污染,已成为宇宙中为数不多的危险星球和垃圾星球之一。"

看了这一段文字,我心里十分不安,已经没有心思去看其他星球的介绍了。

人类历史博物馆里陈设着五百万年前天帝星球人类使用的生活用具和生产工具,起初无非是石刀和瓦钵,后来是铜器和铁器,再后来有大刀、长矛和弓箭,足见天帝星球也经历过人类共同的发展道路,也曾有过战争——据说时间很短,被天帝及时予以制止。天帝星球的吃穿用条件不断改善,先是吃野果、追野兽、捕鱼虾,后来进入农耕时期,吃各种植物的叶片、根茎和种子,再后来学会使用火焰加工食物,食物品种得到极大的丰富。人类的服装也越来越讲究,麻、棉、皮、毛、丝等衣料质地越来越好。

生活用品多样化。纸、陶、瓷、金属制品丰富多彩。天帝星球人类三百万年前已学会使用蒸汽机、内燃机和电动机,学会使用煤、石油和电能为动力,会制造飞行器,使用核能。天帝星球信息化时代至少比地球人类早两百万年。天帝星球人类医学发达,一百万年前解除了人类对死亡的恐惧,创造了人类永远不死的奇迹。

据伍神介绍,天帝星球没有军事工业,但这并不意味着天帝星球不懂战争,没有军事武器。相反,天帝星球一直对战争十分关注,对新武器的研究没有松懈,只是没有进行大规模的生产而已。这不仅是因为天帝星球也有短暂的战争历史,更重要的是,目前宇宙中许多星球上的人类还处在战争状态。有的星球科学已很发达,但邪恶之心随之滋生,他们把大量的资金和资源用于对毁灭人类自身的武器的研制,已经对本星球人类和其他星球人类的安全构成威胁,必须设法制止,必要时不得不以战止战。

最后一个展厅展示了天帝星球最新的科研成果,即各式各样的工业机器设备、生产工具、交通工具和通信设备、农林牧渔业养殖种植技术、药品和医疗仪器等等。各种各样的机器人让我大开眼界,有的与人形无异,有的与动物相似,有的则直接嫁接自然界某个生物的某方面功能,把仿生技术运用发展到极致。从几十米高的庞大机器人,到只有用高倍显微镜才能看到的细菌机器人、纳米机器人,应有尽有,它们都担负着造福人类的重要使命。

从人类历史博物馆里可以看到,天帝星球人类的发展也是一个从低级向高级的过程,科学技术也是从浅显到纵深的认识、掌握过程。我问伍神:"既然天帝无所不能,为什么他老人家不把宇宙、自然和人类社会的所有秘密、规律、尖端的科学技术告诉人类,使人类尽快聪明起来,社会迅速发达起来呢?"

伍神说:"这正是天帝的大智慧所在。天帝不会把一切自然科学和社会科学的知识一股脑儿告诉人类,因为这会使人类获得知识过于容易,失去进取之心，从而害了人类。天帝只是通过向人类派去智者，在经过艰苦的学习、继承和探索之后，逐步弄明白一些事情。像你们0185星球的达尔文、牛顿和爱因斯坦等，天帝的任务就是适时地给这些智者以'灵光闪现'，使他们得以不断地发明和发现，从而造福人类。天帝不让人类获得无益于人类福祉的知识，人类过于聪明，就会生出邪念，天帝是不喜欢的。一个人靠智慧做出出格的事，天帝会惩罚他的。"

7. 拜谒地球人祖先的灵庙

从天帝宫出来，大家坐直升机到半山下的神仙台宾馆，在客厅里稍事休息。学员们穿上滑轮鞋，便动身前往"志愿者灵园"。

滑轮鞋真是个好东西，它在平地上滑行时，耗电极少。下坡时自动充电，只有上坡才用些电。电用完了，在商店里买一块电池板装上，十分方便。天帝星球的居民大都穿滑轮鞋出行，可以疾走如飞，日行千里。

在神仙台山南麓，有一大片灵园，方圆数万平方公里。南北两面都有高大庄严的园门，南面对着神仙台市，北面对着神仙台山，一条宽阔笔直的大路贯穿其间。灵园里面被分割成许多小的院落，按照每个星球的编号排列，里面有赴该星球志愿者的塑像、人类先贤的塑像、石碑和灵庙。

大家在伍神的带领下，从北门进入，在灵园区平整的水泥路上向前飞驰。路边一座座灵园院落从眼前闪过。伍神要求大家按照手表上的导航，直奔自己的目的地。在一个多小时的疾行中，同学们逐渐分散了。我在伍神博士的陪同下，很快找到了0185号灵园。

一座高大庄严的园门，上面写着"先贤灵园——0185"几个大字。进门之后，迎面的花坛中间是一个四五米高的地球仪。我驻足细看，见所刻画的山峦海岸与现在情况有很大的差别。伍神告诉我："那是三十万年前你们星球的样子。"

看过地球仪，走过修剪整齐的绿色甬道，迎面并列着左右两个园门。左边的园门上写着"女娲伏羲灵园"，右边的园门上写着"亚当夏娃灵园"。

见我有些不解的样子,伍神解释说:"三十万年前,天帝首先派了女娲和伏羲这一对志愿者去0185繁衍人类,数万年之后,0185已经人口众多了,但天帝发现由于高山和大海的阻隔,0185地球的另一面仍然荒无人烟,于是派出了第二对志愿者,这就是亚当和夏娃。几十万年后,0185星球就形成了东西两大族群,但都是天帝血脉所传。"

我们首先进入女娲伏羲灵园,迎面一个圆形花坛中间,并排站着女娲和伏羲的青铜塑像,和真人一样高。他们身上穿着麻布藤葛,手里握着木杵和弓箭,可以想见当年人类生存环境的艰难和险恶。

第一次见到女娲和伏羲的塑像,我激动万分,像在异乡遇见亲人,感到无比亲切。我心中默默地诉说:"始祖啊,后人田永生来看你们了。"我照着本星球东方人的礼仪,向两位始祖跪下,叩了三个响头,然后在塑像面前默立良久。我想到始祖当年缔造地球东方人类时,没有食物,没有衣裳,没有住所,没有工具,面临着酷暑、寒冷和饥饿,面临着野兽的袭击、疾病的折磨,经受了多少难以想象的艰难险恶。我满怀着对始祖的感恩之情,联想到几十万年来地球东方人类在山崩地陷、火灾水患、饥饿疾病、战争瘟疫的恶劣环境下,繁衍生息,九死一生,方有今日。始祖造人不易,后代做人亦不易。但是,地球上一些政治家却不珍惜,他们为了一己私利,竟将地球人类多次推向战争,推向杀戮,推向灾难。他们的这种行为,对得起始祖吗?对得起天帝吗?对得起同在地球上生存的同胞吗?想到这些,我的心中五味杂陈,大悲无诉,不觉潸然泪下。

绕过花坛,在女娲和伏羲塑像的背后是一座灵庙,走进灵庙,里面竖立着一排石碑,上面用文字记载着女娲、伏羲在天帝星球的生活情况,以及他们的平生事迹。女娲和伏羲本是天帝星球一对优秀的青年,为了人类发展的需要,自愿赴0185生活、繁衍人类。临行前,他们在野人山野外生存锻炼十年时间,最后才取得了下派的资格。碑文上还有女娲和伏羲在出发前给天帝写的一封信,内容既表达了对天帝星球生活的留恋,又表达了他们为人类繁衍事业敢于牺牲的决心,情真意切。接着是女娲、伏羲离开天帝星球时人们送别的场景,看了令人感动。再往后是一幅星云图,上面标明 0185 号星球在宇宙中的位置。0185 是个遥远的很小的蓝色亮点,有一个太阳、一轮月亮和它相伴。太阳的光照到 0185 的半边球面,使这个星球永远是半明半暗。灵庙里面还有玻璃展柜,里面放着女娲和伏羲在天帝星球生活的遗物,留作永久的纪念。

伍神说:"女娲和伏羲到达 0185 号星球后,终于完成了繁衍人类的任务,他们的遗骸留在了 0185,而灵魂被天帝召回,暂时安歇在这里。二十年后,他们在天帝星球转世,仍然成为天帝星球人类的一员。"

我问伍神:"照这么说,女娲和伏羲的灵魂已不在这里了?"

"当然。"伍神说,"作为天帝派下去的志愿者,他们的灵魂只需安歇二十年。这里只是一个纪念他们的庙宇。"

看过女娲伏羲灵园,我来到亚当夏娃的灵园。亚当夏娃灵园的规模和格式与女娲伏羲灵园基本一致,只是种植的花草不同,却别有景致。亚当和夏娃青铜塑像赤身裸体地站着,身上只挂着几片树叶。亚当的手握着一根木棍,夏娃的手中握着一只吃了一半的苹果。他们同样有石碑和灵庙。

在女娲和伏羲、亚当和夏娃的灵园后面,还有许多规模稍小点的灵园、灵庙,排列十分整齐,花木修整得同样精致和美丽。每一个灵园都有矮矮的花坛相隔,自成一体,繁茂的树枝从上面伸延出来。我逐个看过去,东方有黄帝、尧帝、舜帝、禹帝、老子、孔子、墨子、扁鹊、屈原、刘邦、蔡伦、王充、曹操、张仲景、李世民、魏徵、玄奘、祖冲之、毕昇、宋应星、李鸿章、伍连德、孙文、释迦牟尼、甘地、泰戈尔、夏目漱石等七十多个做出过特殊贡献的人物的灵园。西方有挪亚、普罗米修斯、亚伯拉罕、摩西、大卫、穆罕默德、耶稣、亚里士多德、苏格拉底、柏拉图、阿基米德、哥白尼、笛卡尔、达尔文、诺贝尔、牛顿、伏尔泰、华盛顿、富兰克林等一百多个做出过特殊贡献的人物的灵园。

灵园里都有塑像、碑石和灵庙。我逐个向先辈们的塑像叩首行礼。

瞻仰了志愿者灵园之后,伍神带我来到神仙台灵园管理所。这时其他星球的学员也都来了,大家坐到客厅里的椅子上,听取灵园管理所工作人员介绍情况,并观看了志愿者灵园的影像片。

据介绍:"神仙台天帝星球志愿者灵园里面的灵庙有五十多万座。这些志愿者是天帝星球的好儿女,人类发展的功臣。"

工作人员说:"这些人类志愿者和贤哲的灵魂回到天帝星球后,不久即成为天帝星球人类的新人。目前只有新近回来的少数灵魂住在灵庙里。但不论住与不住,志愿者和贤哲的灵庙将永久保留,人类的档案记录着他们的故事,人类历史记载着他们的功绩。他们前世的形象将永远保留在灵庙里供人们瞻仰。即使他们脱胎换骨成为新人,但因为前世的功德,仍然受到天帝的关爱和人类的尊敬。"

8. 到野人山探望人类志愿者

看过天帝宫、人类历史博物馆、志愿者和先贤灵园,学员们受到很深的触动和教育。在课堂上,大家对志愿者如何遴选、如何野外生存锻炼产生了浓厚的兴趣。大家的共同疑问是:谁愿意放着天帝星球舒适的日子不过,要到遥远的星球去受苦、去牺牲呢?

伍神对大家说:"天帝星球的公民愿意当志愿者的人很多,大家有一个共同的心愿和使命感:繁衍和壮大我们人类,管理好宇宙万物,这是我们的责任。愿意当志愿者,可以随时向外星人科学研究所报名,经过科研所审查、体检、谈话,被认为条件合格后,纳入计划安排,到需要的时候才能启程。目前从外星人科研所了解的情况来看,新报名被选中的志愿者要到一千五百年以后才能成行。当然,特殊情况例外。"

听到这里,学员们惊讶地伸了伸舌头。

伍神说:"派出的志愿者,要提前十年进行野外生存锻炼,经过锻炼,身体适应,意志坚定,头脑灵活,才能确定派出。因为即将抵达的星球正处于洪荒时期,荆棘丛生,野兽出没,环境十分恶劣,没有强健的体魄,没有野外生存技能是活不下去的。如果志愿者饿死、病死,或者被猛兽所食,派送就失败了,天帝将不得不考虑重新派出志愿者。一旦确定人选和派出日期后,星球科学研究院和外星人科研所将举行盛大的告别仪式,然后派飞碟送达。志愿者的生平事迹、影像文字资料要集中整理归档,并且着手建造灵园、灵庙,同时做好迎接志愿者魂灵归来的准备,因为一旦离去,肉体便不再回来了。"

伍神最后说:"我们将安排学员到野人山探望志愿者,到了那里,你们会得到更多的切实的感受。"

这一天终于来到。一大早,学员们在伍神的带领下,前往野人山。野人山很远,离神仙台市一万八千公里,学员们被通知带好滑轮鞋和"天使翅膀"。

天使翅膀和滑轮鞋一样,在普通商店即可买到,价格不贵,是天帝星球人类的生活必需品。天使翅膀由两只翅膀、一副机械臂和一块电池板组成,背在身后,束在胸前,靠电力驱动,只要一触动开关,两只翅膀就像蜜蜂翅膀似的扇动起来,嗡嗡作响,人体即刻飞升。

我们从学校出发,坐上高速列车来到神仙台市西郊机场,然后改乘飞机到野人山。野人山山下有一座几十万居民的小城市。举目向西看,崇山峻岭,连绵数千公里,是一处洪荒之地。野人山保持着原始风貌,对保护星球的环境有不可忽视的作用。这里动物、植物种类繁多,对研究星球自然生态极为重要。

野人山自然生态科研所接待了我们,在科研所饭堂吃了自助餐后,由科研所的直升机将学员们送入野人山深处,在一处草坪上落下。伍神教大家背上小天使翅膀,交代了操作要领,检查了每个人的装束,然后说一声"飞",学员们点一下胸前起飞按钮,五十个学员腾空飞起,黑压压一片。大家排成雁形队列,一个跟着一个向山上飞去。

在野人山上空搜寻了几十分钟,没有见到一个人影和一处建筑。正着急时,忽然远处有一缕炊烟冉冉升起,伍神欣喜地说:"找到了,找到了!"

大家降落下去,收拢了翅膀,在离炊烟约三百米的地方站定。伍神查了查卫星定位系统,对大家说:"这是一对到5378号星球的志愿者,他们在深山生活八年了,基本适应了野外生存环境。还有两年他们就要启程。"伍神说,"外星人科研所严禁任何人去打扰他们。我们是经过洪圣主任特别批准的。大家可以站在五十米开外观察他们的生活,不允许说话,不允许发出声响。半个小时之后,我们仍到这里集合,原路返回。"

听了伍神的话,大家都很自觉,轻轻地拨开树枝杂草,悄无声息地向炊烟方向接近。大约距离目标五十米的地方,我们发现一男一女两个人坐在一堆篝火旁边,正在烤着一只野猪腿。一边烤,一边将烤熟了的部分用石刀割下来送进嘴里。他们的身上裹着用草叶编成的草帘子样的"衣服",脸、胳膊和大腿露在外面,赤着脚,浑身晒得黢黑,只有牙齿还是白的。他们的身边,有一些树枝、木棍、石头。有的石头长而尖,有的扁而平,大概是他们狩猎的武器和生活的用具。他们的耳朵十分灵敏,知道有人接近,但他们无动于衷,仍然吃着猪腿。他们的脚下还有一些果壳和果核,野果也是他们重要的食物。他们吃完了猪腿,就到近处的小溪里用手捧水喝,然后起身离开。不远处有一个人工挖成的小山洞,他们钻了进去,转身用粗壮的树棍、杂草把洞口封得严严实实。洞里十分黑暗,感觉他们是睡在铺着树枝和草叶的地上。这时天色向晚,寒冷的山风吹来,树林里沙沙作响。我们好像听到远处野狼的嗥叫声。学员们互相看了看,缄默无语。伍神打了个手势,大家静悄悄地回到原处。伍神点了一下人数,说:"回去吧。"大家展开小天使翅膀,呼呼啦啦地飞了起来,到了直升机机场,改乘客机离开了野人山。

参观过野人山,学员们深切地感到,在一片洪荒之地,人类想生存和繁衍是多么不容易,人类祖先的奉献精神感人至深。想想自己那个星球,学员们油然增添了责任感和使命感,私下里再也不提"赖在天帝星球不走"的话了。为了自己的星球,为了全人类发展,该担当的就要担当,该吃苦的就得吃苦,该牺牲的就得牺牲。好在天帝会召回你的灵魂,无非是吃一世苦、受一趟罪而已。

作为生长在0185星球的我,自从瞻仰了东方人类始祖和人类先贤的灵庙之后,心情久久不能平静。我未曾想到,人类历史上那些做出过特殊贡献的科学家、政治家死后,他们的事迹、他们为人类所做出的贡献,会仍然被记录在灵庙里、档案里,永远受人类的纪念和尊敬,这是何等的壮举,何等的荣耀!其中孙文先生是中国近代史上伟大的政治家,我十分崇敬他。当我研究中国历史时,因为不能与孙文先生生在同一时代,不能追随先生共赴危难而掩卷慨叹。现在,孙文先生的灵庙在神仙台灵园,但是他人在哪里呢?他在天帝星球重获新生了吗?我能找到他吗?如果能见到孙文先生,向他请教社会政治大学问,岂不是人生一大快事?我把这个想法告诉了伍神。

伍神告诉我:"孙文的灵魂从 0185 回来,在灵庙里待了二十年后就转世了。他现在在天帝星球人类社会科学研究院工作,与我是同事,我对他比较了解。他已不叫孙文,叫金宁。你要是想见他,我可以给你介绍。"

我喜出望外,要求伍神立刻带我去见孙文。但伍神告诉我:"金宁已不是以前的孙文,他是另外一个人。你要去见他,他是否同意见你还不知道。我给你们介绍,可能他会见你。但他不会和你谈前世之事,也不会接受你对他的敬意。他已将前世之事完全遗忘,对于他来说,0185 是一个陌生的名字、陌生的地方。他与你已没有共同的感受、共同的语言,到时候话不投机,你可能很失望,甚至后悔去见他——这种情况各个星球、各个国家的学员都遇到过,所以你要有思想准备。像他们这些对人类做过重大贡献的人,只有在遇到重大节日之时,天帝才让他们以圣贤的身份出来与公众见面,接受人们的敬仰,享受前世的荣耀,事后复归平常,不可造次。"

但我一心要见金宁,伍神只好答应。这天,伍神告诉我,金宁已同意与我见面,我高兴极了。在伍神的陪同下,我来到天帝星球人类社会科学研究院。

人类社会科学研究院是宇宙人类社会科学研究的中心,下设几十个研究分院。我跟随伍神到达研究院大门口,下了城市轨道电车,金宁早已站在门前迎接,这使我十分感动。伍神将我们分别做了介绍,我上前亲切地与金宁握手。我看了看金宁,个子不高,壮壮实实,年龄三十来岁,两只大眼睛炯炯有神。他面带微笑、十分热情地说:"到办公室坐坐。"

眼前的研究院有一幢十几层高的大楼,楼不高,但规模庞大,十分宏伟。伍神说:"这是研究院中心大楼,它旁边是各研究分院大楼。"我扫视了一下,几十幢七八层高的楼房簇拥在中心大楼旁边,形成了一个庞大的建筑群。

金宁对我说:"伍神博士是我的领导和学长。"

在社会科学院历史研究分院大楼里,我参观了金宁、伍神各自的办公室,明窗净几,宽敞雅致。办公室里面各种各样的现代化办公设备让我眼花缭乱。我看不懂,也不敢问,怕暴露自己的无知被人取笑。我暗想将来能在这里有一间办公室,那将是何等幸福和荣耀。金宁将我们带到一个小小的会客室,我们三个人在沙发上坐下,一边喝饮料,一边谈话。

我首先做了自我介绍,说:"我来自0185号星球,名叫田永生,是天帝星球的飞碟把我带到这里,已经有三四年了。前些天,在伍神博士的带领下,我们瞻仰了天帝宫,参观了人类历史博物馆,又拜谒了0185人类祖先和先贤的灵庙,倍感亲切,深受教育。我生长在0185星球东方的一个国家,我们的始祖是伏羲氏和女娲氏,他们的塑像和事迹被记载在灵庙里,我还见到了东方国家历史上七十多位先贤在灵庙中的牌位,其中有我崇敬的孙文先生。听说金宁博士就是孙文先生的后世新人,故特来拜访,希冀一瞻高颜,聆听教诲,以慰平生敬仰之情。"

金宁笑了笑说:"先生情意金宁心领。孙文先生虽是我的前世,但我们现在已经是两世之人,先生敬仰孙文先生,切不可把金宁当作孙文看待。金宁对0185的事情一概不知。故金宁已不是孙文,过去的一切都成为历史。请予以谅解。"

我说:"既然如此,请允许我把孙文先生的事迹向您介绍一下,也许您听了有些兴趣。孙文出生在0185的东方，长大后看到古老的祖国受封建专制制度的桎梏和西方列强之压迫，决心改变不合理的现状，提出驱除鞑虏、恢复中华之政纲，宣传民主、自由、平等、富强之理念，团结民众，出生入死，推翻了几千年的封建专制统治，建立了'五权分立'的新的社会制度，为中国开创了新的历史纪元。孙文对中国历史和中国社会贡献巨大，以至人们仍然敬仰他、怀念他。"

金宁微微一笑。待我说完，他说："根据田先生的介绍，金宁才知道0185的一些故事，才知道孙文在0185的东方之国做了一些应做的事情。根据我现在的观点，孙文当时的理念虽不尽完善，但其努力方向是对的。人类社会由野蛮社会走向文明社会，由君主政体走向民主政体，是一个渐进的过程，也是一个必然的趋势。当然，这里面充满着曲折和斗争，经历了多少腥风血雨。因为人类是一个趋利动物，追求个人利益最大化是人的天性——天帝赋予人类这种天性，是防止人类懒惰懈怠停滞不前，却导致人类追名逐利，永不知足。在政治生活中，必须建立起一个在法律框架下相互制衡的权力运行机制。目前宇宙中与0185相似的星球，情况大都不尽如人意，有的甚至更糟。我们研究院已经把'人类无限趋利性的后果'作为一个重要的研究课题进行研究。"

金宁看看伍神。伍神插话说："田先生在0185是历史学教授，也是社会科学研究方面的专家。"

金宁说："那好啊，这样我们就有了许多共同语言。"

金宁性情爽朗、思想活跃、侃侃而谈、口若悬河，我们很快成了好朋友。金宁问了我在天帝星球生活的情况。伍神告诉他，我暂且在外星人培训学校学习，三年后才能明确去向。金宁建议我毕业后到人类社会科学研究院工作，我表示求之不得。分别时，我们俩依依不舍，有相见恨晚之慨，并相约今后多多联系。

9. 科政一体化——天帝星球奇特的管理体制

这一天，伍神在课堂上说："元月一日是天帝诞辰纪念日，每年都要举行盛大的庆祝活动。在庆祝活动高潮时，天帝会出来和大家见面。同时各个星球的志愿者和贤哲以及天帝星球有突出成就的科学家也将随之出现，和大家共同欢庆节日。今年我们外星人培训学校学员受到特殊照顾，被安排坐到神仙台市天帝中心广场的前部。到时候，学员们不仅能够近距离见到天帝，还可以见到你们星球人类的祖先、历代贤哲和天帝星球的重要科学家。"

"终于能见到天帝了！"课堂上一片欢呼，大家万分激动，互相拥抱祝贺。

元月一日正是春季的第一天，这天我吃过午饭，吹了头发，刮好脸，穿好新衣，玉妃也打扮一番，我们与木里夫妇、长立夫妇一起，坐上高速列车奔赴神仙台市。我们在城外换乘城市轨道交通，到达天帝中心广场，在规定的地方坐下。

下午三点，广场上十多万人整整齐齐地坐在那里，形成人的海洋。七彩旗迎风飘扬，气球高悬在空中，上面写着对天帝的颂词。广场上的摄像机、摄影机、卫星电视转播机、音响、灯光都摆好了位置。广场四面的大屏幕放映着天帝历次出行的影像。激昂的音乐、沸腾的场面渲染着广场的气氛，激动着每个人的心。通过电视大屏幕，我们看到了天帝的真人影像，与天帝宫的塑像一样，他白头发、白胡子，身着黑色长袍，身材高大，鹤发童颜,气宇轩昂,频频向群众招手。我们也看到全球八万个大洲、几百万个大城市中心广场的人海,人们都在坐等着观看天帝出行的现场直播。居民们手上的手表、工作台上的电脑,都能接收卫星转播的信号。

外星人培训学校的三个班坐成三个小方块。一年级班主任伍神、二年级班主任蓝云、三年级班主任陆仙分别坐在班级学员的前面。我坐在伍神身边。一年来,我与伍神相处不错,因为都是从事人类社会科学研究,有着许多共同语言。

下午四点大会开始。洪圣博士走上舞台正中的大屏幕下主持会议。先是全体起立,高唱天帝颂歌。歌毕坐下,洪圣博士宣布开始。没有开幕词,没有客套话,直接进入会议第一项议程:公布一年来天帝星球科学家所取得的最新科研成果。

我感到很意外。在我看来,今天这么重要的集会,天帝星球的行政领导人和神仙台市的行政领导人应该主持会议并讲话。我不知道天帝星球包括神仙台市这么复杂的机构和庞大的社会,到底由谁来领导和管理。

我问伍神:"今天这么重大的庆祝活动,为什么不见天帝星球以及神仙台市的行政领导人?"

伍神看了看我,似乎这才想起我是0185星球来人。他对我说:"洪圣博士就是天帝星球最高的行政领导人。"

我说:"没有听说他担任何种行政职务呀。"

伍神说:"在天帝星球,科学研究院负责人、科学家联席会议召集人,就是行政领导职务。"

为了使我明白,他补充说:"天帝星球是'科政合一'体制。"

"什么叫'科政合一'体制?"我问。

伍神说:"天帝星球只有科学研究机构,科研机构兼负行政管理职能。"

"这么说没有州长、市长之类的官员了？"

"没有。"

"那么州、市等各级行政工作由谁来管理，谁来协调执行？"我不解地问。

伍神说："你说的是具体行政事务？那是由电脑管理，机器人执行。天帝星球是'人管电脑，电脑管人'。"

见我仍不明白，伍神举例说："比如，你每周的生活费是谁给你的？是行政人员发给你的？不是，是电脑自动划拨给你的。你的工作是谁安排的？不是行政人员安排的，是电脑自动安排的。你直接接受的不是行政人员的指令，而是电脑的指令，你不需要和任何人接触。"

"如何上情下达、下情上传？出了差错谁管？"我问。

伍神说："有问题有差错，由各级行政部门处理。比如你对外星人培训学校的教学和生活安排有看法，可以向学校行政管理室提意见和建议。行政管理室人员经过研究，认为你提的意见有价值，便拿出改进意见，连同你提的意见，输入电脑，经过电脑运算，得出改进措施，并发送到执行终端（具体人）执行。"

"这么说，还是少不了行政管理机构了？"我说。

"对。"伍神说，"但天帝星球的行政管理机构只是科研机构的内设机构，不具备领导职能，只负责科研机构内部行政管理情况的汇集、行政管理制度的制定。行政执行则由电脑处理。"

我问："电脑虽然功能强大，但它能管理到全社会每一级机关和每一个人？能有秩序地处理纷繁复杂的日常事务？"

伍神笑了笑说："关于社会管理问题，你们将在三年级'星球人类的社会管理'课程里学到，现在我只能简要地回答你。天帝星球分四级科研机构，也就是四级管理机构：星球科学研究院是总院，下属各个科研分院；各大洲有科学研究部，下属各个科研分部；各个地方有科学研究所，下属各个科研分所；基层工作单位有科学研究室，下属各个科研分室。每一级组织、每一个单位，都是科学研究机构，从事科学研究工作，只是各级组织、各个单位研究的内容不同而已。每一级科研机构的内部设行政管理部门，研究内部管理工作。研究的成果经过科研机构专家评估，觉得具有科学性和可行性，即形成法律、规章、制度、程序等文本，输入电脑，由电脑送达执行人执行，不需要行政人员参与。"

伍神继续说："由于有了电脑和机器人警察（警察全是机器人），省去了行政运转环节，省去了大量的行政管理人员，提高了办事速度和效率，避免了人情因素的干扰，实现了按章办事，真正做到在法律规章面前人人平等。每一级机构都有电脑数据库，上下左右，信息共享，形成强大的信息网络和处理系统。这就是说，电脑代替了一切行政管理和领导职能。"

我说："这岂不是说天帝星球人类都在电脑管理下生活，只和电脑打交道就行了？"

"可以这么说。"伍神说，"在天帝星球，一切离不开电脑。每个人都有一台电脑和一只手表，这就是你的全部装备。你将来毕业后参加天帝星球的工作，就会知道天帝星球如何利用电脑管理你的。你在一个具体单位工作，将个人信息、工作岗位的名称输入电脑后，电脑就会通过你的手表，每星期向你下达工作指令，上面有你的职责和要求。你要按照指令按时、按质、按量完成工作任务。你付出的脑力和体力，由手表传感器进行记录，及时传送到上级电脑处理器，电脑处理器每周对你的工作进行评估，并支付相应的报酬，信息发到你的手表上。如果你没有完成工作任务，电脑会指出你的不足和错误，并相应扣减你的报酬；如果你犯了错误，手表也会将信息发到电脑处理器，处理器会根据纪律，对你发出警告或者处罚的决定；如果你犯了罪，触犯法律，电脑会通知机器人警察对你强制处罚。这些工作都不需行政管理人员操劳，自有手表传感器进行记录、传送,按照规范通知受理人执行。"

我说:"真不敢相信,小小的手表有这么大的功能?它能记录下我的一举一动,甚至我的思想情绪,我的功过成败?"

"是的。"伍神说,"手表上有许多感应器,它能感知你的思维、你的行动。比如你头脑里在思考什么问题,你的肢体在做什么,这些思考和肢体行为是否与工作有关,你为某项工作付出了多少脑力、多少体力,消耗多少卡路里、维生素、蛋白质、细胞,得到的成果如何。有些信息是从你本人身上获得的,有些信息是通过外界获得的。比如你写了一篇文章,制定了一个工作方案,攻克了一道科学难题,实现了一项重大发明等等,你付出的脑力、体力有多少,社会的反响如何,各界的评价如何,社会价值如何,不仅你自己头脑里有这方面的信息,同时社会上也有这方面的信息。各级电脑数据库都有记录,都有搜索,都有评价。有初步评价,有后续评价,这些信息都源源不断地记录到你的名下,同时也源源不断地反映到你的手表上。你应得的报酬也会源源不断地被电脑计算,汇到你的手表、电脑之中,汇到你的资金账上。"

"这太神奇了!"我听了大开眼界,又问,"既然每个人的脑力和体力甚至思维活动都明明白白被手表、电脑记录,那么天帝星球的人就没有隐私可言了?"

伍神说:"天帝星球每一个人都没有隐私可言,我们的一切都在天帝的注视和掌握之中。当然,天帝星球人类有充分的自由,只要我们不违反纪律,不影响和伤害他人,想做什么都可以去做。如果违反纪律、触犯法律,天帝星球的处罚是无情的。这里没有通融的余地,因为电脑管理是一丝不苟的,机器人警察是不讲情面的,每个人都要好自为之。"

我说:"我对天帝星球的法律、规章不熟悉,如果无意中出了错、犯了罪怎么办?"

伍神说:"如果你即将做错事或即将犯罪,你的手表会感知你的心态和意图,它会及时发出铃声警告你。只要你一听到铃声,立刻终止就可以了。"

我默然:"这就是天帝星球的管理体制,'科政一体化''人管电脑,电脑管人'。"

10. 天帝终于来了

我和伍神说话时,洪圣博士仍在通报情况。他列举了社会科学、自然科学、宇宙科学、生物科学、人体科学、应用技术等方面的成果。其中重大创造发明成果两千多项,以及它们的发明人。与此同时,银幕上放映有关科技人员的工作和生活情况录像。

伍神告诉我:"每年,洪圣博士代表研究院宣布后,如果是老科学家,则神仙台山上的名人馆将增加他个人的人文资料;如果是新科学家,有关部门将为其在神仙台山上建造新的名人馆。此后该科学家的生活待遇和社会地位将得到相应的提高。天帝星球实行的是基本生活保障和多劳多得的薪酬机制。有重大贡献的科学家不仅报酬优厚,更重要的是会得到社会特别的尊重。"

接下来洪圣通报全球体育和文化情况,天帝星球的体育文化工作是一项全民活动。体育也有各种竞技项目,但都以增强人类体质为目的。在洪圣通报的同时,大屏幕上也展示了各项体育赛事最精彩的镜头,有竞走、赛跑、跳远、跳高、体操、杂技、登山、赛车、赛马、赛艇、游泳、跳水、冲浪等等,叫人眼花缭乱。文化艺术表演有各种乐器演奏、各种戏剧舞蹈表演,还有机器人声乐队和机器人舞蹈队的表演,都是一年来全球最高水平的文化艺术表演,精彩纷呈,美妙绝伦,让人大饱眼福和耳福。

我问伍神:"体育、文艺明星建不建名人馆?"

伍神说:"体育、文艺明星记入体育文艺档案,发给他们荣誉证书,他们享受很高的荣誉和待遇,受到人们的尊敬和追捧,但不建名人馆。因为只有对人类进步做过突出贡献的人,才会建名人馆,比如科学家和少数政治家。"

我问:"作家也不建名人馆吗?"

伍神说:"对人类的思想和社会进步有影响的作家、思想家也会建名人馆。"

说话间,洪圣的讲话结束了,大屏幕上的体育比赛、文艺演出都停止了,屏幕转为现场直播。人们沸腾起来,天帝的车队要来了。拜见天帝,是每年天帝星球居民的大事。

下午五点钟,在人们翘首以盼中,天帝的车队从东方缓缓而来。首先,从通往神仙台山的大路上来了几百辆电动车方阵。每辆车上插着一面七彩旗,不紧不慢地向广场开来,从东向西缓缓通过广场。

在电动车的引领下,紧跟着是恐龙方阵,八十头庞大的霸王龙摇头摆尾地从人们面前走过,它们那高大头颅上铜锣般的大眼睛俯视着两边的人群。恐龙后面是猛犸象方阵,这种大象比0185号星球上的大象大一倍,它们的象牙高高地卷曲着,闪着光。这两种动物在0185号星球早已绝迹,但在天帝星球则快乐地生活着。再后面是狮子方阵、老虎方阵、野牛方阵,它们的身躯比霸王龙和猛犸象小许多,但比0185号星球同类动物大得多,一个个体格健壮,脚踏着地砖嘡嘡作响。

跟在野牛后面的是麒麟方阵。麒麟跳着各种舞步,摇头摆尾,动作整齐,和着音乐的节奏。传说麒麟最聪明,最通人性,它们会欣赏音乐,会跳舞蹈。看到了麒麟跳舞的技艺,方知传说不虚。接着是凤凰方阵,更是一道美丽的风景,它们一律展开了绚丽的尾屏,步履翩翩,婀娜多姿,在阳光的照耀下,鲜艳夺目,美不胜收。麒麟和凤凰在0185星球早已绝迹,只存在传说中,没想到在天帝星球见到了它们,我不仅心情激动,而且甚感亲切,好像在他乡遇到了故人。

这些大型动物步伐整齐、训练有素，使我啧啧称奇。我问伍神："天帝星球的驯兽工作做得如此之好，真了不起啊！"

伍神说："这有什么了不起的？天帝星球人类懂得禽兽的语言，人与动物沟通十分方便，所以训练动物就不难了。"

动物方阵走完，接着是穿着滑轮鞋的大学生方阵，他们的上空，是扇动着小天使翅膀的中小学生方阵。滑轮鞋沙沙作响，天使小翅膀嗡嗡有声，叫人心情振奋。

伍神告诉我："这些天帝星球的小居民，都是宇宙中各个星球中逝去的灵魂回到天帝星球转世的。"

大学生、中小学生方阵过后，是马车方阵。每两匹马拉一辆豪华的马车。伍神提醒我，天帝很快就会出现。他说："天帝当年造人后，赶着马车在全球巡视，直到现在，天帝还保持着坐马车的习惯。这虽然很原始，但表现出天帝对古老历史的回忆，也使人类感受到天帝的伟大和崇高。"

我看到那些马车上坐着衣裳华丽的男女，一个个气宇轩昂，向着两边的观众招手，便问这是些什么人。伍神说："这些都是天帝星球著名的科学家，他们总是受到人类的赞美和爱戴。"

忽然，人们欢呼起来，掌声像潮水一样从远处传来，越来越近。我发现前后左右的观众都被这种声音激荡起来，就像突然发生的海啸席卷大地。我也跟着欢呼和鼓掌。原来天帝的马车终于出现了。天帝的马车特别高大，前面是八匹白马，后面是八匹黑马，左边八匹红马，右边八匹黄马。马身饰着金色的鞍辔，身上披着彩色的绸缎流苏。马车有三十米长，分上下两层。底层坐二十来人，有男有女，大概是天帝身边的侍从。天帝坐在上层一个金光灿灿的太师椅上，身边站着八个护卫。天帝仍穿黑色的长袍，左手扶着那根金色的魔杖，右手频频向人们挥动。他身材高大、体格健壮，坐在椅子上比站着的卫士还高出半个身子。他那根魔杖与卫士们一般高。传说天帝是按照他的魔杖的高度造人的。天帝雪白的头发披肩,胡须挂到胸前,神态飘逸。他的体积相当于五六个成人,这使我想起蜜蜂群中的蜂王。天帝慈祥地注视着他的子民们,不断地向人们招手致意。全场沸腾起来,人人激动、忘情,饱含热泪大呼万岁。我也跟着欢呼,沉浸在极度的欢乐和幸福之中。

天帝的马车迤逦而过,后面又是几百辆两匹马拉的马车。

伍神说:"看哪!这些都是各个星球人类的祖先和贤哲的代表。"

我逐一看去,在伍神的指点下,终于见到了女娲和伏羲、亚当和夏娃,还有黄帝、周公、孔子、耶稣、释迦牟尼、穆罕默德、华盛顿、甘地、孙文等人,他们的车子两旁写着他们的名字,以及他们到过哪个星球。他们中有男有女,一律穿着黑色的礼服,胸前戴着鲜花,年纪看起来三十岁左右。男士个个仪表堂堂,风度翩翩;女士则美丽优雅,风姿绰约。凡四十岁以上的男士都留着胡子,女士则佩戴着各种项链。天帝星球人类选择多大年纪作为标准形象是有讲究的,一般人都是二三十岁年纪,超过四十岁可以留胡子的,必须是有资历、有身份、有重要贡献的人,这是身份的象征。

我正出神地看着各位先贤,突然伍神提醒我说:"看,金宁看到你了。"我抬头一看,果然有个人朝这边招手,正是金宁。我十分激动,有几分受宠若惊,急忙挥手还礼。令我惊奇的是,金宁竟然穿着当年孙文的中山装,真有几分孙文的风度。

伍神告诉我:"这些星球人类祖先和贤哲回到天帝星球后,经过转世,取得肉身,形象已不再是以前那个样子,但是天帝星球的档案馆里记载着他们的故事、他们的功绩。平时他们和其他人并无两样,只有一年一度的天帝诞辰纪念日,他们才被允许根据自己的意愿,打扮成当年在外星球的样子,穿上过去那种衣服,以示荣耀和纪念。所以耶稣还是背着个十字架,华盛顿还是穿军服,甘地还是赤着胳膊,孙文还穿着他自制的中山服。但大多数人已经改变了形象。例如女娲和伏羲、亚当和夏娃不再穿那些树叶草帘,他们都穿着长袍。不管怎样,都不影响人们对他们的赞誉和崇敬。"

我大发感慨:"大丈夫当如此也。"我想,如果将来我作为志愿者回到地球,完成使命后回到天帝星球,成为天帝星球的永久居民,我田永生也可以与孙文等贤哲一样,跟随在天帝身后,享受赞誉和尊敬。

大游行结束后,天色渐黑,广场上灯光齐明,各种彩色的灯屏、灯柱、灯树、灯塔不断变幻着灯光图案(天帝星球禁止燃放烟火,因为这会造成空气污染),拉开了彻夜狂欢的序幕。神仙台市天帝中心广场成了欢乐的海洋,人们载歌载舞,尽情狂欢。外星人培训学校的师生们和广场上的群众一起唱起了天帝之歌,跳起了天帝之舞。在广场的大屏幕上,全球各大洲、各大城市的群众联欢,人声鼎沸,乐声盈耳。由于星球各地时间不同,都是在夜晚举行狂欢,从星球仪上看,黑夜降临到什么地方,那里就成了灯的海洋,灯的浪潮像海啸一样从东到西,席卷全球。

当晚一直闹到第二天天明才结束,我们回到宿舍,足足睡了一个上午,耳中一直回响着昨晚的音乐旋律。

见过天帝之后,我的心情久久不得平静,幸福和喜悦一直充盈在我的心中。我想,人类是一个大家庭,不管是生活在多么遥远的星球,都是天帝的子孙。应该说人类是幸福的。地球上的人虽然死了,但灵魂不死。只要努力做个好人、善人,坚持七世,最终会成为天帝星球的永久居民,长生不死。要是再做一些有益于人类的特殊贡献,例如做地球人类的贤哲,拯救人类的苦难,引导人类避开危险和歧途,走上幸福光明的大道,死后,会受到天帝的赞扬和重视,享受到天帝星球人类的普遍敬重,在神仙台志愿者灵园有他的灵庙,多么风光、多么荣耀。想到这里,我不再害怕回到0185。我心中甚至有了一个计划:早日回到0185,为地球人类做一番事业。

11. 人类是精灵也是魔鬼

课堂上讲到人类在宇宙中的生存现状，伍神告诉大家："目前我们已经发现宇宙中有三万八千多个人类宜居的星球。其中三万六千来个已经移民成功，有的还要假以时日，等到条件成熟时才可移民。同时也有一些星球进入衰败期，逐渐变得不适合人类居住。

"一个星球，要变成人类宜居的家园，是很不容易的。星球的生命大约一百亿年，而其中人类宜居的时间只有一两亿年，可见多么短暂、多么珍贵。"

伍神指出："天帝希望人类管理好星球，管理好万物。为了达到这个目的，天帝给予人类很高的智商，又赋予他们锐意进取的探索精神，使人类成了宇宙的精灵和万物的主宰。有了人类的管理，星球上万物滋生繁衍，生机勃勃。但是，人类天性贪婪，永不满足，如果不加节制，有可能走火入魔，成为宇宙间的魔鬼。人类会管理好一个星球，也会破坏一个星球。有些星球，环境得到很好的保护，资源得到很好的利用，人类生活安宁幸福；也有的星球，资源过度开发，环境遭到破坏，人类制造各种武器互相仇杀，老百姓生活在苦难之中，天帝对此忧心忡忡。"

伍神说话时，有一个人哭了起来，众人转头一看，见是木里。木里见大家都在看他，不好意思地抹去了眼泪。

伍神问："你们那个星球怎么样？"

木里说："我们那个星球正处在混乱时期。小小的一个星球，几十亿人口，分成了几十个国家，互相征战，血流成河。人类在受难。"

伍神问："为什么要征战呢？难道星球资源枯竭，不能提供生存所需？"

木里说："不是，是人类太贪婪了，挥霍无度，欲壑难填。为了争土地、争财富、争权力、争地位，人与人像乌眼鸡似的，你看不惯我，我见不得你，互相攻击，互相仇杀。统治者们极端邪恶与残忍，为了驱赶人们去实现他们个人的意愿，控制舆论，不断给人们洗脑。在我们那个星球，杀人越多，越受人吹捧和尊重。我们的历史学家，我们的文学艺术家，都是在歌颂杀人者，欣赏他们的残暴，津津乐道于那些杀人如麻的人物和故事。这就造成了一种氛围，好像杀人越多越光荣，坏事做得越多越有名望。他们在世为人拥戴，死后被人敬奉，他们的书被作为教科书，他们的功劳就是'杀敌多少万'，他们的故事代代相传。"

长立插话说："我们那个星球也是这个样子。不仅杀人的历史没有断过，而且还越来越残酷。人们造出许多可怕的武器，有冷兵器、热兵器、核武器、化学武器、生物武器，总之人们日夜生活在恐怖之中，不知道什么时候大祸降临，什么时候人类遭殃，星球毁灭。"

伍神问我，我答："0185经历了两次世界大战，几亿人口在战争中伤亡。几十年来，人类疯狂地掠夺地球的资源，生存环境受到极大的破坏。各国都在摩拳擦掌，第三次世界大战不知道什么时候爆发。像长立说的各种武器，我们0185都有了，如果第三次世界大战打起来，地球和人类毁灭是无疑的。"

伍神说："所以天帝的忧心不是没有道理的。天帝要求我们担负起拯救人类的重任。天帝星球每年都要派出几十名使者奔赴各个星球，每年要从各个星球带几个人回来，目的是了解情况，做这方面的工作。"

伍神郑重地说："我在这里向大家透露一个信息：由洪圣博士领导的社会科学研究院，正在研究人类物种变异的问题。研究的结果表明，人类确有变异的问题存在。洪圣博士提出几个问题：人类变成魔鬼怎么办？是否可以将他们清除？怎么能证明谁是正常人，谁是魔鬼？要不要制定一个检测的标准，制定一部法律？应该说这些问题已经十分紧迫了。如果研究得出可以从肉体和灵魂上消灭他们的结论，经过天帝允许，就可以对他们采取断然措施，保持人类物种的纯洁性，保证宇宙人类的安全。"

12. 动物的天堂万兽山

不知不觉中,第一学期"人类历史学"课程结束。第二学期课程是"人类语言学"。

天帝星球的语言并不难学。这是因为我已经有了几年的生活基础,口语和书面语都不成问题。再说天帝星球的语言简明易懂,很有规律,一学就通。

天帝星球的书面语言是象形文字加拟声、表意符号的组合。字和词不多,但组合方便灵活,重复使用率高,学习掌握快,运用方便。具体地说,以几百个象形字为字根,几百个拟声字为音符,加上几百个表意字为意符,就组成了成千上万个字和词,只要记住了字根、音符和意符,就能知道读音,了解含义。学习语言只需一个月时间,余下就是熟练运用的问题。

我很快学会了天帝星球的书面语言,而且运用自如。

人类语言文化课结束后,转入动物语言课。动物语言分两个方面,即声音语言和形体语言。因为有了动物语言自动翻译机,这门课程就简单了。动物语言让专门研究的科学家去研究,学员们在课堂上只做简单的了解。为了让大家体会人类如何通过语言翻译机与动物进行交流,伍神安排了一次野外活动,目的地是万兽山。

伍神说:"万兽山是天帝星球的野生动物保护区,有许多大型动物、珍禽异兽。我们这一次去,就是要和大型动物有一个亲密的接触,让你们了解人类和动物应该怎样和谐相处，人类怎样管理动物，特别是管理大型动物。"

万兽山离神仙台市八千多公里。在前往万兽山的飞机上，伍神告诉大家："天帝星球有八万多个大洲，每个大洲都有几个像万兽山这样的动物保护区。万兽山属于中洲自然保护区。因此，万兽山不是谁想去就能去的，必须经过中洲科学研究部同意，由万兽山动物研究所安排。"

伍神说："天帝星球人类爱护每一只动物，对动物从来不滥捕滥杀。天帝星球人类和动物和谐相处。特别是大型动物，它们有很高的智商，是人类的朋友。自从我们懂得了动物语言，同时动物也懂得了人类的语言，人和动物就能相互沟通，心心相印。人类爱护动物，动物对人类十分崇敬、信赖和忠诚。"

我问伍神："天帝星球人类与动物相处和谐，又有语言进行沟通，为什么还要设立动物保护区？在我们0185也设立了一些动物保护区，那是为了防止一些人对动物滥捕滥杀，威胁动物的生存。"

伍神说："天帝星球设立动物保护区，不是防止人类捕杀动物，而是防止动物影响人类的生活；同样，动物也需要一个天然的生存环境，不受人类干扰。天帝星球的旅游业特别繁荣，到万兽山旅游，与大型动物近距离接触，是每一个天帝星球居民的兴趣和愿望，但这对动物的生活会产生非常不利的影响。所以设立保护区，禁止人类随意进入，也是很有必要的。"

飞机降落到万兽山的界山市飞机场，换乘万兽山动物研究所的直升机，一直飞向万兽山深处。

万兽山高一万多米，山顶有长年不化的冰雪。直升机飞上山顶，让我们在上面停留半个小时，浏览万兽山的景色。万兽山绵延一千多公里，面积两百万平方公里，山势险峻，雄伟壮观。山的东面是平原，西面是大海。万兽山大型动物研究所就在这里，除了科研工作之外，还负责看管这些动物，不让它们走出山。

万兽山处于天帝星球的赤道附近,山下有热带雨林。但随着山势的增高,形成了不同的气候带,生长的植被不同,栖息着不同的动物。总的来说,这里是大型动物的天堂。

学员们首先来到恐龙的栖息地。伍神介绍说:"万兽山现有恐龙一万多头,其中食肉恐龙三千多头,食草恐龙七千多头。食肉恐龙相对小一些,两条腿,两个前爪,十分凶猛。食草恐龙身躯庞大,四条腿,长颈子,性情温和。"

为了寻找恐龙,直升机飞得很低,在高大茂密的树林里穿过。直升机机翼包在钢网里,所以不怕与树枝或山岩相碰。从直升机上往下看,都是密密的原始森林,间以一块块碧绿的草地、一条条溪流、一片片湖泊。直升机所到之处,野生动物追着直升机前后奔跑,奇禽异鸟随着直升机上下翻飞,表示对天帝使者的热烈欢迎。直升机上播放着激越奔放的音乐,召唤着禽兽们的到来。人类与大型动物的亲密关系表现得淋漓尽致。

13. 惊心动魄的恐龙摔跤表演

突然,大家发现一群恐龙出现在直升机下方,都惊叫起来。恐龙们庞大的身躯停在那里一动不动,它们昂着高高的头看着直升机,似乎是等着直升机降落。

直升机在一块草地上落下。一只高大的霸王龙摇晃着身躯走了过来,其他恐龙则站在原处,好像很守纪律的样子。看来这只霸王龙是它们的首领。学员们感到十分吃惊,又有几分害怕。十几米高的霸王龙张开大嘴,就像一辆大型挖掘机举着铁铲,如果袭击人类,它们可以把直升机咬碎,把人类踏死,或者吞进肚里,任何人都逃脱不了。在天帝生日那天,我们看到过恐龙,当时在天帝身边,恐龙们不敢造次,现在在荒野之中,天高天帝远,恐龙们能老实听话吗?正在担心之时,伍神下了飞机朝恐龙走去。他戴着耳幔,就是那个神奇的语言翻译器。这时我分明听到伍神与恐龙首领说话,语言翻译器发出奇怪的声音。

对话立刻产生了奇异的效果。恐龙首领来到伍神的面前,停住了脚步,摇着大大的头颅,低头看着矮小的人类,两只铜锣一样的大眼睛有点像山区公路上的反光镜,把伍神和学员们一群小小的身躯一股脑儿照了进去,十分恐怖。

伍神说:"你们好!"

恐龙首领点着头,做出十分滑稽的样子。

伍神说:"我今天带来远方的客人,他们是从遥远的星球来的,特地来看望你们。"

恐龙首领点点头,像是听懂了,同时发出了一种奇怪的叫声。

伍神转头告诉大家:"这是恐龙表示欢迎的意思。"

伍神对恐龙说:"我们联欢一下吧。客人们想看看恐龙摔跤,你们能表演一下给客人看吗?"

恐龙首领点点头,后退了几步,向其他恐龙怪叫了几声,恐龙们很快便在原地排成了队伍。其中两只壮实的恐龙走出队列,向大家点一下头。

伍神说:"大家请看,这两只年轻的恐龙,是这群恐龙中的摔跤冠亚军,它们现在给同学们表演摔跤。"又说,"恐龙平时喜欢摔跤,这是锻炼它们灵活性的需要。以把对方摔倒为赢。有时它们也用嘴和牙齿,但点到即止,不伤害它们的同类。"

这时只听恐龙首领一声怪叫,两只庞大的格斗恐龙上身便扭在一起,四只前肢互相抓住,使劲地摇动起来。它们一会儿前进,一会儿后退,一会儿打圈,一会儿翻滚。先是甲压倒了乙,随后乙又压倒了甲。它们硕大的头颅摆动着,嘴张得很大,满嘴的钢牙像短剑一样排列着,鲜红的舌头伸得老长,两只长着巨爪的腿在地上抓着石头和泥土,弄得飞沙走石、尘土飞扬。战斗到最激烈的时候,它们发出了嗷嗷的叫声,听起来让人心惊肉跳。最后,两只恐龙那高大的身躯同时倒在地上。观战的恐龙们发出欢乐的怪叫。这大概算是分清胜负了。于是恐龙首领鸣叫一声,两个恐龙都爬起来,抖了抖身上的泥土,向学员们鞠了一躬,回到了恐龙的队伍中。我们尚没有分清谁赢谁输,摔跤结束了。大家向恐龙报以热烈的掌声。

这时飞机上放出音乐,随着音乐的节奏,恐龙们开始在原地跳起舞来。恐龙的舞蹈实在不敢恭维,说是跳舞,不过是移动脚步摇摆头颅而已。但它们粗壮而又灵活的腿脚动作一致,步伐整齐,已是一大奇观了。

正跳着,有几只食草恐龙悠闲地走了过来,它们的身材比食肉恐龙更加高大，四条腿像四根柱子，那细长的脖颈和小小的头颅高高地举在半空中，比高大的树冠还要高。它们尾巴拖得很远，只要一用力，就会扫倒一片树林。这些食草恐龙也懂得音乐，它们随着音乐，四条腿也开始有节奏地移动，那高昂的脖颈在空中柔软地摆动，像舞女的手臂，美妙极了。

不管是食肉恐龙还是食草恐龙，它们对人类都无恶意，极为友好。恐龙们以各种姿态，表达它们对人类的欢迎。跳到欢乐之处，它们的移动频率加快，兴奋地抖动着身躯，发出欢乐的叫声。食肉恐龙跳舞时，胸前的两只小爪子还打起拍子，食草恐龙则有节奏地摇摆着长长的脖子。这时候的恐龙已经不显得可怕，而是像一群顽皮的孩子，可爱极了。学员们拼命鼓掌，气氛十分热烈。

舞蹈持续了一个多小时，恐龙首领发出一声怪叫，恐龙们都停止了舞蹈。它们面向人类，排成一队，向人类点点头，然后四散而去。食肉恐龙首先离去，食草恐龙也随后离开。它们高高的头颅和长长的脖颈子一路向人们摆动，像是在挥手致意。多么有礼貌的恐龙，多么有感情的恐龙，多么可爱的恐龙啊！

我想，人类不要唯我独尊，唯我独明。恐龙也是很聪明、很有感情的动物，它们需要人类理解，需要人类尊重。

回到直升机上，我问伍神："人类虽然懂得动物的语言，能够与动物沟通，但不等于动物就十分听话。恐龙这样的庞然大物，如果不听话怎么办？你们会惩罚它们吗？"

伍神说："我们用天帝的名义教导它们，告诉它们应该怎么做，不应该怎么做。如果它们不听话，我们就以天帝的名义惩罚它们。恐龙也信奉天帝，它们听到天帝的声音，无不遵守。当然也有的恐龙不予配合，我们对它们毫不客气，要告诉它们，不听天帝的话是要受到惩罚的。"

"怎么惩罚它们？"我问，"用棍棒、刀枪，还是鞭子？"

伍神说："我们不会残酷地对待动物，也不会亲自出手惩罚它们。我们只让机器人大黄蜂来管它们。"

"机器人大黄蜂?"

"对。我们生产了许多机器人大黄蜂,我们让大黄蜂来管理动物。如果恐龙不听话,大黄蜂就去蜇它。大黄蜂体内带有剧痛药品,一旦被蜇,恐龙疼得受不了,就老实了。"

我问:"您带机器人大黄蜂了吗?"

"带了。"伍神拍了拍他随身带的箱子说,"为了确保同学们的安全,我不得不有所准备。我带的这只小小的箱子里就有几百只机器人大黄蜂,只要我打开箱子发出指令,它们就会飞出来,让它们攻击谁就攻击谁。"

我听了十分惊奇,想看看机器人大黄蜂是什么样子。伍神打开手提箱,里面是一层层像蜂房一样的隔间,每个隔间里面落着一只大黄蜂,露出两只大眼睛、半个头和两根长长的触须,个头比自然界的黄蜂大一倍。它们好像随时会飞出来的样子,看起来有些惊悚。

我问:"如果大黄蜂飞出来怎么办?"

伍神说:"它们是机器人,我不发指令,它们怎么会飞出来呢?"

我问:"百兽山动物研究所有没有大黄蜂?"

伍神告诉我,他们就是靠机器人大黄蜂守卫野生动物保护区的。

我问:"大黄蜂怎么知道野生动物走出了保护区边界?"

伍神说:"大黄蜂靠卫星定位系统提供的信息。野生动物一旦越界,卫星定位系统便向大黄蜂发出信号并下达驱逐指令,大黄蜂便立即飞到指定区域执行任务。我这手提箱里的大黄蜂是一种随机行动大黄蜂,由我发出指令,不接收卫星指令,但接收卫星信号。"

伍神又说:"机器人大黄蜂在动物管理上起很大的作用。把恐龙等大型动物圈定在这两百万平方公里的山区,不让它们出界,我们没有围墙,只有靠机器人大黄蜂管理。万兽山动物研究所有许多机器人大黄蜂,随时待命执行任务。不仅仅对付恐龙,对付狮子、老虎、野牛等大型动物也靠机器人大黄蜂。当然，我们与大型动物交往，还是靠语言教导，靠天帝的权威。你们可以看到，天帝星球的大型动物对人类十分友好，与人类相处十分和谐，它们总体上是听话的，和人类感情是亲密的。"

我问："天帝星球人类掌握了多少禽兽的语言？"

伍神说："我们已经掌握了一万多种鸟兽的语言，我随身携带的语言翻译器，有一万多种语言的翻译功能。如果你们要到山里面去，或者因为工作需要，必须与动物打交道，只要向语言研究所借一件语言翻译器就行了。"伍神拍拍自己头上的耳幔，"只要你说出话来，翻译器会自动按照你的要求，翻译成你需要的动物语言，也把动物语言翻译成人类语言，使你明白动物的想法。人类与动物交流十分方便。有些动物语言不仅仅是声音，还有形体语言，语言翻译器有形体语言感知功能，它会做出相应的反应。除了特殊工作的需要外，一般的人只要掌握几类大型动物的语言就够了。"

离开了恐龙栖息地，大家坐上直升机，飞往麒麟栖息地。

14. 麒麟之舞、百鸟和鸣撼人心魄

麒麟其实是鹿的一种，但身体比鹿粗壮，似鹿似羊似牛，这种动物对环境要求极高，没有优质的草食、水源和空气，它就不能生存。所以有麒麟的存在，说明动物的生存环境是优良的。0185星球上的古人也以麒麟的出现来说明世道清明。

麒麟栖息地不仅林木茂盛、古树参天，还有大片的草地。其海拔在两千米左右。直升机在山上盘旋寻找，半个小时后，终于找到一个较大的麒麟群。麒麟看到直升机，都停住了脚步，抬头往天上观看。直升机在草坪上落下后，它们都围拢过来。我一看，好家伙，有三百多只。

伍神走下直升机向麒麟群走去，他大声说："你们好吗？我们这批来自遥远星球的客人来看你们了，我们来个联欢好不好？"

有一只较大的麒麟听到伍神讲话，"噢"的一声腾出老高，朝着伍神冲了过来，学员们吓了一跳。但见伍神一纵身骑到它的背上，麒麟欢乐地跳跃起来，像是要把伍神抛下身来，其实不是，这只是一种对人类亲切的表示。伍神抓住它的犄角，稳稳地骑着，怡然自得。

伍神说："大家都骑上麒麟试试。"

学员们胆怯地向各个麒麟走去，麒麟们则俯下身体，予以配合。学员们爬到麒麟背上，麒麟带着他们在林中草地上散步、奔跑。骑在麒麟背上不太颠簸，十分平稳，行进如行云流水，有飘浮的感觉。

骑了一会儿，伍神说："学员们都下来，让麒麟给我们跳个舞吧。"

学员们下地站到一边,为首的麒麟立住脚,口里发出一声鸣叫,那声音有点像羊叫,随即有十几只麒麟排好队伍。伍神播放音乐,麒麟向客人们点了点头,就开始跳起舞来。

我曾经在神话书上看到,麒麟善于跳舞,但没有料到麒麟舞跳得如此美妙。首先是腾跳舞。麒麟们昂头起尾,踢腿摇臀,动作整齐,步调一致,既刚性十足,又柔软有度,使人大开眼界。相比之下,恐龙之舞除了雄壮可观之外,就不值一提了。

跳完腾跳舞,之后就是旋转舞。所谓旋转舞,就是原地打转。麒麟原地打转的功夫和能力堪称一绝。先是一只麒麟打转,只见它咬着自己的尾巴就地旋转,越转越快,渐成一团幻影,不见麒麟之身。学员们鼓掌叫好,赞声不绝。那只麒麟一口气转了三百多圈,连看的人头都晕了。接着几十只麒麟一起旋转,直旋得落叶瑟瑟、风声萧萧,最后在学员们的欢呼声中结束。

告别了麒麟,在直升机上,伍神告诉大家,麒麟这种动物是兽中之王。不管什么动物,包括恐龙、狮子、老虎等大型食肉动物都怕麒麟。麒麟是食草动物,平常不会伤害其他动物,其他动物也不敢招惹它们。麒麟虽没有利爪,但它们头上的角十分厉害,且身体灵活,脖子和腿粗壮有力。如果恐龙、狮子、老虎想侵犯它们,它们就会反击,用角顶,用蹄踏。如果被食肉动物包围,它们会旋转起来,让猛兽无法近身,猛兽一旦碰到麒麟角,就会头破血流,被刺到脖颈则顷刻丧命。麒麟的蹄子踩踏到对方,也会让对方骨骼断裂。所以无论麒麟走到哪里,大型食肉动物都会避而远之。我们常见的食草动物与食肉动物搏斗时,牛只会用角挑,羊只会用头顶,长颈鹿只会用脚踏踢,而麒麟则是挑、顶、踢、踏、咬齐用,而且还会集体作战,布阵设谋。麒麟是十分聪明的动物,除了人类,也就数它们的智商最高了。

离开了麒麟,大家飞向凤凰栖息地。

凤凰是百鸟之王。它与孔雀同科,但比孔雀大,姿态更优美。凤凰的栖息地竹木葱郁,繁花斗艳,香气飘飘,真是个美丽、清幽之地。直升机落下之后,树林里即刻传来各种鸟类的鸣叫声。接着,一大群鸟儿从树林里钻出来,有的落到直升机机翼上,有的落到直升机旁边的树枝上、岩石上,都快活地振动着翅膀,上下点着头。几只鹦鹉不停地叫着:"欢迎!欢迎!"

学员们下了直升机,惊奇地发现到处都是不知名的鸟儿,大大小小,各色各样。学员们从没有看过这么多、这么漂亮的鸟儿,它们的羽毛流光溢彩,美轮美奂,叫人目不暇接。它们的歌声婉转悦耳,叫人百听不厌。

十几只尾屏尽展的美丽凤凰并排站在我们前面,向我们表示欢迎。伍神向它们走去,用鸟类的语言与它们说话。为首的凤凰十分礼貌地点着头,与伍神亲切地站在一起,好像只有它有资格与人类并列。凤凰比人类高一个头,它们迈着优雅的步子,好像雍容华贵的女王。

伍神向它们问了好,对它们说:"我今天带来的客人是从遥远的外星球来的,他们想看看天帝星球的鸟儿的美丽羽毛,想听听鸟儿美妙的歌声。请你们给我们的客人展示一下。"

这时只听凤凰首领一声鸣叫,像是下达命令,站在树枝上、岩石上的鸟儿都钻了出来。身材高大的鸟儿在空旷的草地上排成一队,由凤凰领头,从学员们的面前绕行三周,尽展美丽的翎片。接着伏在树上的小鸟列队飞过学员们的头顶,在空中盘旋三圈。它们美丽的羽毛五彩缤纷,令人眼花缭乱。

众鸟落停,再由凤凰一声起调,众鸟齐放佳音,一场美妙动听的鸟鸣大合唱开始了。鸟儿们各展歌喉,高低有致,徐疾协调,如丝如管,如钟如磬,形成了无与伦比的百鸟和鸣之曲,好像一场大型交响乐,余音在林间回荡,久久不散。学员们大开"耳"界,都沉醉其中了。

表演结束,为首的凤凰连叫几声,于是由凤凰带头,众鸟相随,向客人点头致礼。伍神赞赏了几句,别了众鸟,带着学员登机飞去。

在直升机上,伍神问我有什么感想。我说:"感受最深的是天帝星球人类与动物这种亲密和谐的关系。在我们0185,动物看到人类总是跑得没影儿,哪还敢在人类面前跳舞唱歌?在天帝星球,动物与人类相互信赖,相互尊重,相互愉悦,使我真正有了人类是动物的朋友、是天帝的使者、是星球主人的荣耀感。"

伍神说:"是呀。人类既然是星球的主人,就应该爱护动物。爱护它们,也是爱护我们自己,爱护我们共同的家园。"

15. 捕杀野牛的机器人大黄蜂

伍神说:"对于野生动物,虽然人类基本不捕杀它们,让它们自生自灭,但是对于大型动物,在某个时期数量过多,影响生态平衡时,也需要进行捕杀。这方面,天帝星球动物研究分院有一套大型动物数量控制系统。"

"怎么控制?"我问。

"对于大型动物,天帝星球有专用的管理卫星,能精确地了解各种动物的数量和生存状况。如果某一种动物数量过多,影响生态平衡,控制系统就会发出警告,动物研究分院就会采取行动,捕杀一部分来降低数量。最近中洲万兽山自然保护区野牛过多,长期下去草场的草会被吃光,需要宰杀一部分,初步计划宰杀五万头。"

"五万头?"

"不算多。"伍神说,"这个野牛群有一百多万头牛,五万头连百分之五都不到。"

"怎么宰杀?用机枪,还是用大刀?"我问。

"哪里会用那种残忍的办法?"伍神笑着说,"我明天带你们去现场看,到时候你们就知道了。"

当天晚上,学员们没有回校,住在万兽山市的宾馆里。伍神和万兽山大型动物研究所联系,了解他们捕杀野牛的计划。第二天,学员们乘坐动物研究所的飞机前往万兽山寻找野牛群。通过卫星定位,知道了野牛群的位置。

飞机停在一座小山上,从山上往下看,眼前是广阔的草原,各种食草动物在活动,其中有野牛、野羊、野马等,以野牛最多。也有狮、虎、狼等食肉动物夹杂其间,伺机捕猎。上百万头野牛,远远看去像大片乌云在飘动,又像黑浪在翻滚。野牛群所到之处,青草像被剃刀剃了一遍一样,狮、虎、狼等食肉动物数量明显不足,而且体格较小。

我问伍神:"野牛多了,肉食丰富了,食肉动物会大量地繁殖,这是自然规律,怎么食肉动物这么少呢?"

伍神说:"天帝在缔造动物时,限制了大型食肉动物的繁殖速度。因为大型食肉动物处在食物链的顶端,不限制不行。如果狮子、老虎都像野牛那样大量繁殖,其他动物就没有活路,动物世界就不会生机勃勃。但是由于野牛群严重超生,影响到这一带草场树木的生长,影响其他食草动物的生存,如果任其发展,还会造成土地沙化、水土流失,所以必须捕杀一些,保持生态平衡。"

正说着,天空中传来轻微的嗡嗡声。我们抬头一看,是一只无人机在天上飞行。伍神说:"这是万兽山动物研究所的无人机,是来侦察野牛群所处的准确位置。它很快会把信息传回去,研究所马上会采取行动。我们等着瞧吧。"

无人机转了一圈回去了。不一会儿,天空中出现了无数个小黑点,像是谁向空中撒了一把黑芝麻。小黑点嗡嗡作响。伍神说:"看,机器人大黄蜂到了。"

"机器人大黄蜂?它们来驱赶野牛?"

"不,它们来捕杀野牛。"

"怎么捕杀?蜇死它们?"

"对。"伍神说,"大黄蜂的肚子里装着麻醉药,它们在野牛身上蜇一下,将麻醉药注入野牛体内,半个小时后药性发作,野牛就会昏迷倒下。

等到大队野牛群走了,动物研究所会派机器人大螃蟹把昏迷的野牛运到屠宰场去。"

"机器人大螃蟹?又是一种机器人?"

"是的。"伍神说,"天帝星球的工作是靠各式各样的机器人完成。"

说话间,几万只大黄蜂向野牛群方向飞过去,不一会儿在我们的眼前消失了。大约十分钟工夫,机器人大黄蜂完成了任务,飞回去了。

伍神告诉我:"机器人大黄蜂蜇的都是些老年野牛。"

我问:"大黄蜂怎么知道哪头是老年野牛?"

伍神说:"大黄蜂的嗅觉能分辨出野牛身上不同的气味,用气味来判断野牛的年龄。"

又过了半个小时,大批的野牛离开这一区域,去远处觅草了,留下了被麻醉的五万头野牛昏倒在草地上。

这时,空中黑压压地飞来许多机器人大螃蟹。它们飞到昏倒的野牛上方,定好位置,落到野牛身上,从腹部伸出四对长长的铁钳,把野牛钳住,然后轻松地载着它们飞走了。

我问伍神:"对大型食肉动物,也是这样捕杀吗?"

"也这样捕杀。"伍神说,"像恐龙、猛犸象、狮子、老虎之类的动物,数量超出了比例,威胁其他动物的生存,也实施捕杀,让动物始终保持最合理的数量。"

我说:"在我们0185号星球,大型动物对自然和人类的危害不是很大,危害大的往往是那些小型动物和微型生物。比如老鼠、蝗虫、蟑螂及各种有害细菌。天帝星球人类对小型动物和微生物的控制,有什么招数?"

伍神说:"对于小型动物、微型生物,天帝安排它们相生相克,即某一种动物、微生物多了,就会生出另一种动物、微生物去食杀它们,这就是天帝设计的食物链。当然,自然界的相生相克有一个过程,且会滞后。为了解决这个问题,人类有必要及时干预。天帝星球目前的办法是:对付老鼠泛滥,我们制造蛇形机器人去捕杀;蝗虫泛滥,我们有鸟形机器人捕杀;细菌危害人类,我们有细菌机器人或者益生菌去清除。机器人的好处是不用化学药品,不会造成环境污染。"

我问伍神:"天帝星球除了机器人大黄蜂、机器人大螃蟹、蛇形机器人、鸟形机器人、细菌机器人,还有哪些机器人?"

伍神说:"天帝星球的机器人很多,不胜枚举。有人形机器人,有动物机器人,有昆虫机器人,有细菌机器人。各种自动化机械、仪器都是机器人。大到几十米高的庞然大物,小到用显微镜才能看到的纳米机器人。天帝星球是机器人的世界,各种各样的机器人代替人类去做复杂、艰巨和精细的工作。机器人是人类最好的帮手。"

16. 天帝星球的体育活动

语言课结束后转入文化课，天帝星球人类的文化繁荣发达，主要表现在两大类：一是文学类，有小说、散文、诗歌、戏剧等等；一是艺术类，有音乐、舞蹈、表演、杂技、绘画、雕塑等等。天帝星球文学作品的主要内容是表现对天帝的赞美、对大自然的欣赏、对生活的热爱、对爱情的追求、对创造进取精神的颂扬。很少有悲剧，悲剧仅限于在生产劳动和日常生活中的意外伤害。文艺作品中没有人与人之间相互仇视、相互斗争和相互杀戮的描写（因为没有这种生活体验）。生活在天帝星球，人与人之间亲密无防，互相帮助，胸怀坦诚，心平气和。人类把一切都交给天帝安排，有矛盾交给电脑裁判，社会公平，处事公正，环境安全，人与人之间充满着浓浓的亲情。

当我把从0185带来的影视录像放给大家看时，立刻引起全场骚动。影片中那种机枪扫射、炮弹轰炸、血肉横飞的场面，令全场观众感到震惊和恐惧。人们纷纷问我："这难道就是你们0185星球人类的生活？这样的生活有什么幸福可言？"

伍神连声叫道："疯了！疯了！"立即命令停止播放。

学员们眼睛都盯着我，好像我是个杀人狂、阴谋家、人类生存环境的破坏者等危险的人物。尽管我一再声明这些事情与我无关，我只是一个历史学家、教授，但人们还是从我身上嗅到了0185星球上人类阴险和凶残的气息。

事后,伍神要我把影像资料全部上交,同时还要上交我从0185带来的各种文学和历史书。伍神说要把它们送到洪圣博士那里,必要时还要呈报天帝。

这年春天,一年一度的体育竞赛活动拉开了帷幕。我们学校体育比赛提前举行,校方要求每一个学员必须报名参加。根据自己的爱好和体育特长,从现在起开始锻炼,做好比赛的准备。

我在0185一直坚持长跑,所以我八十多岁还能跋山涉水去全世界旅游。现在我已经恢复了青春,更有信心参加长跑竞赛,于是我报了长跑竞赛项目。

从此我每天早上起来长跑。使我高兴的是木里和长立也参加长跑,因为他们觉得其他的体育项目又不会,即使过去在本星球参加过一些体育赛事,但比起天帝星球的运动员来说,差距太大,不是一个档次。这是因为天帝星球的运动员一般都经过几万年的运动锻炼,岂是经过几十年锻炼的运动员所能比的?每天早上我们三人一同起来跑步,起初围绕着孔雀湖,后来围绕麒麟山,跑的距离越来越远,各人成绩也直线上升。我信心满满,即使拿不到名次,长跑对身体也是大有裨益的。

自打从野人山回来之后,我把旅游探险的爱好重新捡起。为了全面提高身体素质,我不仅参加长跑,还开始参加竞走、游泳、爬山、举重和各种球类运动。经过一段时间的锻炼,我身体健壮、肌肉发达,充满活力。

木里和长立的身体也很不错。我们工作日早晚各跑一个小时,休息天每天跑三个小时。三个人当中,木里的身体素质最好,长立最差,我居中,但我们都有信心在学校长跑运动中崭露头角。

终于等来了全校年度长跑比赛的那一天。赛前,学校把我们每个人的身体都检查了一遍,我信心十足地走进长跑队列中。伍神博士既是一年级五十名学员的领队,又是普通运动员。

赛跑路线是麒麟山边的一条五十公里长的柏油公路,一路上青松翠竹,风景宜人,空气清新。上午八点,主持人鸣枪开始,我便迈开双腿,与木里、长立并肩一路小跑过去。开始跑得比较轻松,但跑了三十公里后,选手们开始拉开了距离。我看到长立的脸红得像龙虾,逐渐落在后面;木里的黑脸本色不变,奔跑速度亦不减弱,大多数学员都落在我们身后。跑到了四十公里光景,我开始感到有些吃力。按照学校的要求,如果体力不支,应该放慢速度;身体不适,应该放弃比赛,并向医务人员报告。我不愿意中途当逃兵,虽然感到有些疲劳,但我还没有感觉不适。看到离终点不远,木里已经跑到前头,为了争取第一,我突然加速,向终点直冲过去。本来木里已经稳拿第一,但他没有想到我来了个最后冲刺,虽然他也加快了步伐,但为时已晚。

突然,我的手表响起了奇怪的叫声,好像蝉鸣。我吃了一惊,但因为正在关键时刻,我没有理会。我拼了命在木里的前面到达终点,高兴地向两边观众挥手,得胜的喜悦战胜了疲劳。但奇怪的是,观众没有给我相应的回应,而是举着鲜花向木里欢呼。这时,一个医务人员走到我面前对我说:"请你到救护车上去,检查一下身体。"

我预感到了他们可能要找我麻烦。我说:"我身体没事。"但医务人员不由分说,把我押进了救护车。

"哈哈,我跑了第一。"我一边接受检查一边说。

这时伍神进入救护车,问我感觉怎样,我故作轻松地说:"我感觉很好!"

医务人员对我说:"你最后的冲刺超出了心脏承受能力,心脏已经受到了某种程度的伤害。手表已经对你发出警告,但你仍然没有停止。你的跑步成绩作废了。"

"为什么?"我大惑不解。

伍神向我解释:"天帝星球的体育运动不是为了追求名次,而是谋求对体质的切实锻炼,既要锻炼身体的运动能力,又要以不伤害身体为前提。只有在身体条件允许的情况下才能追求名次,夺取荣誉。"

我回到车外,看到主持人宣布木里赢得长跑比赛第一名,他胸前挂着一枚奖牌,走在人群之中向人们招手。我心里虽然觉得委屈,但不得不承认木里的身体素质确实比我好,第一名他当之无愧。面对腼腆、诚实的木里,我为自己的行为感到愧疚。天帝星球的体育运动,是真正以健身为目的的全民运动。

一段时间,我对自己体质的信心下降了,长跑违规的行为又使我在学员当中处于难堪的境地,参加体育运动的次数明显减少了。伍神及时发现了我的异常,他问我:"你是不是觉得没有得到第一名就没有面子?"

我说:"不是。"

他又问:"你是否对自己的体育竞技水平失去了信心?"

我没有回答。

伍神说:"那就是了。其实你是很有潜力的,如果你不是在最后一刻违反规定,你就是长跑第二名啊。这个成绩别人想都不敢想,你就轻松地达到了。你对自己没有信心是完全没有道理的!"

经伍神这样说,我醒悟了。我问伍神:"我还能参加下一次长跑竞赛吗?"

伍神说:"为什么不可以?你是第一次违规犯错,而不是恶意的。你的手表记录了你的心理活动,你不会受到停赛的处罚。"

我喜从中来,说:"知我者,手表也。"

由于在学校的长跑中没有获胜,我没有资格参加神仙台市长跑比赛,更谈不上中洲长跑比赛了。这之后,我把夺冠的希望寄托在木里身上。可惜木里在市级比赛中失利,被淘汰出局。真是强中自有强中手。但比赛不是目的,锻炼身体才是,因此我们三个人仍然坚持长跑锻炼。

全球体育赛事结束后,文艺比赛的大幕又拉开了。按照惯例,上半年是体育赛事,下半年是文艺赛事。伍神说:"体育和文艺是天帝星球人类休息时间主要从事的活动。"

天帝星球重视人类体育活动，目的是提高人类的身体素质，防止生活条件过于优越，人类的体质下降。因为人类生活在自然环境中，必须有适度的野性，保持顽强的生命力。同样，文艺活动的目的是调剂人类的精神生活，提高人类文化素养，增加生活情趣，提升人类的幸福感，增进人类彼此友谊。

天帝星球人类一天工作一天休息，又有许多节日和假期，从事体育和文艺活动的时间比较充裕，体育和文艺发展欣欣向荣。

17. 歌舞比赛中的机器人表演

伍神博士告诉大家："再过几天,就是全民歌舞节,到时候每个人都得参加。我们班学员从现在起要学习音乐和舞蹈。"

天帝星球人类嗓音特别好,唱起歌来优美动听。我和长立、木里在音乐上没有特别专长,只能勉强做到唱歌不走调,但音质较差,没有演唱技巧,与天帝星球居民相比,差距太大,不敢露拙,只能报名参加舞蹈活动。

我们参加了学校舞蹈培训班,学习一些基本的舞蹈动作,排练一些大众化的舞蹈节目,重在参与、娱乐而已。舞蹈课有专门的教师教学,动作不复杂,有点像0185号星球藏族人的舞蹈,只要和着音乐做些简单的肢体动作,和大家保持一致就行了,目的是锻炼身体、活跃气氛。我们很快就学会了,而且跳得有模有样。除了在班级集中培训外,休息时间我们还和妻子在湖边跳,和其他学员夫妇一起跳,这促进了学员们之间的交往,给生活增添了很多情趣。

转眼全球歌舞节到了,时间是八月一日到八月十五日。从八月一日开始,各个单位、各个地区都进行歌唱舞蹈比赛,优胜者参加上一级别的比赛,层层评选。八月十五日既是各大洲歌唱舞蹈表演日,也是全球歌唱舞蹈最后的比赛日。全球比赛不需要各大洲的代表队到神仙台市集中,只在原地表演,电视实况转播,电脑评分,最后宣布优胜者排序即可。对于我们这些不是专业歌唱家、舞蹈家的普通大众,并不关心谁拿了名次,只是欣赏节目,参加节日狂欢活动。

八月十五日一早，神仙台市大街上的高音喇叭放着欢快的歌曲，不用说，人们就知道今天是什么日子。早饭后，男男女女精心打扮，穿上最美丽的衣裳，走出了家门，来到广场上、公园里和草地上，看着电视大屏幕，看着电脑或者手表，等着全球歌唱舞蹈盛会的现场直播。

上午八点，蓝云博士作为电视台发言人宣布比赛开始，顿时大屏幕上显示各大洲的歌唱舞蹈表演。全球八万多个大洲各表演一个歌唱节目和一个舞蹈节目，观众岂能看得过来？天帝星球科学研究院文艺研究分院早有安排，事先发布了各大洲节目单，电视大屏幕开设了许多窗口，你想看哪个大洲的节目，可以随意点。你对表演不满意，可以跳过去。你看不完，可以下载在电脑里以后看。由于各大洲存在着时间差，到了八点钟，各地演出次第展开，二十四小时不断。

除了观看演出之外，八月十五日晚上是狂欢之夜。一方面，各地的演出和电视转播照常进行；另一方面，普通民众的舞蹈狂欢达到高潮。

夜色降临，神仙台市大街上华灯齐放，流光溢彩，城市管理研究室还特地放出了几颗彩色卫星，粉红、淡黄、玉蓝、草绿等等，就像在空中挂上了几十个大灯笼。它们与皎洁的月光交相辉映，既增强了照明效果，又增添了温馨浪漫的气氛。

我和玉妃、木里和金妃、长立和银妃，都穿着盛装，坐在神仙台市中心广场上。眼前俊男靓女如云似海。八点钟狂欢开始，顿时音乐齐鸣、灯光闪烁，人们都站起来欢呼，同时跳起舞来。这真是一场真正的全民歌舞、全民狂欢。随着音乐的旋律，我和玉妃手拉着手，合着拍子跳了起来。其他学员也都和妻子（丈夫）一起跳舞。在这种气氛下，人心都弹跳起来，哪有不跳舞的人呢？音乐不断变化，舞步也随之变化。有些舞蹈我不会跳，靠玉妃带着，很快就合拍了。音乐也很抒情，歌词是歌颂我们幸福的生活。我体会着歌词的含义，想着自己从地球来到天帝星球，在天帝的身边享受着幸福的生活，不禁热泪奔涌。玉妃问："您怎么哭啦？"我说："我这是幸福的泪水,幸运的泪水啊!"

除了群众舞蹈之外,神仙台市中心广场上还有机器人唱歌、机器人舞蹈。晚上九点,我们来到广场中心乐池,找了一个位置坐下,只看到乐池里整整齐齐地摆放钢琴、大小提琴、各种管乐器、各种锣鼓。不一会儿,从通道那边走来了两百多人的队伍,男士们西装革履,女士们裙裾飘飘。他们身材一样高,相貌极为相似,如果没有胸前的标识,你很难分清谁是谁。他们到各自的乐器旁边坐下,拿起乐器,做好演奏的准备。这时五位机器人歌唱家走上乐台,一位机器人指挥家走上指挥台,他们面向观众,伫立在那里一动不动。演出铃声一响,不需人报幕,机器人指挥家转过身去,面对乐队,双臂一举,指挥棒向下一劈,两百多种乐器齐发佳音。紧接着,几个机器人歌唱家适时发出高亢的歌声,顿时美妙的旋律在广场上的夜空中飘荡。

当晚,机器人歌唱家共演唱了二十首歌曲,有独唱、对唱、合唱;机器人乐队演奏了三十多首乐曲,有独奏、合奏,曲调有轻盈舒缓的,有铿锵激越的。大河奔腾,小溪汩汩,极尽旋律之妙。我注意看那些乐器被机器人娴熟地操作,发音准确细腻,协调和谐。而那机器人歌唱家的歌声更是妙不可言。机器人的歌唱模拟人的声音,但比人的歌声更优美。人的歌声往往受生理条件的限制,声音过高或过低,以致难以表现。但机器人不同,它是人类根据需要制造的,声带的宽窄、声音的高低、共鸣的强弱,完全不受任何限制。机器人歌唱家想怎么唱就怎么唱,其声音的美妙达到人类无法企及的高度。

我一边欣赏,一边对此赞不绝口。玉妃告诉我,不仅这些歌唱家是机器人,演奏家是机器人,而且这些美妙的音乐旋律,也都是由机器人音乐家创作的。

我感到十分好奇,机器人怎么会谱曲创作音乐呢?玉妃说:"这很简单。人类只要把创作要求的关键词输入电脑(音乐机器人),电脑就会自动创作出人类需要的音乐旋律来。"

不佩服不行。有一首叫《水》的音乐合奏曲，据说是机器人的创作佳品。乐曲极尽描摹之妙，使我回肠荡气，进入无我之境界：初时眼前似薄雾氤氲，细雨淋淋，春笋拔节，蛰虫初醒；继而如溪水叮咚，声如弦管，状似鸟鸣；俄而似飞泉直下，挂瀑悬崖，飘如白练，散若扬珠。突然下临深潭，激流奔湍，如群马奔腾，狭路相逢，似千军破阵，刀剑铿锵。最后穿山破石，摧枯拉朽。其声澎湃，浪击长空；其势浩瀚，波吞日月。疑天穹之将倾，恐末日之骤临。正惶恐中，乐曲戛然而止，酣梦初醒，风雨骤停。余音绕梁，久久不绝……

我从未听过这样好听的音乐。叫人难以置信这是机器人的作品，我坚持认为，如果让人类与机器人进行音乐比赛，亦难说谁胜谁负。这真是"此曲只应天上有，人间能得几回闻"。

此时在广场的另一处，机器人舞蹈也在进行。我和玉妃换了一个场地看机器人舞蹈。只见一队队机器人相继出场。每个舞蹈队六十名队员，前面是舞蹈演员四十人，后面跟着伴奏乐队演员二十人。我看着那些机器人先生和小姐，一个个身材窈窕，美丽到了极致。虽然他们是一个工厂制造出来的，但模具不同，相貌千差万别，各有各的美。我对机器人的美艳赞不绝口，又感到不可思议。

玉妃告诉我，在制造机器人模型时，电脑调取了亿万美女的数据，经过计算机运算，制造出各种不同的美女模具来。这就好比锁厂生产大量的锁钥，型号相同，但不能用同一把钥匙打开。玉妃说机器人也有自己的特点和个性，一般人看不出来或感觉不出来，制造厂却分得清清楚楚。

我把身边的玉妃、金妃和银妃与舞池中的机器人美女比较，她们既相同又不相同。玉妃、金妃和银妃完全可以跟舞蹈机器人相媲美，又美得不同，各有千秋。我跟玉妃、金妃和银妃开玩笑说："这些机器美女这么漂亮，是不是按照你们的模子制造的？或者你们是按照机器人的模子制造的？"

玉妃反问道："您看呢？"

我说："我觉得这些机器人女郎一定是按照你们的模子制造的，否则哪能这么美呢？"

我的用意是夸赞三妃之美，却不料三位女士异口同声地说："我们和机器人女郎是一个模子铸造出来的呀！我们也是机器人呀！"

我和木里、长立都开心地大笑，认为三位夫人说话也很幽默。

机器人的舞蹈刚柔相济，一招一式整齐划一，配合默契，天衣无缝。我想，人类即使训练有素，配合再好，也比不上机器人。这方面，机器人有它们独特的优势。正因为这样，机器人舞蹈深受人们的喜爱。玉妃告诉我，天帝星球经常举行机器人唱歌舞蹈大赛，既丰富了人们的文化生活，又促进了机器人制作技术的进步。

当天晚上是个不眠之夜。我们一直闹到第二天日出方才心满意足地回去，好在第二天是休息日，我和玉妃哪儿也没去，在床上足足睡了一天。至于全球舞蹈大赛谁是冠军、谁是亚军，名次如何，我们也不关心。我们是外行，分不清谁优谁劣，在我们看来，都是好到了顶点，美到了极致。

18. 大型无人钢铁联合企业

人类历史学课程结束了,我们升入二年级,学习星球资源和物质生产课程。教室换了,住房换了,教授换成了蓝云博士。

蓝云是星球物理学博士,是天帝星球物理学院院士。她说一口标准的天帝星球普通话。相比之下,伍神博士的讲话有些乡土口音。这说明蓝云博士生长在大城市,是神仙台市的老居民。

当蓝云博士高贵典雅、美丽动人的形象出现在课堂上时,学员们眼前一亮,精神为之一振。学员们经常在电视上看到蓝云讲话,但没有近距离观察过。蓝云来做我们的教授和班主任,学员们感到既惊喜又幸运。

蓝云在课堂上首先介绍天体物理概况。她说:"天帝缔造宇宙星球,首先是缔造天体物质。天帝用金、木、水、火、土五种物质组合成万物,细分则有两百多种物质元素。"

蓝云介绍了天帝星球的资源情况,她说:"宇宙的资源是无限的。但作为一个星球,它的资源又是有限的。天帝星球规模庞大、资源丰富,但天帝仍然要求我们对星球资源倍加珍惜,不可轻易开采,更不得浪费。天帝星球人类在这方面十分谨慎。像生活需要的铁、铜、铝、锡、金、银等金属矿藏很少开采,对于可以作为燃料的煤、石油、天然气等亦控制开采,对于锂、铀等稀有矿藏尽量不开采。必须开采利用的,不允许有一点浪费,亦不允许污染环境。"

蓝云说:"天帝星球开采最多的矿产是铁矿石,因为人类生活离不开钢铁制品,同时钢铁制品对人体危害较小,对环境污染较少。我们本着节约的原则,对钢铁废品及时回收、加工,反复利用。虽然我们付出了更多的成本,但从节约星球资源、保护生态环境方面来看是合算的。"

蓝云告诉大家:"中洲有一个年产五百万吨钢的大型钢铁联合企业,我们将安排大家去看看。"

一个月后,学员们在蓝云的带领下,参观中洲大型钢铁联合企业——乌山钢铁厂。这个钢铁厂离神仙台市四千多公里,是全球为数不多的大型钢铁企业之一。

蓝云说:"天帝星球以一个大洲为独立的科研单位和核算单位,每一个大洲都有自己相对完善的工业体系。但特殊产品由星球重点工厂生产。乌山铁矿石品位高,它不仅满足了中洲对钢铁产品的需求,还被运往其他大洲。"

蓝云又说:"不管有多少企业,不管企业属于哪个大洲管理,其生产的产品的品种和产量都在全球的计划之中。由于网络高度发达,天帝星球早已实行精细化管理,精细到每生产一颗螺丝钉、一颗纽扣,都是根据需求下单,不存在商品积压,也绝不会浪费一点资源。"

我问蓝云:"天帝星球各个企业会不会互相竞争?"

蓝云说:"天帝星球不存在企业竞争,他们只存在互相帮助、互相支援。组织生产是电脑下达指令,产品的数量、型号、质量都有明确的要求,不得擅自改变。至于生产技术进步、产品更新换代方面的事,由有关研究机构做出决定。确实需要提高效率、改进质量的,全球统一下达指令,统一标准,避免资源浪费。"

我们乘坐的飞机在乌山市飞机场降落。眼前一座大山立在面前,五千多米高,连绵数百公里。蓝云介绍,此山名叫乌山,又叫雷公山,因为山上常年乌云翻滚、电闪雷鸣而得名。大型钢铁联合企业——乌山钢铁厂就在山下。我们朝四面看看,到处都是树木花草,却看不见钢铁厂在哪里。

中午,学员们在宾馆下榻就餐,下午穿滑轮鞋游览乌山市。乌山市很小,也就几万人口。设在这里的只有一个钢铁生产研究所,下设三个研究室,即自然积电研究室、铁矿开采研究室和钢铁冶炼研究室,及学校、商店、旅馆等服务单位,加上科研人员的家属,住在这里的也就几千人。乌山流动人口多,街上走的、宾馆里住的,大都是旅游者。乌山街道整洁,绿树婆娑,鲜花争艳,山泉清冽,是个美丽清雅的宜居小城。

第二天参观钢铁厂。一个叫白金的年轻女子接待我们,不用说,又是一个美人儿。她一见到蓝云就亲切地迎了上来拥抱。蓝云是名人,"天下谁人不识君"呢?

我问蓝云:"天帝星球的男女都很漂亮,看不到残疾人或相貌丑陋的,这是怎么回事?"

蓝云说:"天帝星球人类在出生之前,精子和卵子都进行过严格的筛选,健康和美丽的基因一代一代遗传下来。"

说话间我们来到乌山钢铁厂采矿区。眼前只是一片森林,看不见采石场。我们穿着滑轮鞋在林中大道向前滑行,几公里后我们来到半山腰的一座凉亭。这座凉亭依山崖而建,有金黄色的琉璃瓦和红色的栏杆。走近一看,凉亭遮盖着一个山洞,洞口很深,一条水泥路缓缓向下延伸,深入地底。路中间有一条白色的地线。

白金介绍说:"这是我们矿山的一个矿井,采矿面在地下两千米深处,这条路的另一头是冶炼厂。两地相距二十几公里。"

正说着,一列矿车从洞里出来,向山下开去。车子足有一百米长,车厢全封闭,看不见里面装着什么,没有一点灰尘,干干净净,像一条绿色的旅游列车。

我问:"这是什么车?"

白金说:"采矿车呀。"

"有这么干净的采矿车吗?"我很好奇。

白金说:"采矿车是全封闭的,出井途中,要经过冲洗消毒。"

我问:"怎么不见司机?"

白金说:"这是全自动机器人采矿车。下井选矿、采矿、装车、运送全是它自主运作。车子的前部是采掘机,后面是牵引机。下到井下,采掘机做功,装满后牵引机拉回来。"

我问:"牵引机自己认识路线?"

"怎么不认识?"白金说,"你看到路当中的白线了吗?这是感应线,牵引机就是沿着这条线运行的。"

"不需要铺设铁轨?"我问。

"不需要。省了铺设铁轨的麻烦。"

我问:"井下有人操控采矿车吗?"

"没有人操控,也不需要人操控。"白金说,"一切由电脑全权处理。井下环境恶劣,黑暗、潮湿、空气混浊、充满毒气,人是不能下井的。只有机器人才能工作。这台长车就是一个机器人。"

我问白金:"像这样的矿井有几处?"

白金说:"有几百处。你看山坡上那些凉亭,每一座凉亭就是一个洞口通道,井下就有一个采矿面,就有一辆机器人采矿车在工作。"

"井下情况复杂,工作难度大,全靠机器人,能行?"我很怀疑。

白金说:"机器人采矿车的车顶带有紫外线、红外线电子眼和各种矿石分辨仪、检测仪,能够在黑暗中精准地找到矿石。确定矿石有开采价值后,矿车前头的掘进机便伸出机头采掘。采掘的矿石由传送带传到车厢里,车厢装满即停止采掘,机车牵引运送到冶炼厂去。倒掉矿石后,原地返回,继续工作,日夜不停,丝毫不错。"

我问:"如果用传送带,不让机器人采矿车来回跑,效率是不是更高一些?"

白金说:"各有利弊。我们不追求效率,只考虑产能配套。冶炼厂需要多少吨铁矿石,矿石需要多少辆采矿车保障供给,都有精确的计算,多了浪费,少了误工。再说铺设传送带需要有人在井下施工,建设、维修、拆除等工作都很麻烦。我们让机器人采矿车全权处理,人就不需要下矿井了。"

　　我问:"这么大的矿山,藏在几千米深的地下,是不是地表没有矿石?"

　　白金说:"我们对露天铁矿基本不开采。这样做的目的是防止空气和水体的污染,以及地壳地貌形状的改变。"

　　确实是这样,我们看到眼前的矿山绿树成荫,山青水碧,鸟语花香,风景秀丽,哪里感觉脚下有一座矿山采石场哟!

19. 无人钢铁冶炼厂——几条封闭的玻璃管道

参观了几处矿井之后,我们沿着矿车行驶的道路前往冶炼厂。我们看到几幢高大的车间,一直向前延伸。进入车间,眼前是几条封闭的玻璃管道。只见一列列矿车驶进管道,自动将矿石卸下,原路返回。矿石被传送带裹挟着前行,通过破碎、球磨、精选、配料等一系列程序,最后投入熔炉中冶炼,全程在管道内运行,电脑控制,自动化操作,不需要人工。我们穿着滑轮鞋沿着管道下方的道路一直向前,最后我们到了钢水出炉车间,看到了沸腾的钢水像瀑布一样流出,注入各种模具之中,进行冷却定型。再往前,则是各种不同型号的钢锭被机车运走。从表面看,炼钢是个简单的生产过程。

我问白金:"乌山大型钢铁联合企业共有多少职工?"

白金答:"一百二十人。"

我很吃惊:"这点人够了?"

"够了。"白金说,"人的工作无非是看看仪表而已。"

"这样炼钢真是简单了。"我不禁发出感叹。

白金妩媚地一笑:"虽然工人很少,但机器人有几十万个。"

"几十万个机器人,管理起来工作量很大吧?"

"不。"白金说,"每一个机器人都有明确的使用寿命,当机器人使用寿命到期时,它会自动报警,我们根据报警,发出信息通知机器人研究所,他们会立刻派人来更换,不需我们动手。"

最后我问:"冶炼厂用什么燃料?我怎么没有看到高大的烟囱?不用煤炭,不用汽油、天然气,也不用核电?"

"不用。"白金的回答使我吃惊。

她说:"我们用电能,但我们的电能既不靠燃烧煤炭和石油,也不靠核能发电,我们靠大自然发电厂提供电能。"

"大自然发电厂?"我感到很新鲜。

白金粲然一笑,说:"我带你们去看看我们的天然发电厂吧。"

我们来到乌山边,下了车,白金指着高高的乌山说:"这就是我们的发电厂。"

我们朝山上看去,只见树木森森,看不到发电厂在哪里,只看见山顶上一排排红色气球随风飘曳。

白金说:"我们的电力主要来源于大自然。像这座高山就是天然的发电厂。看到那一排排气球了吧?它们就是我们从空气中吸取电能的设备。空气中间有大量的电能,打雷放电就是空气中电能的释放。我们用科学技术把这些电能吸取过来,通过气球下面的电线,导向储电场储存起来,既满足我们生产用电的需要,又避免了雷电的危害。乌山过去常年雷电交加,自从装上吸电设备,从此再也不会电闪雷鸣,飞机从上面飞行也安全了。"

白金又说:"同样,太阳能也是一种重要的电能。植物生长靠阳光,就是利用太阳能。我们让植物为我们收集电能,植物的每一片叶子就是一个高效的太阳能电池板,它们吸取太阳能的效率高于人造太阳能电池板许多倍,一座大森林就是一个绿色的发电厂。我们运用高科技,把植物吸收的电能用导线引流出来,送到我们的储电场。"

"这真是一个好办法。"我脑洞大开,问,"你们的储电场在哪里?"

白金说:"储电场在地下,因储电场电压很高,磁性很强,为了安全,把它放到地下。"

告别了美丽的白金小姐,我们坐上了回程的飞机。飞机上,我感慨万端地对蓝云说:"要不是亲眼所见,真不敢相信一个年产五百万吨钢铁的企业竟然只有一百二十个人。真可以算是无人工厂了。"

蓝云说:"天帝星球人类广泛地使用电脑和机器人,代替人类从事繁重的体力劳动和脑力劳动,从事危险的和有损健康的劳动。在天帝星球,再大的企业也只有百十来个人,因为规模再大,其管理运作的方式是一样的,只是机器人有多有少而已。"

我问:"如果都用机器人工作,不会造成大量的失业吗?"

"失业?"蓝云显然对这个词很陌生,但她很快领会了我的意思。她说:"天帝星球上的每个人都有事情可做——只要他们愿意做。就是从事各个方面的科学研究,科学无止境,科研也无止境。"

我说:"科学研究不是人人都可以做的。一方面要有很高的文化水平和专业知识。当然,天帝星球的教育程度很高,这是毋庸置疑的。另一方面,也不是人人都能研究出新的成果来。多数人只能从事简单的劳动。"

蓝云说:"我们说的科学研究,是广义的概念,其中包括科学基础理论研究和技术应用研究。科学基础理论研究是前沿科学,当然不是人人都能做,而技术应用研究则是大量的工作。我们从事每一项工作,要想做好它,就要开动脑筋,这就是研究。工作精益求精,研究无处不在。这就是我说的广义的科学研究。"

我问:"如果研究不出成果怎么办?凭空享受社会进步带来的好处,岂不惭愧?"

蓝云说:"并不是每个人都能出成果,从来总是多数人庸庸碌碌。但不要紧,只要他们努力了,人们并不遗弃他们、歧视他们。人生的意义是享受生活,工作不是生活的全部。技术进步了,生产力提高了,社会总的财富增加了,每个人都可以享受。许多人不做事,靠基本生活费也生活得很好,就是享受了社会财富的增加给他们带来的好处。"

我笑着说:"我们现在也属于这类人。"

蓝云说:"你们还是学生哩!"

在我离开乌山钢铁厂的那一刻,白金凑到我的耳边对我说:"你长得很帅。能留下来玩几天吗?"我领会她的意思,顿时一阵脸红,心里怦怦乱跳。白金这样美丽的姑娘大胆向我示好,我简直受宠若惊。但因为我是学员,随团行动,身不由己,同时又怕在蓝云教授面前留下不好的印象(我对蓝云且敬且畏,还有说不清的情愫),所以只好说声"谢谢,后会有期"。看着白金那勾魂摄魄的大眼睛,我一时脚步都不知道向哪边迈了。

天帝星球人类表达感情就是那样简单、直白。

此后,学员们在蓝云的带领下,又参观了几个大型矿山和大型企业,同样都是只见森林不见厂房,只见机器不见工人,叫我领教了天帝星球科学的发达和自动化程度之高。

20. 树大米和树小麦

　　我和长立、木里三对夫妇经常在一起聚会，一起短途旅游。只是每到吃饭的时候，三位女士要到学校里吃，即使不到学校吃饭，她们也只喝一点营养水，从不和我们一起进餐，据她们说这是学校的规矩。她们每个月还有几天例假，要到学校里检查和保养身体，这时候夫妻就要分居几天，这也是规矩。天帝星球人类有他们的生活习俗，必须尊重，对此我们毫不在意。好在大家都吃食堂，从不烧火做饭。既然各有各吃饭的地方，彼此都很省事。每当几位女士到学校度假保养，我们三个男人就下饭店喝酒、吃大餐。我们还进入各种娱乐场所，充分地享受生活。费用上我们各付各账，也不觉得经济拮据。

　　天帝星球的主食也是大米和麦面。大米的颗粒像花生仁那么大，口感松软。小麦的颗粒像大枣一样大，加工出来的面粉味道香、筋道足。听人说，天帝星球的大米和小麦都是长在树上的，是木本植物，不用年年播种栽培，省去大量的耕作劳动，而且产量很高。

　　为了满足学员们的好奇心，蓝云带领我们去参观盛产大米和小麦的两江平原农场。两江平原，就是两条大江入海口的大平原，是江河冲积平原。这里土地松软肥沃，是中洲最大的粮食产地，也是天帝星球的示范农场。学员们坐快速列车行五百公里，来到两江农场，年轻精干的农场负责人石良先生到车站迎接我们。

　　石良见到蓝云，就像见到了老朋友，说："难得见到电视以外的蓝博士！"

接着,石良领我们到数据陈列室,向大家介绍两江农场的情况。两江农场面积三十万平方公里,主要盛产大米、小麦、大豆和玉米等农作物,占中洲粮食产量的三分之一。情况介绍后,学员们乘直升机去田间参观。

这时正值秋收时节,从飞机上往下看,茫茫一片无边无际的树林,树冠上顶着金黄色的稻穗,从空中俯视,像金黄色的毛茸茸的地毯,在轻风吹拂下波浪起伏。一辆辆大型收割机正在收割。收割机把稻谷的头部割下,在机车上面进行脱粒、初步烘干(进入仓库二次烘干)、装包。茎叶被粉碎,撒到田间。收割机过后是修得整整齐齐的光秃秃的树干,地面是一层松软的碎叶。

直升机降落在地边田头。我们下了飞机,迎面一个美丽的年轻女郎上来与蓝云拥抱。女郎是石良的妻子,叫石盈。石盈正在中央控制室监控收割机劳作,见来了客人,便赶了过来。

我问石盈:"这就是稻树?"

"对,是稻树。"

"听说还有麦树?"我又问。

"有呀,和稻树在一起,叶子黄的是稻树,叶子青的是麦树。"石盈说,"我们农场实行稻麦混植,一排稻树,一排麦树。秋天稻子收割后,稻树进入冬眠期,让麦树生长。麦树长到春夏之交收割,进入夏眠期,让稻树生长。这样春秋两季稻麦收割互不影响,又节约了土地。"

我告诉她:"我们那个星球稻子和麦子都是草本植物,不是树木。"

石盈说:"我们原来也是草本的,但由于栽种管理太费工费时,所以就培植了木本的稻子和麦子。不仅节约了人工,还节约了水和肥。由水田改为旱地,旱涝保收,品质更好。"

"这真是让农业科学前进了一大步。"我称赞道。

参观了莽莽苍苍、一望无际的稻树、麦树的森林之后,我们还参观了玉米、大豆大田。我发现天帝星球的农业很少有水田,除了必须在水里生长的庄稼外,大规模的种植,都是在旱地里,这样便于机械化操作。

此时也是玉米、大豆的成熟期,田野里收割机正在忙于收割。

玉米、大豆是草本,也是混种,两者收割期相同。玉米高,大豆低,机器怎样收割呢?我们看到收割机先从上部将玉米秸秆拦腰割断,将长在上面的玉米棒收割、脱粒、初步烘干、包装,秸秆粉碎还田;紧跟着另一台收割机从下部将大豆和玉米秸秆全部收割,将大豆脱粒、初步烘干、装包。所有的秸秆全部粉碎还田。两台机器,一前一后,收割完成。收割机过后,田野里干干净净,留下一层松软的秸秆粉末。

我们发现庞大的收割机上竟然没有驾驶室和驾驶员,便好奇地问石盈:"收割机没有人操作吗?"

石盈说:"大型收割机本身就是一个智能机器人,工作时受中央控制室指挥。"

我又问石良:"你们农场有多少员工?"

"一百多人。"

"又是一百多人?"我想到蓝云说的,在天帝星球,再大的企业,也就是一百多人。

我问:"春收和秋收时节,忙得过来吗?"

"有什么忙不过来的?我们一百多人分两班,每班五十几个人,工作只是看看仪表、看看屏幕、发发信息而已。"

我又问:"你们给庄稼施肥吗?"

"基本不施肥。"石良说,"我们这个地方是江河沉积平原,土地肥沃,只要做到秸秆还田,就能保持土壤的肥力。再说,木本植物根系发达,它们吸肥固肥的能力很强。草本植物像玉米和大豆,吸肥固肥能力也很强。肥力过剩,反而会造成粮食减产。"他又补充说,"有的地方土地贫瘠,就追点儿肥,要到肥料厂调些有机肥来。"

我再问:"有没有病虫害?"

石良说:"病虫害当然有,但也不多。木本植物本身抗虫害能力强,玉米、大豆要差一些。"

我问:"如果有病虫害,怎么防治?"

石盈插话说:"我们有机器人苍蝇。"

"机器人苍蝇?"

"对。"石盈说,"就是一种会杀虫的机器人苍蝇。它们只杀庄稼地里的害虫,是庄稼的守护神。"

"这么大的面积,要多少机器人苍蝇?"

"要不了很多,几万只就够了。一只机器人苍蝇能管几平方公里的面积。"

"机器人苍蝇有这么大的能量?"我有些怀疑。

石盈说:"机器人苍蝇能力很强,它不同于生物苍蝇或者啄木鸟之类。生物苍蝇和啄木鸟是靠食欲驱动去灭虫的,吃饱了就不吃了。而机器人苍蝇是专门灭虫的,所以能够不停地、不知疲倦地攻击害虫,效率自然是生物苍蝇和啄木鸟的成千上万倍。机器人苍蝇的嗅觉和听觉能力高于生物苍蝇和啄木鸟两千倍,它们凭着嗅觉和听觉,能找到很远地方的害虫发出的气味和声音。"

"机器人苍蝇靠什么做动力?"我问。

"靠身上的微型电池,靠太阳能充电。机器人苍蝇的翅膀就是充电板。当电池电力不足时,机器人苍蝇会自动飞到太阳底下充电,电池充满了,它们就继续工作。"

正说着,一只机器人苍蝇飞到我的衣服上,落在那里一动不动。我仔细看它,与普通苍蝇无异,只是翅膀略大一些。

石良说:"不要碰它,它在晒太阳充电,身上电不多了。"过了大约十分钟,机器人苍蝇充足了电,飞走了。

学员们齐声赞叹:"多么神奇的人造小精灵呵!"

21. 面包果树和奶果树

天帝星球的水果、蔬菜十分丰富，除有与0185号星球同样的品种之外，还有许多不知名的蔬菜和水果。味道都很好，营养很丰富。

有一种常见的水果，拳头那么大，外面一层青皮，里面的肉质松软可口，含有丰富的淀粉和各种对人体有益的矿物质，人称"面包果"，可以生吃，也可以煮熟吃，烧烤一下，还飘散着浓浓的面包香味。还有一种果实，与面包果大小相同，外面是黄色的硬壳，用小刀剖开，里面装着牛奶一样的汁液，香甜爽口，很像0185星球上的椰子，只是小了许多，人称"奶果"。这两种果树是天帝星球农业科学家精心培植出来的。两种果树不论肥瘠，不论旱涝，都漫山遍野地生长，一年四季果实累累。人们旅行中不要带干粮，饿了摘下一只面包果和一只奶果，就可以充饥解渴了，其营养成分完全满足人体的需要。

回到学校，学员们对面包果树和奶果树很有兴趣，要求安排时间去产地参观。蓝云说："别着急，会带你们去的。"又说，"学校食堂里不是有吗？"经过蓝云指点，学员们才知道，原来我们天天吃的面包，其中就有面包果，天天喝的饮料，大都是奶果汁。

蓝云告诉大家："面包果树和奶果树到处都有，但是大部分生长在百果山。百果山是当年天帝星球果品研究所的果品培植基地，那里有很多各种各样的果实。那里还有一种奇特的树，叫萝卜树，树洞里可以住人，是中洲一个旅游度假胜地。"

这天我们坐飞机来到百果山。百果山果然是果品之乡,各种各样的果子一年四季挂满枝头,五彩缤纷。山下有一个小集镇,叫百果镇,中洲果品研究所也在那里。听说是外星球培训学校学员到来,果品研究所主任富山博士喜出望外——外星球学员使他好奇,还可以亲睹蓝云风采,他认为这是一种荣幸。

富山见到蓝云,免不了说一番欢迎和恭维的话,然后把学员们带到会客室,将一盘盘各式各样的水果端上桌给客人品尝。桃、梨、枣、杏、苹果、橘子、香蕉等等,应有尽有。有的0185号星球有,有的没有。其中最多的、最大众化的、营养最全面的是面包果和奶果。富山说:"这是天帝星球的当家果品。"

学员们用面包果充了饥,用奶果解了渴,尝过各种果品后,被领着上山去看面包果树和奶果树的真身。

沿途山坡上大片大片的面包果树和奶果树,果实累累,十分诱人。面包果树两三丈高,叶子像芭蕉扇大小,叶边呈五角形;奶果树像椰子树,大概是椰子树的一种。

富山说:"赶得早不如赶得巧,现在正是面包果和奶果的成熟季节,我们的机器人正在采果。"

大家乘坐直升机上山。途中富山介绍说:"面包果树和奶果树很高,过去摘面包果和奶果必须爬树,等它们成熟了掉下地,何其难也,因为它们长得很结实,成熟了还在树上挂半年不掉。现在我们制造了长颈鹿机器人,这样采摘果实就方便多了。"

富山又说:"虽然面包果和奶果不便采摘,但果子挂在树上不易变质,人们可以随时吃到新鲜的果子。正因为如此,它们成了旅游者最方便的食物。"

直升机进入深山,在一个大草坪上落下。在富山的带领下,大家踏着滑轮鞋在林中小路穿行,不一会儿到达收果现场。只见数十个长颈鹿机器人正在收摘面包果和奶果,它们那长长的脖子伸到树顶,像钳子一样的门牙灵活地咬下果实,果实顺着喉咙管道,滚到大肚子箱子里。学员们还看到一群猴子在帮助采摘,猴子们爬上爬下,干得很起劲哩!

富山说:"我们并不需要猴子帮助,但它们十分主动和热情,就让它们闹腾去吧。这一群猴子和我们相处很好,它们很听话。当然,它们的劳动不是无偿的,漫山遍野的面包果和奶果就是对它们的奖赏。"

富山告诉大家:"我们每年有一定数量的果子供应神仙台市果品市场,多余的果子不采收,就让它们挂在树上,方便旅游者食用。到百果山旅游可以不带干粮,尽管是隆冬季节,树上都有果子供应吃喝。"

正说着,树林里传来一阵欢乐的笑语声。富山说:"这是一个旅游点。你们要不要去看看?"

学员们都说好,在富山的带领下往森林深处走去。里面林木茂盛,遮天蔽日,一条弯弯曲曲的小路直达旅游点。富山说:"每一个旅游点只能住四五十个人,人不能多,多了不安静,但人少了也不热闹。我们果山有这样的旅游点六千多个。每到夏秋两季,想来果山度假的人很多,但要几个月前在网上申报计划,否则不能接待!"

循着人们的欢笑声,走了半个小时,方才看到有几对青年男女利用树上长长的藤子荡着秋千。几个女青年坐在高高的藤子上,男青年用力摇晃着藤子,女青年快乐地惊叫着,裙裾高高飘扬。

见学员们到来,他们停止了嬉戏,都过来与学员们说话。见到蓝云,他们把她围了起来,争着和她合影。旅客们说见到蓝云博士不容易,今天真是幸运极了。

蓝云将学员们介绍给旅客。听说是外星人培训学校的学员,旅客们都显出惊喜的神情。他们说:"我们在电视里看到过你们。今天真是巧啊!"彼此相邀照相留念,蓝云、富山亦加入其中。

据游客们说,他们亦来自神仙台市,在这里已经玩了一个月了,并邀请学员们和他们同住。

我们问他们住哪里。

旅客们说:"住树上。"

富山对我们说:"看看树上旅馆吧。"

我眼前出现了一棵棵又粗壮又高大的树干,十几个人合抱都抱不过来。树干很光滑,枝杈很少,树叶不多,只是在顶端长着枝叶向天空伸展开来,活像一个个露在地面上的大白萝卜。

富山介绍说:"这种树就叫萝卜树,样子像萝卜,但不是蔬菜,而是一种乔木。把树身挖空了,可以当房子住,我们百果山旅游公司利用萝卜树挖成房子,接待游客,既经济又环保,受到游客的欢迎。"

蓝云说:"天帝星球为了保护环境,尽量不在野外造房子、修路,因此特地培植了这种萝卜树。有了这种树,人们就可随地为家,不需要大兴土木,人来即住,人走关门,不需人管理。"

我问:"把树挖空住人,树不会死吗?"

富山说:"不会。树是靠树皮传递营养,里面挖空了,树照样生长。就是树老了死了,木质可保持几百年不坏。"

学员们对萝卜树很是好奇,游客们便带我们进去参观。我们被带到一棵萝卜树前,这是一座加工装修好的树屋,从树边绕树挖凿了一个楼梯,靠树身还挖了一个扶手,向上攀十来米高,有一个小门洞,人钻进去将门关上,里面是个两平方米见方的空间,木板地上铺着地毯,有一扇玻璃小窗透光通风,亦可以从窗口欣赏外面的景色。富山将天花板向上一托,一块木板移向一边,出现一个小洞,正好人可以钻进去。大家从洞口爬上,回身将木板复位,盖住洞口,这是楼上房间,地毯上有被褥,墙边还挂着男女衣服。小玻璃窗边还挂着一面镜子。

富山介绍说:"这是个标准的树洞房,两层,住两个人,下层是活动室,上层是卧室。唯一不足的是不能做饭,不能洗澡,没有洗衣机,没有卫生间。"

我问怎么解决这些问题,富山说:"吃饭就吃面包果,喝水就喝奶果汁,洗脸、洗澡、洗衣在树下的小溪里,晾衣在树枝上,如厕在树林里,带个小木铲挖个坑,方便后用土掩埋,保持树林中的环境卫生。这是一种半野人生活,但很有情趣。"

看过树洞旅馆,学员们下到地面,这时周围的树屋上走下来许多青年男女,有二十几对。还有一些没有从树上下来的游客,打开小玻璃窗,探出头向下张望,像树上栖息的小鸟。

几个小孩,大一点的孩子爬上树藤,荡着秋千玩儿,小一点的孩子背上小天使翅膀,在树林里采花采果,飞来飞去,像个小蜜蜂,嗡嗡地叫个不停。

我问游客们住这里是否消息闭塞,是否感觉寂寞,他们都说:"不会,有电视、电脑、手表,能随时了解外面的信息。有些人还把科研工作带到树林里来做,只要随身带着电脑、手表,就会信息畅通,做任何工作都不受影响,不必长年坐在办公室里。"

富山指着一个美女说:"她是一个作家,她每天写一篇山林日记,发表在神仙台市文学网站上,很受欢迎。"

蓝云对女作家说:"我看过你的文章,写得很有生活情趣,我很喜欢。"

女作家说:"今天我要写蓝云博士来到百果山,还带来了外星球客人,读者一定争相传阅。"

蓝云说:"说说外星球客人可以,至于我就不要写了。网站上关于我的报道够多的了,一个人哪能占尽风头呢?况且我不过是一个普通人。"

大家都说蓝云博士太谦虚了。

告别旅游者,告别百果山,学员们坐着直升机离开了。机翼下莽莽森林逐渐远去,我的心却久久地留在树林里。山里的风景是美丽的,绿树参差,山花闪烁,小鸟唧啾,溪水汩汩,清风拂拂,好一个清幽明丽的世界。

21. 面包果树和奶果树

在喧闹的都市住久了，到这里换个环境生活几天，真是个不错的体验。我把自己的想法告诉长立和木里，我们打算今后带着妻子来玩，体验一下树洞旅馆的山居生活。

22. 中洲畜牧场

　　上了几天课，蓝云又安排学员们去中洲草原参观中洲畜牧场。中洲草原离神仙台市两千多公里，面积十几万平方公里，是一个美丽的草原生态风景区。学员们乘坐高速列车到达中洲畜牧场。场长牛汉在车站迎接。

　　大家来到畜牧场场部，场部有一幢两层楼房，楼下是办公大厅，楼上是职工休息室。牛场长带着大家进入办公大厅，见当中一张很大的会议桌，四周有几十把椅子，桌上摆着饮料、水果、鲜花，看样子是为学员们造访做的准备。办公大厅两边，隔着走廊是一间间的办公室，透过玻璃门，可以看见每一间办公室里坐着一个工作人员，有男有女，临着小窗操作电脑。

　　学员们在圆桌边坐下。牛汉介绍基本情况：中洲畜牧场共饲养牲畜一百多万头。分三万个畜牧点（牲畜休息棚舍），职工一百多人……

　　我不禁问："百万头牲畜，三万多棚舍，仅一百多人，一个人要管理三百多个棚舍，忙得过来吗？"

　　"忙得过来。"牛汉说，"我们有各式各样的机器人十几万个。等一会儿，我带大家去看。"

　　我们在场部吃过午饭，就坐上了畜牧场的两架直升机，向广阔的草原飞去。

　　从直升机上朝下看，草原广阔而平坦，虽有些小小的丘陵起伏，却更

22. 中洲畜牧场　　107

添优美的韵致。牧草很茂盛,从直升机上看,像铺了一层厚厚的绿色地毯,清风吹过,掀起一层层波浪。其间一簇簇的小树林,使景色更加生动美丽。牛汉说:"这些小树林是牲畜在烈日下遮阴休息之地。"几条蜿蜒曲折的小河流淌其间,碧波粼粼,宛如蓝色的飘带。草场上许多牛、马、驴、羊、猪等大型牲畜散放在那里,自由而悠闲地吃着草,不像畜牧场,倒像是野生动物自然保护区。草地中间,每隔几公里就有一排漂亮的平房,红瓦白墙,十分醒目。牛汉说:"这是牲畜的棚舍。"

远处有几十匹快马在奔驰,马上的少年意气风发,姿态矫健。牛汉说:"这是神仙台市的游客。我们这里有草原赛马旅游项目,很受欢迎。"

看到少年骑马奔驰的情景,我和木里、长立都跃跃欲试。

直升机在一处牲畜棚舍前面落下。我们走近棚舍,发现里面不仅宽敞,而且干净明亮,空气新鲜,香气馥郁。

牛汉说:"牲畜白天在野外吃草,晚上自己进来休息。牛、马、驴、羊、猪各有各的棚舍,互不干扰。"

我问:"牲畜不需要牧人驱赶吗?"

"不需要。"刘汉说,"我们在牲畜的脖子上挂着播音器,播音器由电脑操控。到了该回屋休息的时候,播音器会用牲畜的语言提醒,牲畜就自动回到屋内。"

"牲畜语言?"我好奇地问。

"对,牲畜语言。动物都有它们的语言,用语言与它们交流,容易沟通。"

我想起了语言翻译机,问:"牲畜都听话?"

"听话。"牛汉回答。

我好奇地问:"牲畜知道人类饲养它们,是为着吃它们的肉吗?"

"知道。"牛汉说。

我感到很意外,问:"它们能接受这样的命运?"

"能接受。"牛汉说,"它们知道向人类捐献肉体是一种高尚光荣的行为。"牛汉又说,"尽管如此,我们根据天帝的要求,充分尊重牲畜的生存权、成长权和享受生活的权利,让它们有尊严地活着,舒舒服服地度过一生。"

"这里面好像很矛盾。"我说。

"不矛盾。"牛汉解释说,"我们保障牲畜的生存权,不到自然衰老期不宰杀;保障牲畜的成长权,就是要给它们良好的生活环境,它们活动不受限制,充分享有阳光、空气、水源、土地和草食;享有交配权、生育权和娱乐权。我们本着对牲畜不虐待、不强迫、不殴打的原则,宰杀牲畜采取无恐怖、无痛苦宰杀。"

我问:"怎样做到无恐怖、无痛苦宰杀?"

牛汉说:"在宰杀之前,给它们服用神经兴奋剂和麻醉剂,让它们在飘飘欲仙的感觉中结束生命。要知道,牲畜由衰老逐渐走向死亡时,在自然状态下遭受疾病的折磨,是很痛苦的,由人类进行临终处理,享受安乐死,体现了人类的关怀。"

我告诉牛汉:"在我们0185星球,人类喜欢吃幼龄动物,比如小牛犊、小羊羔、乳猪等等,认为这个年龄的动物肉质鲜嫩,最好吃。即使不食幼龄动物,刚刚长大就宰杀也很正常,如牛三四年,羊两三年,猪一两年。鸡、鹅、鸭等小型动物,也只养几个月或者一年,因为养下去是要付成本的。"

"是吗?"牛汉惊讶得睁大眼睛说,"罪过啊,罪过啊!仅仅因为肉好吃,就剥夺它们的生存权,太残忍了!天帝是不允许这样做的。天帝星球饲养牲畜和家禽,虽然也计成本,但根据天帝的旨意,不允许破坏自然界生存法则,要保护生命、保护自然生态。天帝星球对饲养的禽畜如此,对野生动物更是严加保护。"

我说:"如果尊重牲畜的生命,应该提倡吃素食不杀生。天帝星球有没有素食主义者?"

牛汉说:"天帝在缔造万物的时候,采取了万物相生相克的自然生存法则。生物间弱肉强食是优生进化的需要。天帝把人类安排在生物链顶端,就是允许人类以各种动物为食。但是天帝要求人类不可以滥杀,尽可能少杀或不杀。天帝鼓励人类素食,但不作硬性要求。所以天帝星球素食主义者也不少。这完全尊重个人的选择。"

我问:"天帝星球不杀野生动物,却可以吃饲养的牲畜的肉,这是否公平?"

牛汉说:"天帝赋予人类饲养动物的权力和智慧,要求人类只以饲养的牲畜为食,而不允许伤害野生动物,这就把人类的食谱限制在一定的范围之内。人类饲养了牲畜,给它们提供安全保障和良好的生活环境。在寒冷的冬天,人类给它们喂食,使它们从出生后就饱食无忧。这样,人类吃它们的肉就有了合理的逻辑。如果人类不关心它们的健康成长,让它们自生自灭,就没有理由吃它们的肉。这是天帝星球人类与动物关系的法规。"

我问:"牲畜棚里这么干净,难道牲畜不在棚舍里面便溺?"

牛汉说:"牲畜也知道讲究卫生,它们基本不在棚舍里面便溺。但也有特殊情况,比如牲畜幼小,比如冬天大雪封门时,在棚舍内便溺是有的,此时就得及时清扫。"

牛汉说:"每天早晨,牲畜离开棚舍,清扫机器人便把牲畜的粪便冲洗到化粪池,洒上消毒剂和香水,然后在棚舍的地上铺上一层干草,开窗通风,保持空气新鲜。"

谈到畜牧场的具体工作。牛汉说:"首先是种植和管理牧草。我们种植的牧草是牲畜最喜欢吃且营养丰富的食草。牧草要满足饲食需要,并有一定的剩余。如果天气干燥,就要适当给草场浇水,秋天要将多余的牧草收割打捆,堆放在屋里,保证牲畜冬季食用。这就需要机械机器人。"

牛汉说:"棚舍管理机器人不仅仅管理棚舍卫生,还管理粪便。牲畜粪便被冲到棚舍下面的化粪池,经过发酵破碎,形成浆汁,掺入一定比例的清水搅拌,然后由抽水泵压进灌溉管网,送到草原植物的根部做肥料。全程自动化运作,电脑控制,机器人操作。"

牛汉说:"机器人还负责对牲畜喂食,主要是指猪这类牲畜,它们虽然与牛、羊一处放养,但要定时喂食蔬菜、玉米、大豆等饲料。牛、羊到冬季也要补充一些精饲料。这些饲料都需要加工、运输、配给,哪一个环节也少不了机器人。"

牛汉说:"我们牲畜场还负责牛奶生产,每一只哺乳期的母牛,每天要挤五公斤乳汁,供应神仙台市奶品工厂。这也是机器人负责。"

"五公斤?"我又奇怪了,"一头母牛一天只产五公斤奶,那要多少奶牛才能保证神仙台市乳制品供应?"

"您的意思是母牛产奶少了?"牛汉说,"我们天帝星球的牛奶,主要的还是让母牛喂它们的牛犊,人类只是在它们奶汁多余的时候挤一点奶,作为人类营养品的补充。所以天帝星球的牛奶产量不高。人类主要喝果奶和人造奶。"

我告诉牛汉:"在0185,牛奶是人类大宗的饮料和营养品。在0185,牛奶产量很高,一头母牛每天要产五十公斤奶,一年要产八个月的奶,产奶上千公斤。"

牛汉大为惊讶:"母牛怎么会产出那么多的奶?"

我说:"在0185,人类不停地给母牛人工受孕,不停地催奶。母牛除了怀孕就是产奶,基本没有停歇。"

"小牛犊也喝那么长时间的奶吗?"

"小牛犊从出生就不让它喝奶了,把它们引开,用代替品喂它。母牛产的奶都让人类喝了。"

"那不是太残忍了吗?"

22. 中洲畜牧场　　111

"是呀，想起来是很残忍。"我承认。

牛汉说："其实，大量地饮用牛乳，对人类并不一定是好事。牛乳是供小牛生长的食物，并不完全适合人类饮用，尤其不能大量地饮用。牛乳里有大量的激素和细菌，对人体是有害的。虽然经过煮熟消毒，但也会导致肠胃消化不良、皮肤过敏、脏器毒性损伤等等，大量饮用还会造成人体过早成熟、身体肥胖、产生心血管病等。"

我赞同地点点头："先生说得对，我们0185星球肥胖如牛的男女比比皆是，高血压、心脏病、心血管病、糖尿病等越来越多。过去我们只知道喝牛奶身体强壮了，但不知道疾病也随之而来。"

参观完畜牧场后，牛汉让我们骑着骏马在草原上驰骋了一个多小时。看到草原上各种牲畜在幸福地生活，特别是看到母牛带着小牛在草地上撒欢，我感触良多。在天帝星球，不仅人类幸福地生活，就连动物也尽享其福。

23. 人造肉工厂

天帝星球人类肉食比较丰富,除了牛、羊、鸡、鱼等肉食外,还有各种人造肉,有的像牛肉,有的像羊肉,有的像鸡肉,等等,但味道更鲜美、更可口。我经常吃它们,却对生产过程不清楚。

这一天,蓝云带我们去参观神仙台市人造肉工厂。

这是一座生产类似牛羊肉的人造肉厂,离市区三百多公里,学员们坐上直升机前往。到了那里,有一位名叫康怡的美丽女郎接待我们,她笑起来十分动人,说对我也不陌生,早就见过我。我感到奇怪,问她怎么见到我的,她说自从我坐飞碟到达天帝星球那天,她就关注我了。她说话不无幽默,很快拉近了我们的距离。在整个参观过程中,康怡和我形影不离。

康怡说:"人造肉是从草料里提取营养物质,经过化学的方法,孵化、培养出来的。食品科学研究所研究了食草动物将草料分解合成的化学过程,生产出了极似牛、羊等食草动物的胃肠一类的机器,制造出类似于牛羊肉一样的肉食。换句话说,造肉机器就好比是一头牛或一只羊,它们通过食草,将草料变成了肉,将植物蛋白变成动物蛋白。"

学员们惊叹:"这是人类科学的又一伟大进步,一大创举。它将部分改变人类肉食的来源,把人类从动物身上获取肉食改为直接取之于加工。"

我们来到一个很大的车间,里面堆满了各种草料。草料被粉碎机粉碎后,经过反复研磨,然后投入锅炉里面蒸煮,加入消化剂。在消化剂的作用下，草料开始溶化，然后进入一个管道，并在管道内慢慢移动，同时进行化学分解。到后来，管道分成两股：一股是废料排出，形成肥料；一股是营养液。营养液再进入一系列复杂的管道，经过孵化生长，逐渐变成了肉泥；肉泥经过挤压塑形，成了一根根碗口粗的肉棒；肉棒从管道里被慢慢吐出，被机器刀不停地切割，然后被装进袋子里密封起来，由车辆运走。这就是人造肉生产流水线。这个工厂有两千条这样的流水线，每天生产几万吨的人造肉，源源不断地送往各个城市。

康怡说："人造肉的关键技术，是培养活性胰岛素，由活性胰岛素分解植物蛋白并把它们变成动物蛋白，进而转化为有机碳水化合物。我们这里，一台造肉机就相当于一百头大型牲畜，只是它们没有意识神经和疼痛神经而已。"

我告诉康怡："我们0185星球有一个故事，说古时候人们发现有一种怪兽，屁股很大，肉很多，不知疼痛。人们要吃肉就从它的屁股上割取，割下之后，很快又恢复原状，于是再割。这种怪兽就成了人们肉食的来源。没想到在天帝星球，科学使幻想成为现实。"

回来的路上，蓝云告诉我："目前神仙台市食品科研所可以生产一百多种人造肉，它们的原料来源各异，味道各不相同，皆极其鲜美。例如除了能将植物转化为动物肉食之外，还可以将昆虫的肉转化为人造肉。各种鸟类和小型哺乳动物就是以昆虫为食，它们的肉比食草动物的肉更加鲜美。按照这个原理，使用相同的原料，就能生产出与各种鸟类和小型哺乳动物相似的肉食。人类逐渐减少对自然动物肉食的依赖，走上了肉食多样化的时代。"

我问："用昆虫作为生产肉食的原料，就需要在自然界大量捕捉昆虫，这是否会影响生态平衡？"

蓝云说："不需要在自然界捕捉昆虫，我们有昆虫养殖场，用人类食物的残渣喂养和繁殖大量的昆虫，亦即一种蛆虫。蛆虫粗加工可以成为家禽、鱼的饲料，精加工可以成为各种人造肉原料。这样既减少了人类对大自然的污染，又获得大量的优质蛋白，一举两得。明天我们去昆虫养殖场参观。"

第二天，我们来到离市区仅一百公里的神仙台市昆虫养殖场。前来接待的是一个叫费莉的女士，她还是神仙台市食品研究所的研究员。我们一见如故。这不仅是因为我沾了蓝云的光，而且就我本人而言，在天帝星球也算是一个名人了。

费莉引我们进入厂区，只见这里有好几条几百米长的玻璃房。费莉说："这就是我们的封闭性厂房。"

从近处看，每条玻璃房的前头立着一只高高矗立的大罐子。一辆辆罐装汽车从斜坡开上去，在平台上停下后，自动打开下方的罐盖，里面有汁液一样的东西流进罐子里。

我问那是什么，费莉说："这是神仙台市食堂和饭店的泔水。"

"用它做生产原料？"

"对，这是废物利用。"

只见泔水流进罐子下面宽宽的传送带，传送带缓缓向前移动，进入玻璃房，这时玻璃房里成千上万只金黄色的食腐苍蝇像黄云一样翻腾，它们见到食物，一起扑了上去，贪婪地吮吸起来。那边汽车不停地向罐子里投放食物，下面的传送带不停地向玻璃房移动，食腐苍蝇前赴后继地扑向食物，长长的玻璃房、长长的传送带，成了一条落满食腐苍蝇的金黄色的长龙。

费莉带着我们沿着玻璃房往前走，只见玻璃房中的苍蝇越来越少了，食物渐渐没有了，代替它们的是成堆的蛆虫和没有被吃掉的骨刺。

传送带行到了尽头，将蛆虫连同骨刺残渣一起送进了烤箱，在烤箱里经过高温烤干消毒之后，由粉碎机磨成粉末，制成黄豆粒大小的颗粒，最后装袋堆放。

费莉说:"蛆虫是富含营养的动物饲料,用它饲养动物,动物吃了它,营养足,生长快,身体好。"

"这真是变废为宝。"我叹道,"我们0185星球没有很好地把剩余食物利用起来,把宝贝看成废料,多么可惜!"

费莉说:"人类吃剩的食物通过昆虫食取消化,变成了蛋白质和营养素,可以做饲料,还可以做肥料,是庄稼的食粮。经过精加工,还可以直接制成人造肉,一点也不能浪费,怎么可以排到江河湖海里面去呢?"

我说:"怪不得天帝星球的江河湖海水质优良,一点污染都没有。"

蓝云说:"世界上没有废物,只是人类没有利用而已。"

24. 中洲蔬菜基地

回到神仙台市，第二天在课堂上，学员们讨论的话题从食腐苍蝇到各种机器人苍蝇。蓝云对大家说："我明天带你们去参观神仙台市蔬菜种植基地，让你们看一看蔬菜卫士——机器人苍蝇的魔力吧。"

这个基地在神仙台市郊区，学员们坐城市轨道交通工具即可到达。出了车站，眼前一大片绿油油的蔬菜地一望无际，约上万平方公里。一对年轻的夫妇出来迎接。蓝云介绍说："这是蔬菜基地的经理苏仑先生和他的妻子蔡妙小姐。"他们身后还有几个年轻的工作人员，有男有女，都年轻漂亮。

苏仑说："先到陈列室看看。"

蔡妙拉着蓝云照相去了。

我们进入一座大房子内部，看到一个巨大的展厅，里面是一排排的玻璃器皿，陈列着各种蔬菜的种子和它们的植株。玻璃器皿旁边有文字说明，写着蔬菜的名称、生长期、种植方法、营养构成。我看到里面不过是西红柿、辣椒、土豆、青菜、萝卜等0185星球常见的蔬菜，不觉得有什么出奇之处。苏仑说："这些蔬菜品种是我们基地几百万年间在大自然中精心选择，经过长时间人工培育出来的，是供人类食用的安全可靠的品种。"

我颇不以为然地说："我们0185也有这些蔬菜，我们日常食用的就是它们。"

苏仑看看我说："哦，0185，我知道，是三十万年前驻0185大使从我们这里带去，撒到你们那里的土地上的。"

"驻0185大使？"我想起来了，"您说的是不是启望？"

"不是。"苏仑说，"启望才多大，他才三千来岁。"

"是三千多岁。"我记得启望这样说过，可见启望说话不假。我问苏仑："先生您认为启望很小，我想请问，您今年高寿了？"

苏仑谦虚地摆摆头说："不能说高寿，但我比启望大得多，我两万三千岁。但到你们0185号星球撒种子的也不是我，他比我大很多。"

为了证明所说不虚，苏仑又说："我们蔬菜档案馆有档案，可以查到。"

我知道天帝星球的档案齐全，毋庸置疑，但我同时也感受到天帝对0185的关心。

苏仑又说："我们这个蔬菜基地，是中洲五万个蔬菜基地中最大的一个，是科技含量最高的基地。我们负责神仙台市居民的蔬菜供应。"

参观过展览厅，苏仑让大家坐上大巴士，沿着洁白平展、纵横交错的水泥路，在菜地中间穿行。各片菜地成方成块，红绿黄白，高高低低，十分整洁漂亮，一直延伸到很远的地方。

使我感到奇怪的是，菜地中间还有一片片长着杂草的荒地。

我问苏仑："这些荒地怎么没有耕种？"

苏仑说："这是土地轮作。我们蔬菜基地的土地都是种一年休两年。让土地休息，既可保持土地肥力，也可避免虫害。另外我们还根据土地肥力情况，进行品种轮种，使土壤肥力得到平衡。"

我问："你们蔬菜的产量高不高？"

苏仑说："我们不求高产量，高产量会过度消耗土地的肥力。但也不追求低产量，那样会浪费我们的人工。"

"你们不追求工作绩效？"

"绩效当然讲，但不是主要目标。"苏仑说，"天帝星球人口负担很轻。我们的土地大部分是自然植被、原始生态，只有不到百分之一的土地用于生产粮食和蔬菜。我们耕种的土地面积和蔬菜产量都是根据需要来的,不多也不少,生产多了会造成资源浪费。"

"你们的报酬怎么计算?"

"我们所付出的努力,自有手表给予记录,手表是根据人的智力付出和体力付出计算的。"

学员们看到几部机器在田间耕作,像是拖拉机,却没有人驾驶。

我问苏仑:"这些是不是机器人拖拉机?"

"对。"苏仑说,"我们的机器人拖拉机很灵活很能干,只要输入程序,就会自动把土地耕好。"

我问:"蔬菜基地的工作都用机器人吗?"

"都用机器人。"苏仑说,"土地翻耕、下种、灌溉、除草、整枝、收割、脱粒、加工、秸秆还田等等,全部由机器人处理。"

我问:"你们蔬菜基地多大面积?"

"一万两千平方公里。"

"有多少工作人员?"

"十二个人。"

"一万多平方公里,只有十二个人,你们忙得过来吗?"

"我们并不忙,每班六个人,一天工作,一天休息。工作只是管理机器人,如机器人损坏,就将它们修理好、保养好。但这也不是我们的事,有专门的农机研究室来办,我们只是发个信息而已。"

这时蓝云、蔡妙走过来,蔡妙补充说:"要说工作,我们只有两件事:一是看电脑屏幕,了解蔬菜生产中的情况。二是发信息给农机研究室,要他们把出现故障的机器人拉回去。但一般情况下,机器人出故障时会自动向研究室报警,研究室直接来人处理,只是特殊情况下机器人无法报警,才由我们发信息报告。"

"你们怎么治虫?用农药吗?"我问。

"不用农药。"苏仑说,"我们有机器人苍蝇。"

"是不是玉米、黄豆田里见过的那种机器人苍蝇?"

"不是。那是 A 型的,我们是 C 型的。"苏仑说,"它们出自同一个厂家,他们的个头大些,我们的个头小些。它们捕食的害虫也不一样。"

蓝云要求苏仑带大家去田间看看机器人苍蝇是怎样捉虫的。

大家来到一片棉花地。此时棉花正在发棵,放眼望去绿油油一片,却看不见机器人苍蝇在哪里。苏仑在一棵棉株旁边蹲下,用手拂开棉叶,指着棉株根部的一个小黑点说:"看到了吧?这就是机器人苍蝇。"

我看到那个黑点既像苍蝇又不像苍蝇,它静静地伏在那里,两只大眼睛不停地转动,见到人也不飞走。

苏仑说:"机器人苍蝇伏在庄稼的根部,眼睛盯着庄稼全身,发现小虫子或者细菌蠕动,就飞起来把它们咬死。机器人苍蝇日夜守候在这里,是庄稼的忠实卫士。"

我问:"它们能消灭细菌吗?有些细菌是肉眼看不到的。"

苏仑说:"机器人苍蝇的眼睛比人的眼睛灵敏度高几万倍,是高倍的显微镜,再小的细菌都逃不脱它们的火眼金睛。"

我问:"这种机器人苍蝇也靠太阳能吗?"

"当然是太阳能。"

我又问:"这样大批量的机器人投放在地里,损坏也是难免的,不会造成环境污染?"

苏仑说:"不会。我们的机器人是用有机材料制成的,不会造成环境污染。如果机器人零件损坏,不能自动飞回去修理,失去了它的作用和'生命',它就会自动溶解于土壤中充当肥料,就像死亡的昆虫一样。"

我问:"机器人苍蝇身上的电池不会给土地造成污染吗?"

苏仑说:"机器人的电池是生物电池。"

"生物电池?"我听不懂。

蓝云接话说:"生物电池是一种有机电池,它是由生物蛋白组成的。"

"生物蛋白?"我打破砂锅问到底。

蓝云说:"生物蛋白有带电功能,也有储电功能。比如我们人的身上是带电的,我们的心脏不停地跳动,就是靠电脉冲。电从何来?从食物里获得,储存在我们身上的蛋白质里面。海里有一种鱼叫电鳗,能发出几百伏高压电。鳗鱼死了,为什么不会造成海洋污染?就是因为它身体里的是生物电池,是蛋白质。我们天帝星球都用生物电池,所以土地和空气不会被污染。"

我又长了新知识。

我又问苏仑:"我看蔬菜长势很好,土地十分肥沃。你们用化肥吗?"

"用化肥。"

"什么化肥?"

"有机肥料,主要是用植物的秸秆、过期的食品、人类和兽类粪便这些东西加工而成。"

"是不是使用神仙台市人造肉厂的化肥?"

"我们不用他们的,我们有自己的化肥厂。"

"为什么不用他们的化肥?是他们的化肥不好吗?"

"神仙台市人造肉厂的化肥是一种精加工化肥,用来生产肉食,很少做肥料,因为成本高。我们有专门为蔬菜生产的化肥,工序简化,成本低。"

"是有机化肥还是无机化肥?"

"当然是有机化肥。我们不用无机化肥。"

我说:"在我们0185,大量使用无机化肥。"

苏仑说:"天帝星球禁止使用无机化肥,尽管无机化肥生产成本低,但它会破坏土壤结构。"

蓝云对苏仑说:"带我们学员到你们化肥厂看看吧。"

苏仑让蔡妙带着我们坐大客车去了蔬菜基地化肥厂。

这个工厂也很大。蔡妙要求大家穿上滑轮鞋,跟着她滑行。

眼前是一面面很大的蓄水池。蔡妙说:"这是从神仙台市吸过来的城市污水,即人畜粪便。"

蓝云补充说:"我们的生活污水分两个系统:一个是人类的洗涤污水,这种污水经过专门的管道排到城郊污水厂进行集中化学处理,达到标准后才能排到江河里;另一个系统是人畜的粪便,经过破碎后进入化粪池,由地下管道吸到厂里,进入分解池沉淀,对污水进行无菌化处理。眼前这池塘就是分解池。"

分解池碧波粼粼,没有化粪池那种浑浊和臭气。

我说:"这池里水这么干净,可以排放到江河里去了。"

蔡妙说:"不行,这水看起来干净,实际上仍然是一种富氧水,亦即肥水,只能用于灌溉,不能排入江河。我们将把它再次注入专门的蓄水池,制成液态化肥,通过管道向庄稼地里输送。池子下面的粪便残渣将被运走,进入发酵车间,制成固态化肥。"

学员们来到发酵车间,只见巨大的厂房里堆放着植物的秸秆,破碎机正在破碎。破碎后的秸秆被抓土机抓走,铺在另一间很大的厂房的地上。这时从外面开进一辆运渣车,将车上面装载的渣土均匀地撒到植物秸秆上。

蔡妙说:"这是从分解池中运来的人畜粪便的残渣。"

运渣车开走后,抓土机再铺上一层秸秆,又进来一辆运渣车,撒上一层渣土,这样一层层地铺好、压实,让它发酵。

蔡妙说:"我们厂一共有二十个这样的发酵车间。发酵好的肥料进入机器,再次破碎、搅拌、烤干,制成颗粒状的有机化肥,装袋运送到蔬菜地里使用。"

我问:"这么大的化肥厂要多少员工?"

蔡妙说:"不要员工,这一切都是机器人作业。这些抓土机、运渣车都是机器人,它们自动工作,日夜不停。我们只要隔几天来看看就行了。"

我抓起一把成品化肥颗粒,感觉像抓着一把炒豆,闻着竟有一股清香味道。我笑着问:"能吃吗?"

蔡妙嫣然一笑说:"经过除菌消毒,按理说是能吃的,只是人不需要吃它。"

我说:"这些东西在人类是废料,在庄稼是粮食,一点都不浪费。"

蔡妙说:"植物的秸秆和人畜粪便,都是从土壤里出来的,应该让它们回到土壤中去,这样土地肥力才不至于递减,自然环境才不至于因为人类的活动而遭到污染。"

25. 海底戏鱼

　　参观了工厂、农村之后，第二学期的最后一项课外活动就是参观海上捕鱼。

　　天帝星球海洋面积占百分之八十，利用和保护海洋是星球人类生活的重要内容。神仙台市离海洋不远，只有三百多公里。他们要去的海洋叫中洲海，以中洲地名命名。一大早，蓝云带领学员们先乘高速列车，赶到神仙台市中转，换乘前往中洲海的专线高速列车向大海飞驰。

　　半个小时到达中洲海，列车进入海底隧道。行进一千多公里，到达海洋当中的"观鱼岛"。观鱼岛是海洋当中一个群岛的总称，由十几个岛组成，其中最大的一个岛就叫观鱼岛。观鱼岛曾经是火山岛，四周悬崖峭壁，从海底算起，有两千多米高。珊瑚礁十分美丽，海洋生物众多，水质清澈。这里既是中洲海洋渔场，又是一个颇负盛名的旅游胜地。列车到达海底车站，我们乘电梯升到海面，登上观鱼岛。

　　首先登上观鱼岛最高峰，俯瞰全岛景色。观鱼岛面积三百多平方公里。中间一座小山，高出水面两百多米，上面建一座楼，叫"观海楼"，站在楼上可俯瞰观鱼岛主岛全貌；东面有海洋宾馆，这个大宾馆建在海边悬崖上，深入海水里面十多层，坐在餐厅里隔着玻璃窗观鱼，是一种特别的享受。宾馆楼上有空中观景台，既可以观鱼，也可以观海上日出。

　　岛的南面是海水浴场，金色的沙滩连绵两公里。有许多男女在沙滩上休息，或在海水里嬉戏。沙滩上一朵朵遮阳伞十分美丽。一艘艘快艇搁在海边的沙滩上,人们只要把它们推下海,就可以驾驶快艇在海上飞驰。踏浪板随处可见,随手拿一副就可使用。

岛的西边是潜水码头,那里有专门为潜水爱好者服务的公司,有各种潜水设备。还有飞机上跳伞、悬崖跳水等各种戏水项目。

岛的北面是渔船码头,那里停泊着几十艘各种各样的渔船,其中有两百多米长的大型渔船二十多艘。外海有几个小岛环绕,形成一个良好的港湾。

岛中间靠山边有个小镇,有五六万人口,有多家饭店、宾馆、商店。街道整洁,房屋像积木一样整齐,墙壁和屋瓦有各种颜色,五彩缤纷。这地方是亚热带气候,岛上树木繁茂,绿荫覆盖,景色优美。

学员们住进了海洋宾馆。宾馆的房间就在水下,一面是靠崖的墙壁,一面是面海的玻璃窗,海水十分清澈,可以看见鱼群从窗前游过。

休息了一会儿,学员们去餐厅用餐。餐厅里很大的玻璃窗朝着海水伸延,形成一个半圆形的观鱼厅。各种鱼类被餐厅里的五彩灯光所吸引,都用头抵着玻璃,十分好奇地看着人类进食、走动、唱歌和跳舞。如果你拿食物引诱,它们会跟着食物游动,十分有趣。

晚饭后,大家受邀参加岛上游客联欢活动。天黑之后,住在岛上的居民和游客都来到中央广场,在彩色的灯光之下唱歌跳舞。在这个大洋中间的小岛上相遇,也是一种缘分,认识的和不认识的彼此都很友好。天帝星球人类从小经过声乐和舞蹈的训练,具有良好的文艺素养。大家围着广场中心的莲花灯,手牵着手,跳起了团圆舞。这是一种大众化的舞蹈,动作不难,人人会跳。接着有歌唱家歌唱了他们最新创作的歌曲,七八个音乐机器人坐在那里伴奏。歌曲婉转悠扬,十分动听。没有人指挥,完全由电脑控制。

我总是对机器人乐手熟练的演奏十分好奇,百看不厌。我对蓝云说:"一个人掌握一门乐器,熟练地演奏乐曲,是很不容易的,甚至要付出终生的努力。没想到机器人竟能如此熟练地使用乐器,演奏乐曲。"

蓝云告诉我:"只要将乐谱输入电脑,机器人就会弹奏出美妙的乐曲来,比人类演奏得更准确、更精妙、更和谐。这样,人就可以把精力用在谱曲创作上。"

蓝云又说:"同时,我们也有作曲机器人,只要给机器人指令,提出创作乐曲的基本要求,机器人就会创作出符合人类需要的美妙的乐曲来,不需要人类亲自谱曲。当然,有些专业人士还是自己创作歌曲,自己制作乐器,自己演奏乐曲,这是保留艺术本源的需要,也是一种生活的乐趣。"

舞会很晚才结束。我美美地睡了一觉。第二天一早,窗外鱼群敲击玻璃的嘚嘚声弄醒了我。乍一惊醒,有一种庄生梦蝶的感觉,是自己变成了鱼,还是鱼就是自己?

用过早餐,蓝云征求学员们的意见:是到沙滩上戏水,还是到海底戏鱼?学员觉得沙滩戏水不够新鲜刺激,一致提出首先去海底戏鱼。这之前学员们已听说有一种水下游泳衣,穿上它可以像鱼一样地在水下生活,不必携带氧气瓶,都想试穿体验一下。

水下游泳衣像鲟鱼形状,把人的身体全部套在里面,头顶尖尖,十分锋利,这是水下战斗的利器;还有一副特殊的眼镜,在水下能看见三百米的距离;背上要背一个扁平柔软多孔的箱包,里面是推进器和人造鳃,推进器可以使人在水下游速达每小时一百公里,人造鳃可以把水中的氧气吸收过来给人供氧,人在水下无论待多长时间都不会缺氧;脚上套两个大脚蹼,起方向舵的作用。整个泳衣是用特殊材料制成的,随着潜水深度增加,泳衣会自动加硬加厚,抵抗水压和寒冷,无论潜到什么深度,人都不会感到不适。同时这种泳衣还不怕撞击,不怕水下各种鱼类攻击和撕咬,使人不会受到丝毫的伤害。

穿好泳衣之后,蓝云带领大家跳入水中。

海水很蓝很清,岸礁奇峰突起,海底深不可测。各种不同的鱼类在水中遨游追逐，好一个热闹的海底世界！学员们靠背上的推进器高速前进，像一支支离弦之箭，射向水底的前方。两边的鱼群纷纷退让，偶尔因躲避不及被撞上，鱼儿四散而逃。这使我有一种所向披靡的豪气。

但是行不多远，几条大鲨鱼围了上来。一条大鲨鱼突然攻击一名女学员，用锋利的牙齿咬住她，大力摆动着头颅，想把她咬碎吃掉。这一突然情况使学员们不知所措。我想那位女学员一定大声尖叫，但是由于游泳衣是密封的，声音传不出来。只见蓝云飞速向前，用尖利的头刺撞击大鲨鱼的腰部，大鲨鱼负痛受惊，放掉学员逃走了。女学员因为泳衣的保护毫发无损。但是事情并没有结束，稍后几十条大白鲨同时上来攻击。但大白鲨赶不上学员们的游泳速度，反倒是学员们利用速度的优势，与大鲨鱼周旋起来。他们一会儿在鲨鱼前面，一会儿骑在鲨鱼背上，一会儿跟在鲨鱼后面，用尖头撞击它们，驱赶它们，把大鲨鱼当作草原上的烈马，自己当作驭手。大鲨鱼知道不是人类的对手，只好退避三舍，掉头溜开。但学员们纠缠着它们不放，弄得大鲨鱼疲苦不堪。

玩够了鲨鱼，学员们又去玩海豚。海豚知道不是人类的对手，纷纷逃窜，但速度太慢，只好让人类骑着。为了取悦人类，海豚围绕着珊瑚礁上下巡游，让学员们阅尽海底景色。水底光线昏暗，但通过红外线眼镜能看清楚黑暗的海底。海底许多奇怪的生物一个个展露在我们的面前。遇到人类，海底生物惊逃四散。

我正一边追逐鱼类，一边欣赏海底风景，忽然眼前一黑，身体像被什么东西捆住了，不能动弹。我敏锐地感觉可能遇到海底怪物了，只觉得这个怪物张开大嘴，把我的头吞了进去，只剩双腿双蹼在外面。我拼命挣扎也无济于事，拼命叫喊也无人听见。当时我只觉得这下完了，被这个怪物裹着向海底深处。后来才知道，我遇到了一只特大的章鱼。当时在一旁行进的蓝云忽然发现我不见了，回头一看，见一个黑色的影子沉向海底。蓝云知道我遇到危险，她以极快速度用尖头向章鱼的头部猛刺，但是章鱼仍然不肯放松,它一边把我往海底拖,一边用嘴啃咬我的头部。蓝云一直追到一千多米深,不停地猛刺章鱼的头颈,让它放弃,但是章鱼死死不放。双方这样搏斗了几十分钟,章鱼终于松开我,把身体一收,箭一样地逃走了。原来蓝云不断地猛击,使章鱼受伤负痛,同时海底越深,气温越低,潜水衣就越是坚硬,并且还冒出无数的刺来,使得章鱼咬不动又吃不了,最终只好放弃。我获救回到蓝云身边,蓝云看一看手表,不知不觉,学员们已在海里游走了三百多公里。大家通过手表定位判明方向后,加快速度,箭一样朝观鱼岛游来,到达码头,上了岸,已经夕阳西下。

　　第二天我们又玩了其他项目。其中水上漫步很有趣味,就是脚下踏着一块浮力很强的木板,木板的下方装有微型推进器,人站在木板上用脚趾启动推进器,在水上即可行走如飞。这有点像陆地上的滑轮鞋。

26. 海洋捕鱼

第三天,我们来到岛北面的渔船码头,计划跟船出海观看海洋捕鱼。一位四十岁左右的中年男子来迎接我们。我一看他中年身态,知道这个人不可等闲视之,果然他很不简单。蓝云告诉我,此人名叫余振,是神仙台市海洋渔业研究所主任、观鱼岛捕鱼队队长,兼海星一号捕鱼船船长。他是打鱼、航海的专家,知识渊博,工作能力超强,在个人生活方面也很另类。他不交女朋友,一生以船为伴,以海为家。由于他的独特贡献,他在天帝星球很有知名度,神仙台山上有他的纪念馆。听蓝云这样说,我对余振肃然起敬。

余振与蓝云很熟,对学员们热情随和,说话不客套,像自家人一样。余振说:"你们今天赶得巧。"

我们登上了海星一号渔船,这艘船很大,是船队的指挥船。我们被安排在三楼会客室。会客室四面都是窗户,十分敞亮,里面有沙发、茶几,环境舒适。透过玻璃窗,可以看到船头、船尾的甲板,看到甲板上停着无人机,看到水手们在甲板上劳作,听到四楼的指挥台里船长发出操纵指令。船身在茫茫大海上劈波斩浪。

据蓝云介绍,这次出海的有十条大船,都是海星级(捕鱼船分为海风级、海雨级、海云级和海星级)。海星级渔船最大,长达两百六十米,宽四十米,水面航速每小时三十节,半升空航速每小时三百公里。所谓半升空,是指船的两侧装有能伸展的飞行翅膀,需要提高航速时,可以把翅膀展开,开动航空引擎,使船前半身离开水面,减少水波阻力,达到高速航行。

渔船离开港口,一字儿驶向大海。行不多远,船身两侧的翅膀便展开,开始高速航行。学员们感觉船身越来越轻,人的身体也飘飘然起来。蓝云说:"船飞起来了。"大家纷纷从窗口向外看,只见船尾飞起的浪花,从翅膀底下喷出,形成巨大的水幕,发出呼呼的声响,十分壮观。

这样飞行了三个多小时,船身轻轻地落到水面上。这时听到楼上船长的声音:"到达预定海域。"

蓝云向学员们解释说:"根据卫星观察,有一群金枪鱼今天将到达这一区域。今天渔船出海的目的,就是要捕获这群金枪鱼。"

这时听到船长命令:"放无人机。"

蓝云打开会客室里的电脑屏幕。从屏幕里看,海面十分平静,蔚蓝清澈的海水里面,什么也看不到。不一会儿,水面出现一个个小黑点。小黑点逐渐增多增大,终于看到游动的鱼群。蓝云说:"这是无人机发回的影像。"大家看到鱼群不仅密度很大,而且面积广阔,不知怎样才能把它们捕捞上来,我们静心等待。

这时听到船长说:"放鱼!"

几百条大鱼从船上一跃而下,就像一个个跳水运动员。

"不是捕鱼吗?放什么鱼?"学员们十分诧异。

蓝云说:"这是放机器鱼。"

"机器鱼?"

"就是鱼形机器人。"

"鱼形机器人?"学员们更惊奇了。

蓝云说:"鱼形机器人根据各种不同的鱼类形体制造,捕什么样的鱼,用什么样的鱼形机器人。今天是捕金枪鱼,就用金枪鱼机器人。"

"做什么用?"我问。

蓝云说:"金枪鱼机器人和金枪鱼一模一样,鱼群不能辨识,因金枪鱼机器人的身体比一般的鱼略大,游水能力比普通鱼强,很快成为鱼群中的头鱼,它们游向哪里,鱼群就跟向哪里。这样,金枪鱼机器人就轻易地把鱼群引到渔民布置好的渔网里,渔民只要把网拖回港口,鱼就捕到了。"

这真是太神奇了!

蓝云说:"当然,事情并不是那么简单。鱼形机器人不仅担负着引导鱼群的任务,还要及时将鱼群的各种信息反馈到指挥台。"蓝云又说,"鱼形机器人在鱼群中不能游得太快,快了会把鱼群累死;也不能游得太慢,慢了鱼群会走散。海上还有凶猛的大鱼如鲸鱼、鲨鱼、海豹、海豚,它们会跟着鱼群捕食,也会把鱼群冲散,把鱼吓死或累死,鱼形机器人要担当保卫鱼群的工作。当海里出现大鱼时,鱼形机器人会攻击大鱼,并往它们身上注射麻药,让大鱼在一段时间内麻醉,沉入水底(因渔网底下是空的),从而使鱼群不受损失。"

这时又听船长说:"下网!"

只见船上的水手打开制动刹,渔网便沿着船边滑到海里。十条大船一齐下网,形成了一道长长的海上渔网走廊。渔船在海上围着鱼群绕了一个大圈,把庞大的鱼群网在其中。几百个鱼形机器人起到了稳定鱼心、防止鱼群惊恐四窜的作用,并带领鱼群按照人类指定的方向有秩序地前行。

我笑着说:"这真叫自投罗网、一网打尽啊!"

蓝云纠正说:"不是一网打尽。网眼的大小是有讲究的,它捕大不捕小,让未成年的鱼能够逃生。"

接下来是将鱼群拖回港口。蓝云说:"这时渔船的速度不能太快也不能太慢,太快了会累死鱼群,太慢了鱼群会撞网而死,这就要求鱼形机器人掌握情况,及时向船长发送信息。"蓝云告诉我们,"我们现在离港口有一千多公里,这群鱼要游十几天才能到达。"

"这么说,我们在船上要待十几天?"有人问。

"我们不会在海上待那么长时间,因为我们要上课。别着急,船长会有安排。"蓝云说。

果然,吃过午餐,余振船长来和大家说话:"很抱歉,我们的渔船要十几天才能回去,所以我们抽一条船先送你们回去。"

学员们表示了感谢,告别船长,登上另一条大船。那大船展开翅膀,在海上飞行,很快就回到了海港。

学员下了船,蓝云看看海面说:"看,那边有一队渔船回来了。它们马上要进港,大家正好参观捕鱼丰收的盛况。"

学员们在海边高地上坐下休息,眼睛向海洋中眺望。只见远处十来艘海云级渔船排成两队,慢慢向喇叭状的港湾驶来,大家知道渔船的水下拖着渔网,渔网里游着鱼群。当渔船靠近喇叭状的港湾时,港口里立刻像涨潮一样,水位上升了两米多。海水沸腾,浪花四溅。学员们惊喜地看到,几平方公里面积的港湾,全部被鱼体塞满了。这些鱼跟着机器鱼盲目地游进港湾之后,突然发现前面没有出路,顿时惊恐万状,盲目乱窜,但已无法逃脱,退路已被堵死。鱼形机器人完成了使命,浮上水面,被渔民捞起。鱼群则不由自主地被伸入海水里的传送带卷到岸上,入了鱼库,在那里被机器分拣、装箱、速冻。它们将乘坐海底隧道的高速列车到神仙台等大城市的商店和食堂里。

第四天,蓝云安排学员们参观机器人螃蟹捕鱼表演。

我们坐到渔场中央控制中心的大厅里,通过宽大的屏幕观看水下机器人螃蟹捕鱼。只见渔民用吊机将一个个磨盘大小的机器人螃蟹投入水中。它们一旦入水,就飞快地爬向四方。它们目光锐利、身手敏捷,四处搜索猎物,发现鲸鱼、大鲨鱼等大型鱼类,立刻冲上去,利用头上的尖针,给鱼打一针麻药,使鱼顿时失去意识,它们便从身体中伸出八只大钳子,把鱼夹住,拖到渔网里。渔船上的吊机便将渔网吊起,装入船舱。机器人螃蟹再次钻入水中继续捕猎。如此反复，不一会儿渔船便告满载。机器人螃蟹收到信号，便回到水面，让渔船上的吊机吊起，放进仓库里。

有一种小型机器人螃蟹，有锅盖大小，专门在海底捞取小型鱼类。

通过屏幕，我们看到小型机器人螃蟹成群结队地在海底爬动，爬过沙石和海藻，地毯式地搜索鱼类。海底光线昏暗，海藻和泥沙被搅动，清澈的海水浑浊不清，但机器人螃蟹的工作不受影响。

蓝云说："虽然海底光线较暗，但机器人螃蟹靠红外线和紫外线照明，目光穿透性强，分辨率高，没有一个猎物能逃过它们的眼睛。"

这种机器人螃蟹腹部有一个大口袋，它们把捞取的猎物放入大口袋里，直到塞得满满的才爬到水面，渔民帮助它们腾空口袋后，它们又继续下潜作业。

蓝云说："机器人螃蟹可以不分昼夜、不知疲倦地捕捞，直到人类发出停止的指令，才回到船上休息。"

机器人的勤奋与高效叫人感动和钦佩。我问蓝云："机器人捕鱼如此高效，照此下去，海洋鱼类岂不是被捕光杀尽？"

蓝云说："不会，机器人在水下捕鱼，也是遵循抓大放小的原则，而且渔场规定，三年之间不能在同一个区域内捕捞同样的鱼类。捕鱼还得掌握季节，不在鱼类繁殖期捕鱼。每年捕鱼多少，是根据人类需求决定的。天帝星球水产品占人类肉食的三分之一，畜牧产品占三分之一，人造肉食占三分之一。每年捕食的海洋鱼类，占鱼类资源百万分之一不到，不会影响海洋鱼类的生存。"

学员们在观鱼岛一共玩了八天，才带着满足的心情，乘海底高速列车回到学校。

27. 机器人老婆

晚上回来，我与玉妃美美地缱绻一番，都辛苦地睡了。

第二天早晨，我一觉醒来，见玉妃睁着眼睛看着我，毫无睡意。我问："你没睡？"

玉妃说："我睡眠很少，早就醒了。"

我突然感觉，玉妃很少睡眠，她每次等我睡熟了才睡，我醒时她已经醒了。有时半夜里我醒了，她仍然醒着，虽是闭着眼睛，却没有睡着，更不用说听她打呼噜、说梦话之类。我佩服她的好精神，心想也许天帝星球的人类都是这个样子。

于是我们躺在床上说话。我把这些天课外活动的见闻向她描述了一番，对天帝星球的各种机器人赞不绝口。我说从工厂到农村、从原野到海洋，到处都有机器人的身影，各项工作都离不开机器人，天帝星球真是机器人的世界，这将省下多少人类的体力和脑力。

玉妃说："在天帝星球，人类是主宰，机器人是奴隶。人出思想，机器人出体力。凡是机器人能派上用场的地方，都用机器人。天帝星球机器人的数量比人类多几十万倍。如果天帝星球没有机器人，整个社会马上会瘫痪，回到原始社会。"

我说："天帝星球人类多么快乐，工作由机器人去做，人类的任务就是管理机器人，一天工作一天休息，另有各种假期，工作时间亦有弹性，只要完成很轻松的任务即可，多数时间是玩乐，锻炼身体，从事体育文艺活动，做自己喜欢做的事情。"

不料玉妃却说："天帝星球人类过得也不轻松,他们要做的事情很多。主要从事科学研究工作,比如研究自然、研究生产、研究艺术、研究社会、研究人体、研究医学。各种机器人不是靠人类研究出来的吗?人类研究出来的成果,就让机器人去实行。"

说到研究机器人,我赞同说："也是啊!仅仅这么复杂的机器人,就够研究的了。"

玉妃说："天帝星球的机器人分两大类:一类是机械机器人。就是通过计算机控制,能够从事机械运动的机器人,像工厂里的车床、田野里的拖拉机、道路上的机动车、空中的飞机等。还有一类是智慧仿生机器人,比如说人形机器人、动物形机器人、机器人大黄蜂、机器人苍蝇、机器人鱼、机器人螃蟹甚至机器人细菌等等。其中科技含量最高的是人形机器人。人形机器人有一定的思维判断能力,能处理复杂事情,并且有学习记忆和纠错能力。"

我说："这么多高智商的机器人,如果某一天机器人造反怎么办?它们很聪明、能学习、会思考。它们懂得多了,就会争取它们自身的权益,它们数量众多,就会轻视人类,到时候机器人不听人类的话,胡作非为,攻击人类,统治人类,甚至让人类成为它们的奴隶,是否有这种可能?"

玉妃说："不会的。机器人知道人类创造了它们,人类给予它们以生命、智慧和能力,没有人类就没有机器人。机器人的天职就是为人类服务。再说,人类制造机器人的时候,给它们设定了行为规范和运行程序,超出了规范和程序,机器人就不会运行了。当然,也不排除机器人通过自身学习,获得了大量的知识,产生了新的思维,掌握了新的能力,它们有可能对人类怀有不满情绪、叛逆情绪,甚至对抗情绪。它们可能怠工罢工,破坏机器设备,聚众闹事,攻击人类,但这些问题科学家早就考虑到了,做了应有的防备。只要机器人的行为超出许可范围,机器人身上就会启动自我毁灭程序,这个机器人就废了。"

玉妃侃侃而谈,使我刮目相看,我赞扬说:"你懂得真不少。"

玉妃说:"我只掌握我应该具备的知识。"

我问:"你在大学里学什么专业?"

"人类护理专业。"

"有这样的专业?"我很好奇。

"有啊!"玉妃说。

"哪些课程?"

"你管这些做什么?"玉妃调皮地反问。

我说:"我是学习人类历史的,了解这方面的知识,对我有好处。"

玉妃说:"人类护理专业主要课程有人类生理学、人类语言学、人类思维学、人类行为学、人类护理学和人类伴侣学等等。"

我开玩笑说:"你们学习这些课程,目的是为人类服务当保姆吗?"

玉妃说:"对呀,就是为人类当保姆。"

我一笑了之,以为玉妃是开玩笑。天帝星球人人平等,谁也不为谁当保姆。保姆这种工作,只能由机器人去做。例如我们在学校,就有专门的机器人为我们服务。机器人在我们上课和外出的时候,为我们打扫房间、清洗衣被、管理花园。

我问玉妃:"你们电子科技大学制造机器人吗?"

"神仙台市电子科技大学就是制造机器人的。"

"是制造机器人大黄蜂、机器人苍蝇、机器人螃蟹还是机器人鱼?"

"都不造,专门制造人形机器人。"

我又问:"你们大学制造的人形机器人漂亮吗?"

"当然。人形机器人是以最漂亮、最标准的男性和女性作为模具生产出来的,世界上有多么漂亮的男人和女人,我们厂就能生产多么漂亮的人形机器人。"

我问：“像天帝诞辰日在天帝中心广场,那些跳舞、唱歌、奏乐的机器人是你们大学制造的吗？”

"是呀。"玉妃说,"那些美丽灵巧的机器人都是我们学校制造的。"

我兴趣大增,说："哪天我去你们学校看看。"

玉妃说："天帝星球人类尊重每个人的意愿。我本身就是机器人嘛。"

"什么？你是机器人？给我做老婆？"

"对呀。你觉得怎样？漂亮吗？满意吗？"

"漂亮漂亮！满意满意！"我连忙说,"我跟你说着玩的。机器人再漂亮,能有我的玉妃漂亮吗？有了玉妃,我田永生足矣！"说完我紧紧地拥抱她并热吻了她。

28. 牛头山的浪漫旅游

这天休息，玉妃、金妃和银妃照例去学校做保健了，我们三个男人相约一起去旅游。

附近的几座大山都去过了，这次我们决定去遥远的牛头山。牛头山在三万公里之外，虽然遥远，但我们乘坐航天飞机，几个小时就可到达。航天飞机票价很贵，好在我们的生活费比较宽裕，平时也没有大额的消费，偶尔一次高消费，还是支付得起的。

神仙台市航天机场有直达牛头山的班机。我们向学校请了十天假，做了充分的准备：带上小天使翅膀、滑轮鞋、滑冰板、登山靴、御寒装、氧气袋，还带了野营的帐篷、睡袋、小刀、打火机和其他生活日用品，同时带了十天的干粮。

天帝星球的旅行干粮，像一粒粒小药丸，装在小瓶子里，每天只吃一小粒，在肚子里逐渐膨化，肚子既有饱腹感，营养也足够。我们每人背个旅行包，所有的器具都是由轻质材料制成的，重量很轻，而且都能折叠。

我们先坐直升机到达航天机场。航天飞机不大，形状像颗导弹，只坐三十几个人，用火箭发射升空。我们被安全带紧紧地绑在椅子上一动不动，在抵抗最初的巨大压力后，飞机摆脱了天帝星球的引力和大气的阻滞，轻松地逃逸到太空。

从几千米高空俯视天帝星球，星球广阔的绿色地面和蔚蓝色的海水在阳光下闪闪发光，像一颗巨大的蓝色的宝石。我感叹这么巨大而美丽的星球成为人类的大本营和发展的根据地,生活在天帝星球的人类是有福的。长立和木里也大发感慨。

木里说:"我们那个星球已经被糟蹋得不成样子,我不想回去了,我要留在天帝星球。"

长立说:"谁不想留在天帝星球?可是天帝要你回去,你能不回去吗?"

木里说:"我寻死。我死后的灵魂留在天帝星球总可以吧?"

"那恐怕不行。"我说,"按照天帝的规定,人生要做七世的善人,才能在天帝星球转世,如果你不转世,在天帝星球做个魂灵,不能吃,不能喝,不能结婚,甚至人们都看不见你,又有什么意思呢?"

木里说:"七世行善,这个条件太苛刻了。有些境遇不是你所想象的,不可控的意外情况多得很。你想做善人,做得了吗?七世、七世,多么难熬的七世呀!"

我说:"条件当然要苛刻啦,要不人人都能住天帝星球,天帝星球不挤爆了?"又说,"如果生活好,一切顺利,七世很快就会过去,即使遭遇苦难,咬咬牙吧,以七世痛苦换万世的幸福,还是合算的。"

长立说:"七世只是最低条件,如果生活中稍不注意,犯了过错,就不是七世的问题,会增加许多世;要是犯了罪,则要被发配至地狱岛受罚。"

说话间航天飞机到达牛头山航天机场。出了机场,根据手表导航,我们租了架直升机,向牛头山深处飞去。

驾驶员是个女性,她专门接送到牛头山旅游的客人。她说话语调亲切,声音甜美,模样可人。我看她跟玉妃长得一模一样,甚至感觉她就是玉妃。长立警告我说:"不要眼睛发呆,当心我回去告诉玉妃。"

我说:"玉妃不会干涉我欣赏别的女人。"

坐上美女的直升机,旅途中自然不会寂寞。美女驾驶员悠闲自得,胸有成竹,工作之余,还不忘和我们说话,其幽默的谈吐逗出大家阵阵的笑声。与此同时,美女还不忘向我们介绍牛头山的风景名胜,游玩中的注意事项。

据美女介绍:牛头山之所以叫牛头山,是因为它高峻雄伟,其山顶状如一只牛头。牛头山的特点:一是山很高,海拔两万多米;二是有大森林、大草原;三是有几百条大瀑布,最宽的五百多米,扬程一千多米;四是有大峡谷,长三百多千米,深一千多米;五是山石奇绝,到处都是奇峰怪石,叫人流连忘返。

美女说:"你们要小心在森林里迷路,不能掉进峡谷里上不来啊!"

我说:"不要紧,我们有手表导航,还有小天使翅膀,到时候我们会飞回来的。"

美女又问:"你们干粮带足了?"

我说:"带足了。"

美女说:"如果发生意外,就用手表发出求救信号,牛头山旅游研究所会派飞机救你们的。"

美女将我们运到预定地点,便挥挥手飞走了。我看着美女离去,心里暖融融的。

长立说:"天帝星球女郎都是这么热情、友好,你不要想歪了。"

我说:"我不是想这个。我是想,生活在天帝星球,人与人之间没有利害冲突,没有钩心斗角,都是友好相处,亲人一般,多么好的生活环境。相反,生活在我们那个星球,你要随时提防别人的嫉妒、欺骗、陷害。'逢人只说三分话,未可全抛一片心''害人之心不可有,防人之心不可无',这些都是祖辈的人生格言,多么险恶的生存环境啊!而这一切,都是人类自己制造出来的。"

我们三人吃点干粮,穿上小天使翅膀,朝着牛头山深处飞去。

飞了大半天,只见山重水复,没有边际。眼前只有莽莽苍苍的大森林。牛头山太大了,风景名胜太多了,到哪里去玩呢?

长立建议:"先飞到山顶,看看山势再说。"

木里说:"牛头山不是百兽山,站到山顶,一览无余。牛头山绵延几千千米,山顶两万多米高,到了山顶,也只能看到山的局部,神龙见首不见尾,面对的只有皑皑白雪和茫茫云海,恐怕什么也看不到。"

长立说:"旅游不看地理,还看什么?"

木里说:"好像我们不是来旅游,是来考察地理啊!长立,把你那个地理放一放。牛头山太大,你能考察得过来?"

我说:"我们0185地球人只登过八千米的高山,两万多米的从未见过,我们今天要见识一下。好在我们不需攀登,飞上去就是了。"

木里说:"就怕山上的空气稀薄,飞不上去。"

长立说:"我了解过,牛头山顶上氧气充足,飞上去没有问题。"

我说:"长立,你真是有心人啊。"

长立说:"木里,你没有参加过登山运动?"

木里说:"登山运动参加过,但我们那个星球最高的山也不超过六千米,比不得两万多米的大山。"

长立说:"天帝星球体积大,自然山也大。如果这样的大山放在我们那个星球,地球就要失衡了。"

我说:"是呀。我们那个星球直径才两万千米。"

长立说:"我们那个星球比你们的大许多,直径有五万多千米,你们0185真是个袖珍球。"

木里说:"我们那个星球也比0185大。但0185是个自然条件最好的星球。"

我说:"现在也是千疮百孔、污水横流了。"

三人飞到半山腰,忽然眼下出现一条很深的大峡谷。

长立说:"大峡谷,大峡谷!下去看看。"

木里说:"你不是要去山顶吗?怎么又变了?"

28. 牛头山的浪漫旅游

我说:"从山顶回来再看吧。"

正说着,长立忽然叫了起来:"大瀑布,大瀑布!"

眼下一个巨大的瀑布发着白光,声如雷鸣。

我低头一看,一下子被吸引住了。这真是从未见过的大瀑布。不仅水面宽阔,而且落差很大,简直是落进了无底洞。谷底雾气腾腾。只见长立像老鹰扑小鸡,一下子就扎了下去。我说:"去看看吧。"

木里没有反对,大概他也被这美丽的风景震慑住了。

三人飞到一个石柱顶上,石柱上面有一大块平地,正好坐下来休息。我们俯视下方,看到大瀑布横在两山之间,向谷底奔腾冲击,峡谷为之震动。

长立叫道:"好一个大瀑布!我从未见过这么大的瀑布。"

木里说:"既然想看,还坐什么?"说着急忙飞了下去,看来他比长立还积极,谁也不会错过这样的大瀑布。

我和长立也跟着飞下深渊。

隆隆的声响越来越大,震耳欲聋。飞扬的水汽飘洒到我们的身上。在瀑布对面山腰处的一片草地上,我们看到许多帐篷,几百名游客坐在地上喝酒、观瀑,扇动着小天使翅膀的游客在瀑布旁边上下翻飞,瀑布下面的河流里许多人在划船、游泳。小船小得像一片片瓜子壳。

这正是牛头山著名的一号大瀑布。

长立说:"我们也找个地方安营扎寨吧。"

我和木里都赞成,飞到许多游客休息的地方,找个平坦的偏僻处,撑开帐篷,把一切行装都放进各自的帐篷,然后出来,坐在帐篷外看瀑布,听着澎湃的水声,感受着大自然的雄浑和强劲。

身边的游客们都是一男一女成双成对,不禁使我们产生联想。

我说:"要是玉妃她们三位女士也来就好了。"

长立说:"可不是!她们什么都好,就是不随我们一起旅游。"

木里说:"是呀,她们工作不和我们在一起,吃饭也不和我们在一起,每个月还要到学校里检查身体,度七天例假。不知道天帝星球的女人有这么多讲究。"

长立说:"当然啦,人家可是天帝星球的居民,与我们这些凡夫俗子终归是有区别的。她能嫁给你,就算不错了。我们应该知足了。"

木里说:"看看这些美女,她们不是跟随男友出来旅游吗?为什么我们的妻子就不可以?"

正在说着,那边来了一个美女,上来问道:"你们几位先生怎么不带女朋友呀?"

我说:"她们有事不能来。"

"你们从哪里来呢?"女子问。

"从神仙台市。"我说。

"哦,你们从中洲来,那是不是很远呢?"女子问,"你们做什么工作呢?"

我回答:"我们是学生。"

"学生?"女子奇怪了,"你们还是学生?"

我说:"我们是神仙台市外星人培训学校的学生,我们是从外星球来的。"

女子惊喜地说:"原来是你们。电视上报道过你们,想不到会在这里遇到。三个大男人,出门不带女朋友,多单调呀!临时找几个吧。我叫夏妍,再叫两个女士陪你们一下。"她手一招,那边来了两个。

夏妍对两个女士说:"我们陪外星人朋友吧。他们的女朋友没有来。"

"好啊!"那两位女士说,"我们很想与外星人交朋友。"

我大为惊讶,心想,天帝星球的女人真大方。我指指她们来的方向说:"可不能冷落了你们的男朋友呀!"

那边几个男青年看着这边善意地笑着。

28. 牛头山的浪漫旅游　143

"没关系。"夏妍说,"我们今儿来陪你们游玩一番,有机会陪陪外星人,机会不可多得哩!"

那两位姑娘也说:"是呀,外星球的客人,自然要优先陪的,岂可冷落!"

我说:"你们的男朋友不高兴了。"

三位女士哈哈大笑说:"他们有什么不高兴的?交个朋友而已,如果他们不高兴,才会被人笑话呢。"

三位女士分别坐在我们身边,说着话。她们问了许多事情,比如我们曾经生活在哪个星球、那里的环境怎么样、那里的生活怎么样、我们是怎么来到天帝星球的、有什么感想等等。我们也问了一些天帝星球当地的生活常识、风土人情。我们一边聊,一边观赏大峡谷、大瀑布的风景,谈话很投机,而且很有情趣。坐了一会儿,女士们建议去河里划船。我们把帐篷留在宿营地,大家背起小天使翅膀向峡谷里飞去。

到了一千多米深的谷底河边,我们租了三条小船,在翻腾的河水里划起来。河水清澈,碧波荡漾,山风吹拂,凉爽宜人,加上美女陪伴,真是心旷神怡。

划船、游泳是我的拿手好戏,因为我从小生长在水边,是个不折不扣的弄潮儿。我划船不仅飞快,而且又稳又灵活,在曲曲弯弯、飞流直下的山涧中,避开礁石险滩,游刃有余,女士们啧啧称赞。而长立和木里则比较笨拙,出现了好几次小船撞山的险情。其中木里把女伴撞到河里,喝了几口河水,引起两岸游客惊叫连连、笑声阵阵。到了水流平缓的宽阔的河面上,大家率性地脱了衣服,跳进河里,游起泳来。

玩了一个下午,傍晚天气凉了,我们飞回宿营地。这时游客们正在举行篝火晚会,大家围着火堆跳舞唱歌,会乐器的演奏美妙的音乐。我们参与其中,乐在其中,一直玩到很晚。

在大瀑布风景区,我们与三位女士在一起度过三天美好的时光,因为我们要去别处旅游，问三位女士是否愿意同行。三位女士虽然有难分难舍之意，但还是不愿意改变自己的旅游计划，便挥泪告别了。我们展开小天使翅膀，向着牛头山最高处飞去。

我们在途中商量，鉴于小天使翅膀电池有限，不能无节制地飞行浪费电能，决定先飞到牛头山顶峰，然后尽量往下滑行，最后留些电能飞到牛头山航天机场。我们既带了滑轮鞋，又带了滑雪板，许多路程可以不用翅膀。

牛头山两万多米的山顶上，空气并不稀薄，氧气充足。山上终年积雪，在太阳的照耀下发出宝石般的光芒，未到顶峰，已觉寒气逼人。三人在雪山上的一块平地降落，穿上登山衣。这种登山衣是保暖衣，它有特殊的功能：在人体感到热的时候会变薄，使人凉快；在人体感到冷的时候会变厚，让人暖和。穿上这样的衣服旅游，就不需带很多衣服，可以做到轻装上阵。

吃了干粮，休息一会儿，我们向顶峰出发。山风强劲，小天使翅膀耗电较大。从计划看，上山下山如果顺利，电量是足够的。但是每个人心里要有根弦，旅途中不能过度耽搁。山上渺无人烟，如果电池没电，没有地方购买更换，就麻烦了。

好不容易飞上最高峰，我们找个平地立住脚。山顶风很大，站脚都很困难，雪花和冰粒刮得我们眼睛睁不开，脸皮像被刀割一样痛。我们急忙解下小天使翅膀。这个时候不能让翅膀展开，更不能随便飞行，耗电不说，一不小心还会被风吹得无影无踪。使我们感到欣慰的是，登山衣确实很棒，在零下七十多摄氏度的严寒中，它们膨胀得像球一样，还生出许多羊毛一样的绒毛，使我们一点不感觉寒冷。既不觉得寒冷，又不觉得缺氧，我们的游兴自然不受影响。我们在山顶避风处待了很长时间，尽情欣赏高山雪峰的壮丽景色。眼前一座座雪峰矗立在面前，像刀剑一样锋利，寒光闪烁，就像牛头山顶峰忠诚的卫士。有些绝壁之上，人难以攀登，鸟不敢歇脚。山与山之间是巨大的冰川,千万年的积雪,估计有上千米之厚。

我说:"牛头山应该是天帝星球的屋脊了。"

长立说:"我已经了解过了,天帝星球两万多米高的山峰有好几百座,牛头山不能算天帝星球的屋脊。"

我说:"长立不愧是学星球地理的,早就研究过这些问题。"

木里突然大声说:"看吧,对面山上有游客。"

我朝对面山上看去,果然看到菜籽粒大小的东西在蠕动。

木里说:"这山虽高,但不缺氧,加上小天使翅膀的帮助,登山运动算不上冒险之旅,只是一项普通的体育运动罢了。"

29. 牛头山遇险

休息了一会儿，我们决定下山。穿好滑雪板，循着较为平缓的坡地，"Z"字形地向山下滑行。山上的积雪在严寒中结成了冰，像石头一样坚硬。我们虽然不担心陷进去，却担心止不住脚步滚下山去，宁可滑得慢些，也不能垂直而下。一切都很顺利，五千米坡道很快被甩到身后。再继续滑行五千米，山就下了一半。再下面是三千米高山草甸。我们计划到草甸区宿营。眼下最重要的是第二个五千米滑雪不能出现意外，因为山势很陡，有些地方简直垂直向下。据长立的估计，这种山势随时有发生雪崩的可能，我们必须尽快离开这一区域。

不料就在这个节骨眼上出了意外。倒不是因为雪崩，而是突然一股强劲的山风横向吹来，将我吹离了滑雪坡道。我还没有来得及反应，就坠向了峡谷的万丈深渊。眼前一片迷茫，耳中听到呼啸的山风和长立、木里的惊叫声。

狂风把我吹向牛头山最陡峭的一面，山崖像刀劈一样整齐。由于积雪覆盖，从山上往下看，看不到下面的牛头山千米大峡谷。我双脚离地，身体腾空，知道大事不好。眼前是云雾，耳边是风声，惊慌和恐惧使我失去了意识，只感觉身体成了自由落体，正加速向地面坠落，等待我的是粉身碎骨。

事发突然，一切救命的措施都用不上。早知如此，应该把小天使翅膀穿戴好，紧急中只要一按电钮，翅膀就会张开，身体就会飞翔。但现在已经来不及了。那一刻我觉得一切都完了。

不知经过多长时间,我从噩梦中惊醒,发现自己躺在柔软的草地上,头顶是高大茂密的树林。

"怎么,我还没有死?"我翻翻身体,身体能动;试试胳膊和腿脚,感觉如常,只是身上多处疼痛。想想我就明白了,我确是从高山上摔了下来,而且摔得很重。之所以没有死,没有大伤,是登山服救了我。我的登山服连着登山帽,在零下七十摄氏度的严寒中膨胀到极限,像一个皮球把我紧紧包裹。我从山崖坠落下去,经过峡谷里大树树冠的阻滞,冲击力减弱,最后落到谷底的草地上,登山服起到了安全气囊的作用。身体无大碍,只是我吓得昏了过去。

山下的气温在零摄氏度以上,此刻登山服正在慢慢变薄。我站了起来,掸了掸身上的灰土,庆幸躲过了一场灾难。我坐到草地上休息片刻,想起了我的行李和干粮,这时才发现,背在背上的包裹早已不知去向,吃的用的全部丢失。关键是丢了小天使翅膀和滑轮鞋,让我想飞飞不起,想走走不快。我看看头顶几十丈高的大树,哪里有我行李包裹的影子?我突然意识到自己的身体何等笨重,失去了小天使翅膀,失去了滑轮鞋,我在这原始状态的山沟里是走不出去的。虽然有手表发出求救信号,但是在这样的原始森林,这样不知名的山沟,头顶又被大树覆盖,谁能找到这里?即使找到,没有十天半月怕是不行。要命的是干粮丢了,没有粮食,我能撑几天?

我望"天"兴叹。看看周围的环境,树密林深,光线昏暗,连空气都令人窒息。这里杳无人迹,没有道路,只有虎狼出没、蛇虫蛰伏,使人产生凄凉和恐怖之感。

我对自己说:"这个地方十分危险,不可久留。"

但是要想走出森林是不可能的。我只好用手表确定了方位和地址,向山外发出求救信号,等待救援。

到了傍晚,我感到肚子很饿,想找点吃的。瞅瞅树上,没有可吃的野果。天帝星球到处都是面包果树、奶果树,但这里没有,因为那是人工培育的品种,有谁到这里种植面包果树、奶果树呢?况且这里是高山气候,只长着无边无际的针叶林,没有温热带植物,谈不上有野果这类东西。

我很失望,想到一个人在这里如何生存?吃树叶,吃昆虫,吃蛇、老鼠和野兔之类,如果能找到,当然可以延续生命,但是如果遇到大型兽类,我手无寸铁(只有一把水果刀挂在腰间),敌不过它们,只会被它们吃了。想到这里我十分害怕,只盼望救援人员早点到来。

我就这样呆呆地坐在草地上,呆呆地看着树林。不知过了多久,突然,我看见一个小动物的影子从眼前奔驰而过,好像是只野兔。我打过猎,对动物的影子很敏感,任何动物都逃不脱我的眼睛。我想,按照常理,兔子看到人早该逃走了,怎么会潜伏到现在才走?根据我的经验,附近一定有兔子窝,还可能有兔子的幼崽。因为母兔养育幼崽,不轻易离开窝,只有看到人类或其他动物到了跟前,它认为无法躲避时,才会突然逃走。如果我找到兔子幼崽,倒可以解决一时之饥。

我于是在草丛中细心寻找,果然发现一个兔子窝,里面有五只毛色还没有长全的小兔崽,是嫩嫩的粉红色。我喜出望外,对自己说,有兔子肉吃,我就可以活到救援人员到来。用柴草烧烤野兔是我的拿手好戏,同时生火散发出的浓烟,还可以向救援人员指明我所在的位置,一举两得。

"对,就这么办。任何情况也难不倒我田永生。"我在树底下搂了一些干枯的树枝树叶,堆在一起。没有打火机,就找一块石头和一根枯树枝,就着干草,用原始的办法钻石取火。当年我在0185旅游探险,也是这么做的,对我来说难度不大。经过一番努力,火苗终于蹿出来,烧着了树叶,我去兔子窝提了一只大点的兔崽。突然,我的手表吱吱地叫了起来,我以为是救援人员到了。看看表面,上面一行小字:"不可伤害兔崽。"我冷笑一声,说:"好一个手表,你是想让我饿死在这里吗?"我没有理会手表的警

29. 牛头山遇险

告,坚持把兔崽剥了皮,掏尽内脏,在泉水里洗净,将它扔到火堆上。

不一会儿,兔肉烤熟了。我灭了火,开始吃兔肉。虽然没有盐卤和调料,但因为肚子饿了,也吃得有滋有味。

我正在啃着兔肉,忽然一阵狂风吹来,树梢纷纷闪开,一架直升机从天而降。自从我发出求救信号,不过两个小时,飞机就找到了我,足见天帝星球救援工作的高效。

飞机停在草地上,下来两个穿白大褂人员,其中一个问:"您是田先生吗?"

我说:"是我。"

"您身体怎么样?"

"还好。"

"跟我们走吧。"

我丢下吃剩的兔肉,上了直升机。

直升机一直飞到牛头山航天机场。我看到一架绿色的小型航天飞机停在机坪上,比我们来时坐的航天飞机小了不少。下了直升机,我向机组人员表示了感谢。机组人员指着航天飞机,意思是让我过去。我只好朝着航天飞机走去。我心想,航天飞机是来接我的吗?我的旅游还没有结束,长立和木里没有来,我们应该一道回去。再说,就是回神仙台市,也应征求我的意见,直接把我接走,似乎有点强迫的味道。

我正边走边想,突然,两名警察朝我走来,他们向我行了一个举手礼,问:"您是田先生吗?"

"我是田永生。"我说。

"您刚才是不是杀死了一只兔崽?"那语调有些责备的意思。

我感到奇怪:"是呀。我饿了,烤一只兔崽吃,怎么啦?"心想,野兔又不是你们家养的,这有什么问题吗?

警察说:"你触犯了《动物保护法》,需要服刑。"

"什么？"我大吃一惊，"吃一只兔崽还要服刑？这太没道理了吧！"

但是两名警察不由分说，押着我走向那架小型航天飞机。我这才想起，天帝星球保护野生动物，不允许杀生。手表的警铃不是随便发出的。但现在后悔已经迟了，不去不行。说理和哀求都是多余的。天帝星球是电脑管人，警察都是机器人，他们只执行电脑的指令，不讲情面。

航天飞机飞向高空，离开了牛头山。

在飞机上，一名警察向我宣布，我犯了谋杀动物罪，被判三年徒刑。

后来我才知道，就在我准备烧烤兔崽的时候，手表对我发出了警告，同时将信息发到了电脑处理中心。电脑处理中心根据法律判我三年徒刑，交机器人警察执行，警察接到命令，迅速来到牛头山抓人。

30. 地狱岛——恐怖的世界（1）

航天飞机以每小时一万公里的速度在太空飞行,飞了一百多天。我糊里糊涂,不知道将被带到哪里,也不知道时间是哪年哪月,更不清楚是白天还是夜晚,我昏昏沉沉地睡着,直到有一天警察把我叫醒:"到了。"

我睁开眼睛,见飞机停在雪原上。天色阴沉沉的,地上雾气腾腾,能见度很低。天寒地冻,风却吹得很紧。不知什么声音尖厉地叫着,像鬼哭,像狼嗥,十分恐怖。

我被带下飞机,第一感觉是脸像被刀割一样痛。看着眼前灰色的雪原,知道气温有零下三十多摄氏度。我赶紧把登山服穿上,连头带脖子套住。

只听警察说:"这些是你的生活用品,拿去!三年后我们来接你。"随即从飞机上抛下一个布包。我想说什么,但他们根本不理,关了飞机舱门,飞机喷着火焰,迅速绝尘而去了。

这是什么地方?到这种地方服刑?我仅仅烤吃了一只兔崽,就判我三年徒刑,真是天大的冤枉!这就是天帝星球的法律,太无情、太冷酷了!我觉得被人类抛弃了,被天帝抛弃了。

我茫然地站在雪地上,不知往哪里去。眼前荒无人烟,不见房屋,不见道路,不见人影,不见生物,也不见太阳和月亮。天空有一些微弱的光亮,根据我的经验,这是极光。我看了看手表,辨明方向,测定地点,才知道这是南极——天帝星球的南极。由于天气极冷,登山服迅速膨胀得像一个大气球。即使这样,我也感觉寒风飕飕。要不是登山服,我会立马冻死。

远处有一座小山,山上有一个很大的石碑,在这荒凉的雪原,算是有人迹了。我上前看了看,见上面镌刻着三个大字:

地狱岛。

我的妈呀,真是下了地狱呀?我太惨了!这是天帝星球关押犯人的地方。这是惩罚宇宙人类死魂灵的地方。在这个地方关押犯人真是绝了,与人间相距几亿公里,远隔重洋,如果没有人来接,除了死亡,没有其他出路。

我解开警察扔下的布包,见里面是些生活日用品,防寒衣服、毛巾之类。一个食品袋,里面塞着药丸式的干粮。我算了一下,正好是三年的食物。一个小铁铲,是挖洞造房子用的吧。还有一个小水壶,一个睡觉的帐篷,一个睡袋。这就是犯人的标配吗?想得倒很周到,真叫人哭笑不得啊!

面对现实,我开始安排自己的生活。我选了一个背风的地方,在雪堆里挖了一个三米多深的藏身洞。洞口小,里面大,既保暖又安全,风吹不进,雪落不进。我把行李搬了进去,撑开帐篷,展开睡袋,安了一个临时的家。这些事做好之后,我用水壶盛了一壶雪水,放到帐篷里,由于帐篷里的温度高于零摄氏度,雪就融化成水,水就可以喝了,我喝着冰冷的水吃了一粒干粮。肚子渐渐饱了,身体暖和了些。我坐下来想心事,想到长立、木里和学校其他的同学们,想到伍神教授、蓝云教授,此刻他们知道我在什么地方吗?他们知道我的处境吗?我想到妻子玉妃,她知道我在地狱岛服刑,是多么难过!我想到天帝,天帝啊,我杀了一只兔崽,能有多大的罪过?在0185星球上,我常常这样做,岂止是一只小兔崽?山羊、野猪,我都杀过,烤着吃过。这些生物是天帝供给人类的食物呀,怎么倒成了重罪呢?只怪自己一时糊涂,没有改掉在0185号星球的恶习,又没有听从手表的警告。想到这里,我长叹一声,请天帝宽恕我的罪,让我早点离开这儿。三年,在这个地方待三年,能不叫人急死,把人逼疯?还能等到三年吗?那时候是生是死还说不定呢。

天色更黑了,外面风声很紧,气温更低,我无处可去,只好钻进睡袋里和着衣服挨过漫漫长夜,等待黎明。我昏昏欲睡,突然,我被一声巨大的惨叫声惊醒,这声音离我不远,好像就在洞门外,是一个活人被宰杀时的惨叫,声音十分绝望和恐怖。接着又听到另一种惨叫,不是同一个人发出的。再接下来,又有各种惨叫声和呻吟声。有男有女,有粗犷的,有尖细的,远远近近,数不胜数,此起彼伏。整个南极地狱岛,悲声不断,阴风四起,有点像进入屠宰场的感觉。我大为恐惧,起身走出洞外,却什么也看不到。但惨叫就在周围,远远近近,声音一声紧似一声,那是一种痛不欲生、歇斯底里的惨叫。我不忍卒"听",只好回到自己的洞里。整个夜晚,这种惨叫声不断,我无法入眠,几次出洞察看,又折转回来。我怀疑是不是魔鬼们故意为之,好干扰我这位新来者的安定。但细听起来又不像,那种撕肝裂胆的惨叫声,不是故意装得出来的。整整十多个小时,我都在十分恐惧和烦躁之中度过。第二天早上天亮时,惨叫声才停止,大地重归安静。南极的白天,天空仍是灰蒙蒙、阴沉沉的,常年没有太阳,只有太阳的一点余光。在这样的环境下,人的心情也是灰暗的。我不知道怎么打发时间,便走出了雪洞。

雪原上一个人影也没有,连动物也见不到。远处的雪山默默地立着,灰灰的,毫无生气,像一个个死人身上披着尸布;近处起伏的山丘,像一个个坟墓。我看见一大群乌鸦——这是我在地狱岛唯一见到的动物,贴地而飞,像是在寻找死亡者的尸骨。呱呱的叫声更增添了恐怖气氛。我走了一阵,只好又回到自己的雪洞。

31. 地狱岛——恐怖的世界(2)

我回到雪洞,刚想休息,突然,我的颈脖被一个无形的手卡住,使我透不过气来。我惨叫几声、挣扎几下就晕死过去了。过了一会儿,我醒了过来。由于窒息,我的舌头伸得很长,好不容易收回口腔,恢复了自由呼吸。一颗心还没有定下来,又觉得头上一凉,接着是剧烈的疼痛,分明是被刀割了一下。这凉意和疼痛从头顶、背脊一直延伸到臀部,皮肤有如被剥开的灼痛感,迅速传遍全身。我知道周身的皮肤被一只无形的手剥开了,剧烈的疼痛使我禁不住大叫起来。接着又好像有火在烧烤我的身子,我惨叫一声,又昏死过去了。整个晚上,我一会儿疼醒,一会儿痛昏,睡不下,坐不得,站不稳。我只有绝望地惨叫和呻吟,想以此来减轻痛苦。

好不容易挨到天亮,痛苦消失了。我摸摸颈脖,没有不好的感觉;摸摸身上的皮肉,已经长起来了。我长叹一声,想到自己是怎样杀死兔子:先卡脖子,后剥皮,最后烤着吃。我明白,天帝就是要我尝尝兔子被杀、被剥皮、被烤的感受,让我反省。

我走出雪洞,野外的惨叫声停止了,天地间一片静谧。

日复一日,我就这样煎熬着度日。

这天,我惊喜地发现山坡上有人挖了个雪洞,这说明他们也是天帝星球人类的罪犯,因肉体还在,不得不挖洞藏身。

我走到洞门口,发现里面是空的,没有人,但存有生活用品,说明人未走远。我在洞口等了一会儿,终于来了两个人,手里提着东西,一边走一边说话。他们见到我十分高兴,邀请我到洞里坐坐。

进洞后,我们互报了姓名。他们一个叫石奇,一个叫石异,是弟兄俩。他们被判刑的原因是:石奇开车撞死了一只山羊,被判过失伤害罪;而石异当时坐在车上,没有采取急救措施,任由山羊死亡,他被判道德缺失罪。两人都被判刑一年。石奇受刑的方法是撞击,每天晚上被看不见的车子撞个半死。而石异被判鞭刑,每晚被看不见的人抽二十鞭子。我把自己的罪行告诉二人,他们都为我的残忍感到吃惊。我说我是从0185星球来的,不懂天帝星球的规矩,这事在0185不算犯罪。两人表示理解。

石奇和石异生活在巴洲,与神仙台市所在的中洲相差三百万公里。要不是犯罪判刑,我们岂能相识?这也算是缘分。所以我们三人谈得很投机,大有相见恨晚之感。从闲谈中我得知,巴洲是个风景秀丽的好地方。他们请我有机会去旅游。他们还告诉我,天帝星球许多居民不是住在固定的地方,他们过着候鸟般的生活,哪里气候好,就到哪里。就像养蜂人,逐花而居,一年四季生活在春天里。至于工作,只要带一台电脑,到哪里都方便。

谈话中,白天很快就过去,他们抓紧吃点干粮,等待着晚上受刑。我回到自己的雪洞,度日如年。

石奇、石异兄弟服刑一年,离开地狱岛,临行时一再请我到巴洲去玩。我爽快地答应,与他们依依惜别。

三年后,我终于服刑期满。这天,那架送我来的航天飞机准时降落在雪原,接我回去。

航天飞机载着我离开了地狱岛,在离开之前,我的心情十分复杂,虽然我三年来吃了许多苦,受了许多罪,但觉得还是值得的。天帝是英明的,功是功,罪是罪,该赏便赏,该罚便罚,下地狱者都是罪有应得。这一段难忘的经历,使我对善与恶有了新的认识,我的灵魂真正得到了升华。

登机的时候正是半夜时分,地狱岛的惨叫声如期响起,那几个害死千百万人的大魔头的惨叫声特别尖厉,他们是罪有应得。而我此刻的心情轻松而又舒畅,那些叫声正是给我演奏了一首绝妙的送行曲。

32. 我妻子玉妃不见了

我被航天飞机送到神仙台市航天机场，出了航站楼，迎面看到了蓝云。蓝云说："我代表学校和全班学员来迎接你。"我感到十分意外。我想学校里既然知道我出狱回来的日期，为什么只有蓝云一个人迎接？木里和长立呢？我的妻子玉妃更应该来呀。分别三年，我天天在想念她。玉妃突然失去丈夫，孤单度日，少不了以泪洗面，今天不来，就很蹊跷了。我心里很郁闷。但蓝云的到来使我有个意外的惊喜和莫大的安慰。

我和蓝云虽为师生，但私交很好，暗地里我对她有一种单相思的感情。此刻看见蓝云，我就像看到了亲人，悲喜交集。蓝云还是那般光鲜、靓丽、高雅，而我此刻是蓬头垢面，头发又长又乱，髭须又密又厚，脸皮又黑又瘦，衣服污秽不堪，简直与野人无异。这样来见蓝云，我真是无地自容。蓝云温和地笑着，她没有把我带回学校宿舍，那个我和玉妃共同生活的家，而是把我带到神仙台大酒店，使我不禁心生疑窦。

这是神仙台市最高档的酒店，里面设施一流，住宿费贵得吓人。我过去只看过它宏伟的外观，从不敢跨进酒店大门。现在我身无分文（生活费还没有拨到我的手表账上），住进这样的大酒店，心里很是不安。蓝云塞给我一张门卡，说："我给你开了一个房间，你先在酒店里的理发店理个发，然后回房间洗个澡。房间里有为顾客准备的服装，你拣合适的穿上，一切费用我都已付了。你穿好衣服到餐厅吃饭，我在那里等你。"我说了声谢谢，就坐着电梯上了楼。

房间在六层,我打开房门,看到里面豪华的装饰、昂贵的家具、厚实的地毯、明窗净几,迎面扑来浓郁的香水味,我不敢跨进门去,怕把房间弄脏了。我把门带上,先去理发店理发,回来打开门直接进入洗澡间,脱下一身臭衣,把它们一股脑儿放进洗衣机里。关上洗衣机机盖,洗衣机自动放水清洗起来。我将浴缸里放满热水,然后全身泡到里面,连头也埋了进去。我觉得浑身通透般地舒服,三年地狱生活的痛苦一扫而光。

我洗完澡穿好衣服,从镜子里看去,完全是焕然一新了。我带上门,来到楼下餐厅,蓝云已经等着了。她说:"吃饭吧。"天帝星球实行自助餐制,我拿了盘子,装了饭和菜,坐在蓝云对面,问蓝云吃了没有。蓝云说已经吃过了。她微笑地看着我香甜地吃着饭菜。我不好意思起来,说:"我三年没吃过这样的饭菜了。在地狱岛天天吃压缩干粮,都吃伤了。"

蓝云说:"慢慢吃。我陪你说话。"

我想问玉妃的情况,但心里胆怯,不好开口。蓝云看出我的心思,对我说:"玉妃走了。"

"走了?上哪儿去了?"我以为"走了"就是嫁人了。

可蓝云说:"没了。"

没了?死了?我不敢那样想,玉妃年纪轻轻,怎么会死了呢?

蓝云告诉我惊人的消息:玉妃真的死了。蓝云说:"玉妃不是人,她是个机器人。她不是死了,是被电子大学收回拆卸,放进炉膛里熔化了。"

这简直是晴天霹雳,我惊得半天合不拢嘴。难道那个称心如意、通情达理、知冷知热的女人,我亲爱的妻子,竟然是个机器人?

我回忆起与玉妃在一起的日日夜夜,丝毫不觉得她与真人有什么不同。世界上有这么完美无缺的机器人吗?

蓝云说:"不仅玉妃是机器人,金妃、银妃也都是机器人。那天开学典礼晚会上,五十个漂亮的青年男女都是机器人。学校考虑你们从外星球来,与天帝星球人类交往还要有一个适应的过程,为了暂时满足你们的生理和情感需求,所以把机器人推荐给你们。历届学员都一样。好在机器人与真人已经没什么区别。从生活上说,机器人性情柔和,不像真人有思想、有性格,不好相处。天帝星球有许多人跟机器人结婚,终身与机器人相伴,机器人成了人类的好伴侣。"

我呆了。

蓝云问:"你们在一起生活几年,难道一点都没有察觉出来?"

"没有。"我说,"根本没有朝那方面想。"

蓝云问:"你难道没有发现一些奇怪的现象?例如她为啥不和你在一起吃饭。"

我想了想说:"是呀,她没有和我在一起吃过饭,有时只喝一点营养水。"

蓝云说:"那不是营养水,根本就是纯净水。因为机器人没有消化系统,怎么能吃营养食品呢?"

蓝云又问:"你还感觉有什么不同吗?"

我想了想说:"她从不跟我出门旅游,每月要到学校住几天,说是到了生理期,要做健康保养。"

"对呀。"蓝云说,"她每月有一次检修,更换电池呀。"

我恍然大悟。想起玉妃有一次告诉我她就是机器人,我当时只当她说笑话,却不想这是句真话。

尽管这样,我对玉妃还是有感情的,真的十分想念她。对玉妃被拆卸熔化十分惋惜、心疼,一下子失掉了玉妃,我心里怅然若失。我说:"为什么要拆毁掉?难道就不能保留她吗?

蓝云告诉我:"机器人的保质期只有五年,等你回来就过了保质期,所以必须拆毁。神仙台市电子科技大学就是生产机器人的工厂。原有的玉妃走了,新的玉妃又生产出来。你如果想要一个像玉妃一样的机器人,可以到厂里购买,或者定做。"

我想了想说:"那算了,虽然可以买一个叫作玉妃的机器人,但已不是原先那个玉妃了。"我说,"我永远怀念原先那个玉妃,第二个机器人将不会融入我的生活。"

我又问:"木里和长立在什么地方?"

蓝云说:"他们两人已经毕业了。木里被分配到长洲工作,离此地十万五千公里。长立被分配到瓜洲,离此地二十万八千公里。虽然不算远,他们来一次不容易,所以我没有通知他们。"

第二天,我来到凤凰山下的外星人培训学校,先去看看曾经住过的宿舍,那里面住着一对甜甜蜜蜜的少年男女,女主人与玉妃长得一模一样,应该是电子科技大学的作品吧。看到木里和长立住的地方,同样是人事皆非。我心里酸酸的、空落落的。作为留级生,我继续在二年级听课,除了蓝云之外,同学中没有一个熟人。

下课时,蓝云走到我的面前对我说:"你不想找个女朋友吗?"

我说:"想是想啊!"

蓝云说:"我给你介绍一个。"

我叹口气说:"以后再说吧。"

蓝云同情地说:"男人哪能没有女人呢?要不,我去陪你吧。"

听到这句话,我简直不敢相信自己的耳朵。我怔怔地看着蓝云:"你陪我?真的吗?"蓝云不仅美貌绝伦、气质高雅,更重要的是,她是天帝星球的著名科学家,上层人士,社会名流。我对她只有崇敬的份儿,暗恋是可以的,哪能当真呢?

蓝云问:"你愿意吗?"

"求之不得!"我鼓足勇气,红着脸说。

蓝云微笑地点点头,我第一次见到她的眼睛里闪烁着娇媚的目光。

蓝云作为天帝星球有身份的人物,怎么会贸然说出以身相许的话呢?即使是看中了我,也不该如此轻率呀!难道不怕我拒绝她,使她难堪吗?这仅仅从天帝星球男女关系随意、感情率真的角度是很难说得通的。原

32. 我妻子玉妃不见了

来蓝云一直对我存有好感,同时她也知道我一直暗恋着她。尽管我从未在她面前表白(我也不敢表白),连暗示也没有过,但我的手表早已把我的心理活动传送出去。这种信息早被蓝云留意,捅破这层窗户纸只是时机问题。天帝星球男女寻找异性朋友,会首先在网上查询对方对自己的态度,如果对方暗恋着自己,就会有信息流露,彼此心照不宣,谁先表白就不是重要的事了。

晚上,蓝云真的来了。

在就寝之前,蓝云和我做了一个仪式。我们双双跪在床头,向着天帝所在的方向祷告一番。祷告完毕,蓝云铺床叠被,洗了澡,伴着我睡下。

我诚惶诚恐,带着虔诚、崇敬的心理与蓝云同床共枕。开始很不自然,但蓝云的热情大方,使我消除了心理障碍和紧张情绪。我发现蓝云除了是个著名的科学家、教授、博士之外,更是一个好女人,一个有着七情六欲的成熟的女人。

蓝云告诉我,考虑我在地狱岛服刑三年,吃过常人难以想象的痛苦,回来之后发现深爱的女友是个机器人,离我而去,精神上受到沉重的打击,沉浸在苦痛之中。出于同情和爱护,她决定陪我一些日子,促使我尽快回到正常的精神状态中。我为蓝云博士这种博大的情怀和宽厚的爱心深深感动。

我们在神仙台大酒店住了一个星期,蓝云在学校宿舍区给我安排了一套宿舍,我们住了进去。一段时间,我和蓝云同进同出,麒麟山上、孔雀湖边都留下了我们的身影。这使得我不仅在外星人培训学校引人注目,在天帝星球人类当中的社会地位也提高了。

33. 做蓝云丈夫的荣耀

这天晚上回到宿舍,蓝云高兴地对我说,天帝星球社会科学研究院已经评定她为人类卓越贡献科学家,并在神仙台山上为她设立了名人纪念馆。纪念馆揭牌仪式明天举行,她想带我一起去。

我向她表示祝贺,同时也很高兴以蓝云丈夫的身份参加这个重要活动。

蓝云为我购买了一套藏青色的毛料套装,外面穿上一件超过膝盖的毛料开领长衫。我原身高一米七八,经过恢复青春、生机再造,现在一米八有余。加之我浓眉大眼、高额隆鼻,仪表堂堂,经过蓝云的打扮,外表上倒与蓝云十分般配。

我们乘直升机到达神仙台山顶的天帝宫。从直升机上看,神仙台山峰起伏连绵,是神仙台市北面的天然屏障。这个屏障挡住了来自北方的寒流,使得神仙台市四季温暖如春。直升机落在神仙台山顶,仪式在天帝宫礼堂举行。这是天帝星球最神圣的地方,只有最庄重的仪式才会安排在这里。

在神仙台山上,有八万多个纪念馆,分别由八万多个大洲所建。建筑风格不同,但都依山夺势,十分宏伟华丽。进入纪念馆内,一道道高大宽敞的回廊两边,是一间间科学家个人纪念馆,每间大约四十平方米。门上镌刻着科学家的名字。进门正中是科学家的真人大小的铜像,墙上是科学家的生平事迹介绍,下半截是玻璃柜,陈列着科学家的著作、光盘、影像资料、发明创造的实物复制品。还有一部电脑,可以从中查阅科学家更详细的信息资料。其他就是沙发、茶几之类的,供参观者休息座谈。各大洲的纪念馆有山路相通,都有各自的直升机停机坪和停车场。从神仙台山上向下看,各大洲纪念馆建在高低错落的山脊绿树之中,构成了神仙台山美丽独特的风景。

蓝云纪念馆在中洲纪念馆之内,其格局与其他人的一样。能把自己的名字和铜像立在这里,是天帝星球人类的最高追求。就像中国唐代功臣"凌烟阁"一样,荣耀无比。参加蓝云纪念馆揭牌仪式的,是来自天帝星球各方面的顶级科学家。洪圣博士主持仪式。他宣读了全球科学界电脑系统考核计算结果,和科学家联合会议的决定,接着把蓝云博士的学术贡献通报给大家,最后代表联席会议讲了几句鼓励的话。蓝云也发了言。她今天穿着红色的连衣裙,颈项上扎着洁白的蝴蝶结,头发盘在头顶,显得美丽而高雅。洪圣亲自为蓝云纪念室揭牌,为铜像揭幕。大家为蓝云博士的科学成就鼓掌,以示祝贺。我在人群之中,并不与蓝云站在一起。

仪式结束后,在帝宫大酒店举行了宴会。在宴会上,蓝云让我坐到她身边。此时蓝云换上白色连衣裙。洪圣博士致祝酒词,蓝云致答谢词,大家举杯敬贺。这时候我成为人们关注的焦点。蓝云带着我逐个餐桌敬酒致谢,大家纷纷议论:"0185,0185。"与会者向我投以羡慕的目光。

第二天晚上,外星人培训学校为蓝云教授举行了庆祝舞会,蓝云和我成了舞会的明星。蓝云的成就,也是外星人培训学校的荣誉,学校的师生来了不少,大家为老师感到自豪。

我从电脑中搜索到有关蓝云的资料,原来蓝云的主要成就是写了三部重要的著作:《宇宙流》《物质的组合与分解》和《自然生态》。

过去蓝云虽然作为天帝星球科学家联席会议的发言人、博士、教授,在全球知名度很高,但其身份与全球顶级科学家相比,还有本质上的区别。天帝星球不讲知名度,只讲水平、讲贡献。现在,蓝云真正进入了全球顶级科学家的行列,她的身份和待遇大不相同。仅就经济收入而言,蓝云可以到全球任何地方旅游,在任何高级酒店住宿,穿最高档的服装,戴最昂贵的首饰,而不用考虑价格,真正做到经济解放,随心所欲。当然,真正的科学家是不追求虚荣和享受的。

34. 陆仙教授的人类社会学理论

二年级学习结束后，我升到三年级，教室和住宿又进行了调整。天帝星球人类一律住公租房，到哪里工作，就住哪里的公租房。所以人们不需要买房子，人员流动不考虑住房问题。吃饭也不要自己做，只要有人居住的地方，就有公共食堂。（这里补充一下，天帝星球的食堂除了少数管理人员外，都是机器人当厨师、做杂工、择菜、洗菜、烹饪、洗碗、打扫卫生和消毒都由电脑控制，标准化操作，因此不存在卫生问题，营养搭配也很科学）。

三年级的教授叫陆仙，三十来岁，皮肤白皙，身材修长，知识渊博，学术严谨。他也是天帝星球人类社会科学研究院院士，著名科学家。要说资历和名气，他已在伍神和蓝云之上，神仙台山上早就有他的纪念馆。陆仙教授的研究方向是"人类社会的行为规范"。

陆仙讲话的风格是启发式的，他喜欢提出问题与同学们讨论。当讲到人类社会的形态时，他问同学们："知道人类社会经历过几种形态吗？"

同学们你看看我，我看看你，不敢贸然回答。

陆仙点了我的名："永生同学，你不是历史学家吗？你说说看。"

我只好站起来，说："老师，我学的是0185星球历史学，不是天帝星球的历史学。"

陆仙说："人类历史的发展规律是相同的，你说说看嘛。"

我说："根据我们星球的历史学理论，人类经过原始社会、奴隶社会、封建社会、资本主义社会和社会主义社会（或叫共产主义社会）五种社会形态。"

陆仙笑着说："大抵如此。但与天帝星球人类历史学理论的语言表述稍有不同。我们的划分是原始氏族社会、部族奴隶社会、国家封建社会、商品经济社会和科学管理社会。"

陆仙问："为什么人类社会起源于原始氏族社会？"

我答："因为人类是以家庭为原始单位，由家庭到氏族社会，一步步扩展而来的。"

"不错。"陆仙说，"'原始氏族社会'是一种原始的社会形态，以家庭为起点，结合其他家族，逐渐扩展。管理者是家长、族长、酋长或者有权威的头人、长者。他们负责管理氏族社会事务，调解人与人之间的纠纷，进行比较公平的物质分配，保障人类在恶劣环境下的生存繁衍。当然，说公平也不完全。氏族的家长、族长等在物质分配方面是有优先权的。就像一群狮子捕捉到猎物后，总是由领头的雄狮首先享受，然后才轮到其他狮子。原始氏族社会靠采摘野果和狩猎生存，所获得的食物不多，也不能保存，没有财富积累，所以氏族家长、族长的优先权也只能以饱腹为限，因此形成不了富贵阶层，故社会结构比较扁平、简单。原始氏族社会存在几十万年到上百万年——时间的长短囿于各个星球的自然条件。初期星球上人口不多，土地森林广阔，采集的野果、狩猎的动物足以供人类生存。后来人口逐渐增多，仅有的野果和野兽不能满足人类生存需要，加之大自然的水旱虫灾导致食物匮乏，人类大量死亡，所以在原始社会几十万年到上百万年间，人口增长很慢，并多次面临灭绝的危险。"

陆仙问："原始氏族社会为什么会进入部族奴隶社会呢？"

我答："主要是因为两极分化。部族首领依仗权力掌握了物质财富，控制了民众的劳动成果，使得民众一无所有，沦为奴隶。另外还有战争的原因。战争胜利一方俘获大量的俘虏，利用俘虏从事生产劳动，进一步壮大了奴隶队伍和奴隶阶层。"

陆仙说:"这是结果,但不是原因。"他解释说,"社会的改变或者说进步是同生产力水平相联系的。奴隶社会的出现是人类进入了农耕的历史阶段。起初由于食物匮乏,更兼气候变化,森林大面积地毁灭,人类只好走出丛林,在广阔的草地上撷取植物的种子和挖掘植物的根茎充饥。在这种情况下,人类学会了植物种植技术,后又学会了动物养殖技术,生活资料极大地丰富起来。同时粮食和肉食的储存技术也获得进步(学会用盐腌制食物),人类开始有了财富积累,一部分人可以不通过劳动获得生存。于是氏族首领凭借权力(背后是武力)占有民众创造的劳动成果,他们强迫人们劳动,剥夺人们的一切财产,仅让他们能够维持生存。于是人类便分成了奴隶主和奴隶两个阶层,进入'部族奴隶社会'。部族奴隶社会维持了几十万年。"

陆仙问:"后来又是什么原因打破了这种秩序,进入'国家封建社会'的呢?"

我答:"因为部族的扩大。各部族的战争促进了国家的建立。国家统治的需要又促成了封建制度的建立。"

陆仙说:"还不是根本原因。根本的还是与生产力水平相关。当人类学会了用煤炭作为燃料,学会了冶炼铜、铁制作农具,同时驯服了牛、马等大型牲畜帮助农耕和运输时,生产效率进一步提高,已经不需要人员密集型的劳动,一家一户就可以做到自给自足。少数奴隶会寻机脱离群体,携家带口逃往深山。与此同时,奴隶主会把部分田地分赐给他们的近亲,这就逐渐形成了自耕农阶层。随着自耕农阶层越来越壮大,分田单干成为社会潮流,奴隶制度逐渐分崩瓦解。再加上管理区域的扩大,为了便于统治,国家便形成了。国王和首领把土地全部分给或者租给农民,以收取田租生活,这就形成了'国家封建社会'。

"国家的统治者就是帝王。帝王会首先把土地分给他的子孙,让他们统治一个区域的臣民,成为地方首领。地方首领靠收取农民缴纳的租金赋税生活,并将一部分赋税上缴帝王,这正是封建社会的特征。当然,随着社会的进步,受到分封的不仅仅是帝王的子孙,还有他们的'有功之臣'。开始地方首领地位是世袭的,但这种世袭会形成对王权的挑战,于是世袭制度逐渐废弃,地方首领改为'任期制'和'轮换制',从而加强了中央集权。这种社会可以称为'后封建社会',又可称为'皇权专制社会'。

"人类社会不是直线发展的,在某种情况下它会倒退、会反复。例如在部族奴隶社会走向国家封建社会乃至商品经济社会的历史进程中,亦有奴隶社会的复辟、封建社会的复辟以及多种社会形态并存的现象。有些国家虽然已经进入封建社会或商品经济社会,但少数统治者仍然把他们治下的民众当作奴隶对待,他们凭借权力,无偿占用农民的土地和财产,无偿征用民工民力。他们还不受限制地收取税收和费用,不受限制地挥霍民众的资财。他们把治下的民众当作他们的私产、他们的奴隶。他们甚至公然剥夺农民的土地,驱使农民实行集体生产和集体生活,让他们无土地、无生产工具、无财富积累,成为一无所有的赤贫。这种现象可称为'后奴隶时期'。"

讲到商品经济社会,陆仙说:"永生同学把第四种社会形态取名为'资本主义社会',实际上,商品经济发展才有资本主义,两者是本末关系。准确地说,应该是商品经济社会。"陆仙说,"商品经济的发展,是以人类社会的劳动分工为前提的。劳动的专业化,提高了生产效率;运输工具的改善,又促进了商品的流通,进而促进了商品交易媒介——货币的使用。蒸汽机、电动机的发明,火车、汽车、轮船、飞机的制造,工业化的大生产,区域化的大市场,专业化的大协作,成为社会发展的强大推动力。与此伴生出契约精神、平等观念、法治意识、自由思想等价值观,人类社会进一步走向文明、法治和稳定。所以说,商品经济社会比封建社会前进了一大步,人类社会进入快速发展时期。"

陆仙问:"商品经济社会创造了惊人的生产力,催生出契约精神、平等观念、法治意识和自由价值观,使人类走向文明的新时代,那么是否就是最好的社会形态?"

我说:"商品经济是人类发展的必然阶段,但不是人类最好的社会形态。"

陆仙说:"商品经济社会由市场主导着社会的经济运行,因而创造了超强的生产力,促进了科学进步,带来社会财富的极大丰富。但市场经济发展是无序的,它带来了另一个严重弊端,即社会财富逐渐集中到少数人的手里,形成了资本垄断,阻碍了公平竞争和平等发展。另一个问题是恶性竞争造成生产过剩、资源浪费,最后导致通货膨胀,每隔十几年就要出现一次大的经济危机。因此在商品经济社会里,行政管理、计划管理不可或缺,其职能是打破行业垄断,抑制盲目生产,打击造假欺诈,控制过度消费,保证经济健康运行。如果只依赖市场的引领,而放弃了行政管理、计划管理的职能,则市场经济最终会走向停滞和混乱。因此,必须把一个有着无限欲望、永不满足的人类活动控制在良性的活动范围之内。"

陆仙说:"任何社会形态都必须解决两大核心问题:发展生产力和社会财富合理分配。由于管理者亦是人类的一分子,或是某个组织(集团)的一分子,他们不可避免地带有个人利益和组织(集团)利益的偏向,同时又有个人的好恶,个体的知识、智能、素质的差异等等,因此在管理中不可能做到绝对的公平无私,也不可能做到绝对的科学管理。因此,解决这个问题,只能在高度发达的社会里,高度信息化的条件下,通过第三者代理人,即电脑来管理,才能最终实现绝对的公平和科学。这就是科学管理社会的核心内容。"

陆仙进一步说:"人类进入信息社会,信息化的强大功能使人类活动公开透明成为可能,使精细化管理成为可能。人类通过对电脑的开发利用,集中人类集体智慧,利用电脑实行行政管理并规范执行,即'人管机器,机器管人',这种新的社会管理模式就是'科学管理'。只有这样才能摒弃人为因素干扰,最终解决人类社会管理的规范问题,达到天帝对人类社会发展的最终要求。天帝星球目前实行的就是这种管理模式。"陆仙强调,"这是人类最好的管理模式,这种模式必须向宇宙各个星球的人类推行。"

说到人的素质差异,陆仙指出:"人类目前还面临新的问题,那就是人种异化问题。人类的贪婪、好斗、狂妄、虚荣和追求感官刺激,导致人类无节制地挥霍和浪费星球资源,导致人类互相仇视,互相残杀。人类始终处于不知满足的精神饥渴和欲望扩张状态。人种变异严重,群体动荡不安,这已成为星球人类管理面临的迫切问题。"

陆仙告诉大家:"最近有一个星球的人类十分狂妄,自称他们是'宇宙之王'。他们通过医疗科学,使人类享有数百年乃至上千年的寿命,他们制造出了十万倍光速的宇宙飞行器,制造出各种毁灭人类的武器。他们侵犯别的星球,毁灭那里的人类,掠夺那里的资源。他们甚至还提出'挑战天帝星球'的口号,把天帝都不放在眼里。天帝星球科学界认为,这是严重的人种变异现象,即人类变成了魔鬼,必须引起我们的高度重视。"

35. 我见到了亲人（1）

暑假即将到来，我有一个心思：想到天堂岛见见逝去的父母和妻子，还有爷爷奶奶、外公外婆、舅舅叔叔。他们离开0185已经多年，我一直想念着他们，如果能在天堂见面，那将是多么难得的事。我想知道他们在天堂生活得怎样，是否幸福快乐。

我把这个想法告诉了蓝云。蓝云问："你能确定你的父母、妻子在天堂岛吗？"

"我能确定。"我说，"因为他们都是好人。据我所知，好人死后是上天堂的。"

蓝云说："即使你的父母、妻子在天堂岛，你也见不到他们。"

"为什么？"

"因为他们只有灵魂，没有肉体，肉体丢在0185，你只能听到他们的声音。"

我说："哪怕能听到亲人的声音，和他们说几句话，也是高兴的。我想念他们想得太苦了。"

蓝云表示同情。她说："天堂岛很远，两千多万公里，坐航天飞机也要八十多天。再说去天堂岛的班机，整个中洲一年只有一班，机票难买，价格昂贵，一般人是去不了的。"

我很失望，说："能不能让我父母飞到这里来呢？因为他们的灵魂在空中飞行，不需要坐航天飞机吧？"

蓝云说:"不可以。天帝规定,外星人死后灵魂回到天帝星球后,不允许离开天堂岛或地狱岛,否则将干扰天帝星球人类的正常生活。"

我没有办法,只好暂时搁置了这个念头。

暑假到来的那天,蓝云突然把一张前往天堂岛的往返航天飞机机票放到我的面前。我惊喜地问:"你怎么搞到的?"

"买的呀。"

"多少钱?"

蓝云笑而不答。

我说:"你不告诉我,我今后也会知道。这钱我一定还你。"

蓝云说:"别说还了,你是还不起的。算我送给你的吧。"

我一时感激得不知说什么好。

第二天,蓝云送我到机场,我与她拥抱告别,然后登上了去天堂岛的航天飞机。

航天飞机飞出大气层,快速地在空际遨游。平时我赞叹天帝星球的庞大,现在我觉得它太大了。因为我恨不得立刻飞到天堂岛,见到朝思暮想的父母、妻子和其他亲人,听听他们的声音。航天飞机尽管很快,还得航行八十多天,这是我特别难熬的日子。每天除了睡觉,我只得呆呆地看着星空,或者俯瞰云雾下的大地。天帝星球像一块巨大的蓝色宝石,平铺在下方,纹丝不动,看不出球体形状。因为它太大了,不可能像0185号星球那样,从几百公里高空就能看出是个球体。由于身在高空,航天飞机向西飞行,西行的太阳被我们抛到后面,另一轮太阳又被我们追到,就像西边又升起一轮太阳,使我感觉像有好几个太阳。大海苍茫,云遮雾罩,一块块陆地就像漂浮在水面上的不规则的树叶。

终于到了天堂岛,航天飞机在机场降落。此时正是夜晚,飞机场上灯火通明,一条条亮着灯光的跑道,指引着航天飞机降落。航天飞机伸出它厚重的轮胎,放出了巨大的减速伞,平稳降落在航天楼旁边。

天堂岛上的工作人员热情接待来客，我们一行五十人被安排住进了天堂宾馆。天堂宾馆大得一眼望不到边，用来接待全球前来探望亲人的客人。宾馆按各个天文空域分区，我被安排住在银河系，八十号恒星系招待所，接待我的工作人员是一个美丽的女郎，自称"灵妃"，一听名字，我就知道是个机器人。她办事很认真、周到，人也漂亮、机灵。

灵妃用天帝星球标准话说："很高兴为各位客人服务。按照规定，各位明天白天休息，倒倒时差，晚上安排与亲人见面。"

我觉得已经到了父母、亲人的身边，心情激动，哪里还要倒什么时差！

我问："为什么明天白天不能见面？"

灵妃说："因为与灵魂见面，一般都在晚上。"

我说："听说航天飞机十天后就要回程，时间很紧。"

灵妃说："请放心，我们一定会为您安排好，让您顺利如意地见到亲人，有充分的时间与亲人团聚。"

我信赖地点点头，知道机器人办事没有通融的余地，一切按规定办，说什么也是白搭。

第二天上午休息。吃过午饭，天堂岛管理研究部工作人员把大家集中起来，坐上直升机，带着我们游览天堂岛的风景。灵妃担任导游，在飞机上，她介绍天堂岛的基本情况："天堂岛面积八千万平方公里。位置在四季如春的亚热带地区，常年温风拂面，枝叶繁茂，花团锦簇，完全处于自然生态，没有人类的炊烟，也没有污染，是人类魂灵最好的安寄之所。"

大家透过飞机舱窗游览了几处魂灵居住区。从空中往下看，每一个居住区一百幢小楼，依山傍水，环境优雅。房子都是白墙黑瓦，飞檐雕窗，错落有致、十分整齐、美观。

灵妃介绍说："住在天堂岛的每一位魂灵，都有一幢小楼，面积不大，一楼一底，楼上是休息室，楼下是会客室。楼顶有阳台，门前有小院，独门独户，安静清雅。每个居民点有中心广场、小剧院、博物馆。博物馆里有丰富的藏书,有各种艺术品,供魂灵们观赏把玩。"

灵妃说:"由于魂灵没有肉体,他们不知饥饿,不觉冷暖,所以不吃饭、不穿衣、不购物。他们只有一件事,就是娱乐。居民点中心广场就是魂灵们聚会、娱乐的地方,小剧院是他们看戏、看电影、听故事的地方。在博物馆里他们可以看书学习,可以欣赏宇宙各个星球人类的艺术品。总之,魂灵在天堂不仅不寂寞,而且消息灵通,尽知宇宙人类发生的大事。他们的生活无忧无虑,不劳不累,精神愉快。天帝让他们忘记人世的一切烦恼,放松身心,准备重新开始新的人生。"

听了灵妃的介绍,访客们的心里宽慰了不少。

灵妃说:"天堂岛魂灵研究部尽力为这些魂灵做好服务。这里每个魂灵都有档案,里面记载着其人在人世间的生活情况,包括做过的好事和犯过的错误。研究院负责安排他们届时到某个星球,做过七世善人后,便安排他们在天帝星球转世,成为永久的天帝星球居民。"

游览了半天,回到宾馆,吃过晚饭后,灵妃通知各位访客晚上不要出门,不要开灯,在房间里等待与亲人会面。

大约九点钟,我听到窗外有风吹过,接着房门被风吹开。我知道有人来了,但看不见来人,只听门边有人问:

"是永生吗?"

分明是父亲的声音。我向门外看去,仍然不见人影,只听门内人声说:"我进来了。"

"是爹吗?"我激动地说。

"是我,儿子。"父亲说。声音是那样熟悉、那样亲切,像往常一样,沉沉的、沙沙的。

我顿时眼泪如雨,向下一跪,哭道:"爹呀,我好想您呀!"

"儿呀,爹也想你呀!"父亲也哭了。

我感觉父亲站在我的身边,便一把抱过去,却扑了个空,这才知道父亲只是个魂灵。

父亲在我的耳边说:"儿呀,你抱不着爹,爹可把你抱着了。我把我儿子抱着了,这是我朝思暮想的儿呀!没想到我们父子还能见面。我心里好欢喜好欢喜!"

我泣声说:"爹呀,当年您得了病,儿子没法救您,医生没法救您,您只活了七十岁,在痛苦中走了。您是个好父亲,是个好人,不该走得那么早哇。您的早逝是因为受儿女的拖累。为了儿女,您苦了一辈子,累坏了身子,没有享过一天的福,过上一天的好日子。儿女们也没有很好地孝敬您,亏欠您老人家太多了。爹,儿女们对不起您哪!"

父亲说:"我的儿,你坐起来说话。那不是做父亲应该的吗?谁家不是这样呢?我们家祖上穷,爹也无能,没有给你们提供好的生活条件。当年的日子那叫日子吗?吃了上顿没下顿,破衣烂衫披一片搭一片,你们从小在苦水里长大,在死亡边缘挣扎。想起来爹心里那个痛啊!就这样,你们兄弟几个都努力,硬是活出人样儿来了,都有出息了,爹心里好欣慰。"

正说着,一阵风从窗外吹了进来。我感觉头发飘了一下,头皮一紧,只听一个声音在耳边炸响:"永生,我的儿呀,是你吗?"这是母亲带哭的声音。我又哭了,情不自禁地用手在头上抓了几下,什么也没抓着,一面叫着:"娘,娘!"

母亲抽泣着说:"我的儿,娘抱着你的头来。你让娘好好瞧瞧。"

我转过脸说:"娘,我好想您!"

母亲说:"娘不也是一样吗?娘在天堂,没有一天不在想着儿子女儿、孙子孙女,想着你们几家人。"

母子相拥痛哭了一场。母亲问:"儿啊,你是怎么到这儿来的?"

父亲也说:"是呀,你是怎么来的呀?不会是过世了吧?"

母亲斥责说:"胡说!永生怎么会过世呢?他年纪轻轻的。"

父亲对母亲说:"你是老糊涂了,永生也有一百多岁了。"

母亲说:"老东西,我糊涂还是你糊涂?你看永生身上肌肉好好的,身体棒棒的,能跟我们这些鬼魂一样吗?"

父亲说:"是呀永生,你身上肌肉丰满,像小伙子一样壮实。我记得当年我走的时候,你快五十岁了,鬓发都有些花白了,怎么几十年后反而变得年轻了,这是怎么回事呢?"

我说:"爹、娘,这是儿子的运气。我到天帝星球来了,是作为0185号星球的人类标本,被飞碟带来的,我没有死。我离开家乡那年,是八十四岁,是天帝星球的医生和科学家让我返老还童的,现在只有三十来岁呢。"

父亲说:"哦,几年前,电视新闻上曾出现0185号星球来人的镜头。我当时看着很像我儿子永生,但不敢相信就是你。"

母亲对父亲说:"我也这样想过,还跟你说过呢。你说:'瞎话,你儿子怎么会到天帝星球来呢?'看,这不来了吗?"

母亲说:"儿子,你媳妇玉兰也在这里。"

我问:"玉兰和二老在一起吗?"

母亲说:"就住我隔壁,我们天天见面。今天研究部也通知了她,她马上就会来的。"

我说:"玉兰也是个好人,我知道她会在天堂岛的。"

正说着,一阵风吹进门,母亲说:"你媳妇来了。"

我听得玉兰说:"永生,你怎么来了?这不是梦吧?"

我说:"不是梦。我真的来了,来看爹娘和你来了。"

玉兰抽泣着说:"没想到还能见到你。孩子们怎样?"

我说:"他们都好。儿子当了教授,移居国外了。女儿也有出息,她是个摄影家,嫁个摄影师,满世界地跑。"

玉兰问:"永生,你后来娶了女人吗?"

我说:"我哪里娶什么女人!我一个人到处旅游,写写文章。"

玉兰问:"你今天才来天堂岛,你活了一百多岁吧?"

我说:"我还没有死呢,我是活着来的。"

玉兰奇怪地问:"这是怎么回事?"

父亲插话说:"他是坐飞碟来的。他不仅没死,还返老还童呢。"

玉兰说:"怪不得你这么年轻,比年轻时更帅气了哩!"说着笑了。

母亲说:"永生,你可以在天帝星球过上好日子了。咱们一家人可以经常见面了。"

我说:"爹、娘,我在这里只能待十天,必须跟航天飞机回去。我住在中洲神仙台市,来一次不容易,路途两千多万公里,坐航天飞机要八十多天,更关键的是机票太贵,要几千万元,要不是蓝云女士资助,我是没法子来的。"

"蓝云女士?"父亲问,"就是那个科学研究院发言人蓝云博士吗?"

"是她。"

"我儿遇到了好人!"母亲说。

玉兰问:"蓝云花这么多钱资助你,怕是跟你相好吧?"

我不好意思地说:"可以这么说。天帝星球人是很多情的。"

玉兰说:"我知道。你别不好意思,我也不妒忌了。前世我俩是一家人,来世不是一家人了。到了天帝星球,都是独立的了。"

我说:"我来天帝星球已经五年了,先是娶了一个机器人做老婆,一起过了两年。后来我杀死一只兔崽子,被判刑三年,到地狱岛服刑,期满回来,机器人走了,我就和蓝云博士一起过。"

母亲吃惊地问:"永生,你怎么还到地狱岛?"

我说:"我在那里住了三年,窝在雪洞里,每天晚上受刑。"

父亲问:"受什么刑呢?"

我说:"我怎么杀死兔子的,就受什么刑,被掐脖子、剥皮、烧烤。"

"剥皮?!"母亲叫道。

"是啊。"我说,"晚上被掐死,剥皮、烧烤,被痛死,早上又活了,皮也长好了。晚上再掐再剥再烤。生不如死,受了三年罪,一天都不少。"

"真是遭罪啊!"母亲说。

"是啊。"我说,"地狱岛每天晚上犯人受刑,惨叫声不绝。坏心眼儿害人的人,被乌鸦啄心、啄肝、啄脑髓。最近去了几个,据说都是各国的国王,身上都有千百万条人命。他们被枪打,被鸟啄心,被放到大浴缸里让蛆虫咬,每晚的惨叫声音特别大。"

"他们被判多少年?"父亲问。

"听说都是万年以上,也就是无期了。"

"人真的不能做坏事啊!"母亲说。

我问父母和妻子玉兰在天堂岛过得怎样。

母亲说:"过得好!不需吃,不需穿,不需劳动,就是玩儿。看戏,看电视,看电影,话家常,讲故事。"

父亲说:"我们那片区域都是从0185星球来的,许多村庄都住着本国人,相互来往说话,也挺有意思。"

玉兰说:"生活不寂寞,文化活动多,想到哪儿玩就到哪儿玩,我和娘喜欢看戏,爹喜欢看新闻。"

父亲说:"你娘最喜欢听严凤英唱黄梅戏,我除了看新闻外,也喜欢听梅兰芳、马连良的京剧。"

妻子说:"外国话剧也很有味道。开始不习惯,现在也习惯了。比如莎士比亚、莫里哀的话剧。但娘只看中国古装戏剧。"

"能见到这些演员吗?"我问。

父亲说:"能听到他们说话,但不见其人。"

我又问:"你们住得怎样?"

父亲说:"每个人一幢小楼,不大,小巧精致,楼上楼下。"

我问:"爹和娘住一起吗?"

"不了。"父亲说,"到了这里就是独立的人了,不存在夫妻关系了。不过我和你娘住隔壁,有空可以在一起说说话。你媳妇住你娘隔壁,我们经常在一起。我这边还有你大伯、二伯,你姑妈、姑父、舅舅、舅母。我们常在一起打纸牌呢!他们也知道你来了,让我们今晚先说说话,他们明天晚上来。"

"都好吗?"我问。

"都好!"母亲说,"到了天堂哪有不好的?而且来的都是好人,没有刁钻奸猾的。亲戚朋友在一起亲热得很,热闹得很。我说人哪,就是要做好人,做好事,死后多享福,多开心。"

我问:"爷爷奶奶和你们在一起吗?"

父亲说:"先前在一起,现在他们都成为天帝星球的居民了,离这里远得很,见不到他们了。"

母亲说:"就是见到他们,你也认不出来,他们又是一世人了,过去的事都忘得一干二净,不是你的爷爷奶奶了。"

我问:"娘什么时候转世呢?"

母亲说:"还要等等。"

父亲说:"按照天帝规定,要等第五代子孙(儿子、孙子、曾孙、玄孙、来孙)出世才行。来孙者,来生也。如果没有子孙,要等一百二十年。"

我问:"娘可知道转世到哪个洲?要是投到中洲神仙台市就好了。"

母亲说:"这可说不定呢。"

说着说着,天就亮了。父母和玉兰告辞回去,说晚上再来。

36. 我见到了亲人（2）

第二天白天，研究部继续安排游览。访客们坐上直升机，向天堂岛纵深处飞去。天堂岛好山好水尽在眼底。由于没有人类活动所造成的污染，岛上空气清新，山绿水碧，风景如画。一个个居民点的黑瓦白墙的小楼点缀其间，很有生气和诗意。

灵妃介绍说："天堂岛居民点按照宇宙中各个星球的位置建设，方便查找和管理。天堂岛研究部负责房屋和各种设施的建设、维修，保证无线电信号的畅通，满足广大魂灵的精神文化生活。每年有大量的魂灵安置进来，也有大量的魂灵离去。这些都落实到人，精确无误。"

访客们赞叹研究部的工作量大，工作精准高效。

灵妃笑笑说："也没有什么工作量，都由电脑管理。每一位魂灵的档案都存储在电脑中，到时候电脑会自动提示，一切都按程序办。"

看到飞机下方一座座美丽的村庄，我想：哪一座村庄是我父母住的地方？我多么想下去看一看啊！于是我向灵妃提出："能否带我到0185星球的东方居民点看看？"

灵妃说："0185区域很大，仅东方居民点就占地几万平方公里，您说出要找的人，我们可以顺道把您送去。"

我报出父亲田国粹的名字。灵妃从计算机里很快找到准确位置，然后说："我们飞机将经过那里，您就在那里下飞机，明天白天我们来接您。"

我高兴极了，表示了感谢。

不一会儿,飞机在一个大村庄落下,我下了飞机,飞机就飞走了。我站到高处看了看,村子里悄无人声,只听到泉水叮咚、鸟语呢喃。一座座小楼旁边竹木繁茂,花团锦簇,真是个神仙居住的地方。

我正在看,只听耳边有人问:"您找谁?"

"我找田国粹。"我说。

只听有人问:"您是田国粹的儿子吧?"接着就听传话说,"快去叫田国粹,他儿子来了。"

不一会儿,只听几人一面叫着"永生,永生",一面快乐地笑着。我看不见人,只听到周围一阵阵风声、说话声,都说:"田国粹的儿子没有死,他是活着到天帝星球的,真是奇人奇事啊!我们这里从来没见活人来过。"

只听父亲说:"到家里去吧!"

所谓家里,就是父亲和母亲住的地方。我随着声音前行,来到一排小楼前。父亲说:"这是我的住所,隔壁是你娘的住所,那边是你媳妇的住所。都是亲戚朋友住在一起。你爷爷奶奶也在这里住过。"

我进屋一看,楼下是一个客厅,一张四方桌、几把椅子,正面墙上有一个香案,上面有一个香炉,还在冒着淡淡的烟。

到楼上看,有一张床,没有被褥,只有一块毛毯、一只枕头。

父亲说:"我晚上在楼上休息,白天在楼下活动,或者出去找人玩儿。"

我问:"没有被褥,行吗?"

"不需要。"父亲解释说,"我们像鸟一样飞来飞去,困了就在床上躺一会儿,或者打个盹儿。也不感觉冷热,要被子没有用,有一条毛毯足矣。"

我又到母亲屋里看了看,陈设一模一样。

我问:"你们怎么看新闻?"

母亲说:"有电视机。"说着把电视机打开。原来电视机镶在墙上,刚才在父亲那边我还没发现哩!

"看戏在哪里看?"我又问。

母亲说:"如果一个人看,就从电视机里选节目。如果想和别人一起看,就到博物馆,那里有戏台,有艺术家表演,热闹着呢!"

我又到妻子玉兰那边看了看。

玉兰说:"放心好了,爹、娘和我在这里,什么也不缺,也不寂寞,日子过得很好。"

我说:"我放心,放心!"

突然一阵风吹来。父亲说:"你大伯、二伯、姑姑、舅舅都来了。"

我对着空气,逐一叫了死去的亲戚,就听到一一回应声,那风像大大小小的旋涡,从我身边飘过。

大伯的声音:"永生呀,大伯没想到你活着到这里来了,这是你爷爷奶奶、你爹娘积善积德的结果啊!不然我们一家人怎么会在天堂里会面呢?你看咱村里老秦家、老朱家,在世时欺男霸女,无恶不作,死后一家人下了地狱,天堂里没他们的份儿,报应哟!"

二伯说:"永生,我那年离世的时候,你爹娘还没有结婚,你还没出生。我十九岁生病死的,害了一场大病,没有钱看医生,就死了。"

父亲说:"你二伯命好苦哇,没有结婚,也没有后代。"

二伯说:"知道你们日子过得好,你爹子孙兴旺,我也高兴啊!"

舅父舅母、姑父姑母都来说话,都说看到我活着到天帝星球,真是奇迹,都打听他们的子孙生活得怎么样。我一一回答,告诉他们日子比过去好多了,国门开放,科学发展,食物丰富,吃穿不愁,再也没饿死人那回事了,要他们不用担心。

我在天堂岛待了十天,天天有直升机接送。我和亲人们在一起聊天,其乐融融,心情大好。看到亲人们的灵魂在天堂岛过着无忧无虑的生活,思念之情得到了极大的慰藉。十天之后,我辞别众亲人离去,亲人们和左右乡邻都来送行,我说:"我会经常来看你们的。"话虽这样说,但大家都知道这只是一种安慰,见面那么容易吗?就是我能来,亲人们也不一定都在这里。

二伯说:"永生,你下次来,可能你爹、你娘和你媳妇不在这里了,但我永远在这里。我要在这里当一个老魂灵,不用劳累,不用操心,快快活活。天堂岛像我这样想的人也不少,咱们有一个老魂灵俱乐部,互相来往,互相交流,旅游啦,看戏啦,打牌啦,热闹着哩!"

大家都说:"你二伯看得透,想得开。"

分别的时候,我听到一片哭声,数爹娘和我妻子玉兰的哭声最大。我也哭得上不了飞机,靠着工作人员的搀扶才勉强登上。透过飞机的窗口,我听着父母、妻子等亲人哭喊着"永生,永生!",我禁不住再次大恸,毕竟一世的亲情难舍难忘。大家都知道,这是最后的告别。一旦转世,就再也不是一家人了。

37. 神奇的人脑刻录机

回到神仙台外星人培训学校，我对蓝云说："我知道你为我花了多少钱。我将怎么感谢你呢？"

蓝云说："这有什么？我们不是夫妻吗？再说，人有了钱又花不掉，不应该帮助别人吗？"

我对蓝云的感激真是无以言表。

转眼间我从外星人培训学校毕业了，被分配到人类未来研究院工作，就是陆仙博士所在的研究院。按照陆仙的说法是"专业对口"。我曾想和金宁、伍神在一起工作，共同研究人类历史，但分配是电脑安排的。当然，陆仙对我的毕业评语也起到一定的作用。我把想法和蓝云谈了。蓝云说："电脑系统根据你在0185的工作信息、在培训学校里的学习成绩，以及人类未来研究院的工作需要，才这样安排的。如果你想改变，可以在电脑里输入你的想法，也许电脑会考虑重新调整。"我想，天帝星球的电脑系统真是功能强大，包罗万象，细致入微。我决定服从电脑的安排。

蓝云告诉我："人类未来研究院主要研究人类的前途命运，人与自然、人与宇宙的关系，涉及面广，知识面博，它包括人类历史、自然科学、社会科学、人类的发展、宇宙万物演化，知识像大海和天空一样，浩瀚无垠。几百万年以来，天帝星球从事研究的科学家不计其数，研究的成果资料堆积如山，要想站在前人的肩膀上再攀新的高峰，要付出极大的努力。"

我深以为然。想到自己虽然学了一点东西，写过几十本著作，付出几十年的努力,但和天帝星球那些科学家不可同日而语。他们动辄就是几万年、几十万年的劳动付出,仅就时间而言,我就无法望其项背。在天帝星球科学界浩瀚的知识大海里,我想做一朵小小的浪花也是不容易的,什么时候才能真正进入人类未来研究分院科学家的行列?

蓝云看出了我的心思,她说:"你也不要着急,天帝星球发明了人脑刻录机,把电脑中心处理器存储的海量信息刻录到人的大脑当中,这样就可以节省大量的学习时间,后人可以站在前人的肩膀上,把大量精力用于运用和发明创造了。"

"什么叫'人脑刻录机'呢?"

看我懵懂的样子,蓝云解释说:"'人脑刻录机'就是一台能够把电脑中储存的信息像拷贝一样刻录到人的头脑中的机器,使人在短时间内掌握大量的知识信息。它的原理如同电脑下载文件一样。人脑与电脑储存信息的原理是一样的,人脑就是一台功能强大的电脑,把人脑与电脑连接,互相传递信息,这是天帝星球的科学研究成果。你可以申请刻录。"

"那太好了。"我问,"到哪里申请?"

"向神仙台市人脑科学研究所申请。"

我在蓝云的指导下,通过手表向神仙台市人脑科学研究所发出申请,很快得到答复,同意给我做人脑刻录,同时指出,由于知识信息浩如烟海,一个人不可能完全掌握,也不可能全部刻录到头脑之中,只能有选择地刻录。因此要求我回答下列问题。

1.你的研究方向是什么?

我回答:我研究人类未来发展问题。

2.你需要拥有的知识结构是怎样的?

我回答:其一,我需要掌握人类社会历史、现状、未来发展等方面的基本知识,了解前人研究的重要成果;其二,我需要掌握宇宙天体、物理化学、生物演化等方面的基本知识,了解前人的重要发明创造;其三,我需要掌握人类的思维、思想的形成,智慧和创造能力的表达,以及人类社会的结构和运行规律等方面知识,了解前人的研究论述。

我回答了上述问题后,手表通知我从下周一开始,每天晚上到神仙台市人脑科学研究室实施刻录,时间为一周。

周一晚饭后,蓝云陪着我到神仙台市人脑科学研究室。蓝云和那里的工作人员很熟悉,办理好一切手续后,工作人员把我带到一幢房子里,那里面有很多房间,每个房间里有一台巨型电脑,一个巨大的仪器,一张活动床。我看到许多实施刻录的人员在工作人员的安排下进入了不同的房间。我被要求换了衣服,通过了空气净化消毒。进入房间后,工作人员先将我的头发剃光,头皮洗净,然后涂上一层导电液,让我躺到活动床上,给我戴上一个牵满电线的帽子,帽子里面有许多电线线头和吸盘,吸盘将这些线头紧紧地吸在我的头皮上,帽子里面还有一个很大的眼罩,严丝合缝地把我的眼睛罩住,整个头脑只露出鼻孔和嘴。工作人员把活动床推到合适的位置,接通弱电电源,打开电脑,调出需要刻录的内容,开启了刻录机。刻录机发出咝咝的声响,刻录开始了。我感觉头脑中有电流通过。眼前出现一个个视觉镜头,有的是文字,有的是图像,像过电影一样飞速而过。蓝云和工作人员坐在我的床位两边,没有人说话,室内异常安静。我疲倦了就闭上眼睛睡觉。深夜,蓝云没有走,她伏在我的床边睡了。天亮时,工作人员关掉电源,摘下帽子和眼罩,我起身同蓝云回去休息。晚饭后再来刻录。一连七天都是这样。结束时,工作人员对我说,如果需要刻录其他内容,还可以申请。

大量的知识信息刻录到我的脑子里,这需要几万年才能学完的知识,我只用几天就完成了。我感到头脑从未有过地充实、强大。从此以后,只要把这些知识信息进行消化吸收、综合归纳,我就能成为一个渊博的学者。如果我有悟性,有创造能力,就可以在此基础上为人类做贡献。

我想到过去在0185星球上,孜孜不倦地学习了几十年,自以为学贯中西，知识渊博，现在我才知道，自己头脑里原先装的那一点东西，与几个晚上刻录下来的知识量相比，简直不值一提，前者只是一个池塘，后者却是整个海洋。人的头脑有大量的空间没有开发和利用，天帝星球的科学技术给人类快速学习和掌握知识带来了便利。

自从人类进入文明社会，人类在生产和社会实践中获得的知识得到一代代的传承，这些知识的积累，使人类变得更聪明、更强大，因而成了万物之灵、自然界的主宰。但是，随着人类历史的延长、人类对科学技术探索的进步，造成知识的"爆炸性"增加。人类学习和传承知识的负担也越来越重，将大量的时间用在学习传承知识方面。一个人从少年到青年，最精华的时间都在学习中度过，而对人类和社会却什么事也没有做，或做得很少。有的人甚至终生都在学习，竟然出现了以学习为终生职业的人，称为"学者"。这是多么浪费、多么无奈、多么悲哀的事情。正因为这样，天帝星球的人脑刻录机是一项多么伟大的发明，它解放了人类，改变了人生。

蓝云告诉我："天帝星球人类从三岁到六岁在幼儿园里度过，主要的活动就是玩耍。从六岁到十二岁在少年园里度过（0185 称之为小学时期），主要活动还是玩耍，所不同的是他们玩声乐、玩舞蹈、玩体育、玩手工制作、玩旅游。十三岁至十五岁正式进入学校，即中学时期，学习基本的自然知识和社会知识，确定个人的兴趣和人生发展方向。十六岁人的脑组织发育成熟，即可实施人脑刻录。就是说，天帝星球居民只有十三岁到十五岁的三年时间在课堂里学习。而这三年时间，也只是开阔眼界，培养兴趣，确定方向，并不需要死记硬背一些公式条文，更不需要考试。十六岁时通过人脑刻录，掌握了大量知识信息，即可参加工作，进入某个科学研究机构，从事科学研究。这个时期，人的脑细胞最活跃，最能研究问题，最具创造性。人类把黄金时期和主要精力用在了研究与创造上面。"

由于我在短时间内对头脑进行了知识武装，我很快就能进入人类未来发展科学研究领域，与其他科学家一道从事创造性的工作了。

38. 看望蓝云的儿子

这天是休息日,蓝云提议到神仙台市的一座少年园参观。她告诉我,她的儿子在那里,问我愿不愿见他。这有什么不愿见的?我愉快地答应了。

到神仙台市少年园看孩子的人很多,旅游的人也很多。天帝星球人类各自独立,孩子出生后与父母不在一起生活,父母也不负担子女的生活费用,不负教养责任,父母和子女只是朋友,亲情比较淡薄。很多父母并不关心儿子是谁,子女也不想了解谁是他们的父母。多数父母和子女各不相认,甚至互不相识,但是也有一些人重视亲情,关心自己的孩子,和子女有些来往。这也只是在孩子未成年阶段,如果孩子长大成人,一般就不会来往,更不以父母、子女相称了。因为天帝星球人类长相都很年轻,一个年轻人叫另一个年轻人父亲或者母亲,反之叫儿子或者女儿,听起来总感觉怪怪的。

天帝星球绝大多数人没有子女,许多人热爱孩子,喜欢和孩子做朋友。节假日去幼儿园、少年园看孩子们学习、玩耍,到校园里休闲旅游,也是一项有意义的活动。

蓝云的儿子叫金峰,得到母亲来看他的信息,他早早地站在学校门口迎接。他是一个长得极为标致的小男孩,今年十五岁,同他站在一起的还有一位美丽的小姑娘,是他要好的同学。金峰介绍她叫娇丽。见到蓝云,金峰叫"妈",娇丽叫"阿姨",但他们对我只叫"叔叔"。

我小声问蓝云:"你儿子为什么不叫我'爸'?"

蓝云解释说:"在天帝星球,只对自己的亲生父母才叫爸妈,对爸妈的异性朋友,只叫叔叔阿姨。"我表示理解。

我问:"金峰知道他爸是谁吗?"

蓝云说:"他可能知道,也可能不知道。我没有问过他。"

我感到奇怪,问:"你为什么不告诉他呢?"

蓝云说:"我也不知道呀。"

这就更奇怪了。我问:"你还不知道他爸是谁?"

蓝云说:"我当时做志愿母亲,是经过人工授精的,究竟是谁的精子,我也不关心。"

我问:"你为什么不自然受孕?"

蓝云说:"为了取得健康的精子,我们尽量不采取自然受孕。"

我问:"金峰只知其母,不知其父,这对孩子的心理健康会不会有影响?"

蓝云说:"天帝星球的每个人都是独立的,不知道父亲和母亲是谁,是普遍现象。但如果想知道父母是谁,只要到档案馆查阅档案就知道了。金峰有没有去查我不知道,但查与不查都没有关系,这不是必须的。"

金峰领着母亲和我随着其他旅客进园,一边给我当起了导游。金峰说:"为了不影响孩子们的学习和玩耍,游客只能在规定的区域内活动,并且要保持安静,不要弄出声音。"

他指着脚下一条绿色的地毯说:"这就是游客行走的路线。"

我和蓝云随着金峰、娇丽向前走,首先来到一间教室,教室里学生们正在上课,游客进入玻璃走廊。在玻璃走廊里,游客可以看见学生们,学生们看不到游客,这样就保证了孩子们学习不受干扰。

一个女教师正在传授乐器演奏知识,墙上和桌上挂着或摆放着各种乐器,有弦乐器,有管乐器,有敲击乐器。女教师分别介绍各种乐器的构造、音质，教室里不时有乐器音响传出。

我们走到另一间教室，一个男教师正在教学生唱歌，各种乐器在伴奏。优美的歌声回荡在教室里，旅客们听得如醉如痴。

第三个教室正在排练舞蹈，练功房四面墙壁都是镜子，照出年轻舞蹈女老师和学生们的优美舞姿。这组舞蹈音乐节奏感很强，充分表现出少年的青春活力。

蓝云说："让学生们从小学习声乐、舞蹈，可以提高他们的素养，锻炼他们的身体，养成良好的健康的情趣，同时也可以发现声乐、舞蹈人才，为天帝星球的声乐、舞蹈专业队伍增加力量。即使学生今后不从事声乐和舞蹈工作，每个人也都必须经过这方面的启蒙。"

在第四个教室，一个男教师和学生正在用木条和砖块盖房子。学生们有的在画线，有的在锯木头，有的在砌墙，有的在粉刷。不一会儿，一座小巧精致的房子被盖了起来。

金峰说："手工制作课要求每个学生必须学会做房子、做简单的家具、做饭、织布、种庄稼、嫁接果树，以及做一些简单的工艺品、拆装常用的机器等等。教师带着学生玩耍，从玩耍中熟悉人类基本的生存技能和生活艺术。科学技术越发达，自动化程度越高，就越不能忘记这些基础性的东西。返璞归真，是人生的必修课。"

沿着绿色地毯绕过教学楼、礼堂、图书馆、室内体育馆等地，最后到了一个花园。我看到许多旅客在花园里，有的在和学生说话，有的在看书，还有的在自个儿玩着。花园很大，风景绝佳，有供人休息的草坪，有亭台楼阁、小桥流水，一路都有座椅供人们休息。

金峰把母亲和我带到一个凉亭里，娇丽拿来一些水果和饮料，大家坐下来说话。蓝云显然来过多次，一切都很熟悉。金峰向我介绍了学校的情况，这是一所少年学校，分三个年级，学生十三岁入学，十五岁毕业（金峰、娇丽即将毕业），主要学习音乐、舞蹈，同时学习历史、地理、物理、天文、数学、文学等基础课程,目的是培养学生的兴趣爱好,以便今后选择研究方向。

我问金峰将来选择什么研究方向。金峰说他的兴趣是自然物理,这与他母亲的专业对口,立刻引起了我的兴趣。

中午,金峰留母亲和我在学校食堂吃饭。我们的资金卡全球通用,在任何地方都能用餐,也不存在谁招待谁的问题。

39. 我找到了我的奶奶

从少年园回来，我增添了一桩心事，想找到我的爷爷奶奶。在天堂岛，我听父母说爷爷奶奶已在天帝星球转世了，按照时间计算，二位老人转世有几十年时间，都是成年人了。我想到档案馆里查一下，如果找到爷爷奶奶的下落，见一面也是好的。小时候爷爷奶奶最疼我，我是多么想念他们啊！

我把这个想法告诉了蓝云，蓝云对我说："你的爷爷奶奶已经转世成为新人，他们对过去已一无所知，你找他们也没有共同语言，有这个必要吗？"

但我坚持要见一下爷爷奶奶，了却一生的心愿，蓝云也就没说什么了。

我来到星球人类档案馆去查找档案，以确定爷爷奶奶现在在什么地方。我在计算机上输入爷爷的名字，立即找到了爷爷的线索，这使我十分激动。档案显示，爷爷田振荣，二十二年前在天帝星球转世，现在在锦洲某农业研究所工作，离神仙台市五百万公里——太远了，一时很难前往。于是我便查奶奶的情况。

但是奶奶没有名字（古时中国妇女多数没有名字），怎么查呢？先查0185星球王氏，多得像天上的星星；再查我奶奶逝世的时间，当时仅仅在中国，一天死亡许多人；再查其丈夫田振荣，也有几十个同名同姓的；最后查她生育了六个儿女，其中第三个儿子叫田国粹，就是我的父亲，这是我奶奶无疑了。

档案显示,奶奶现名圣星,现年二十岁,在神仙台市一个少年园当教师。我十分激动,没想到奶奶离我这么近。神仙台市有几百个少年园,我查到奶奶所在的单位,离得也不远。神仙台市轨道交通方便快捷,不堵车,只要坐上车,瞬间可到。

我决定第二天就去找奶奶,当天晚上我激动得一夜没睡着,心里想着许多事。我想到奶奶对我的好,对我的教育,对我的关爱,对我的抚养。在那饥荒岁月,没有吃的,奶奶自己不吃,省给孙子们吃。为救活孙子们的生命,自己饿死在床榻上。那时候我八九岁,记得奶奶出葬的时候,身体很轻很轻,只剩了皮包骨头。奶奶一生劳苦、一生节俭,可就是这样的人却饿死了。奶奶以自己的生命换来了子孙的生命,保全了全家。每想到这里,我心中酸痛不已,泪水禁不住一再流淌。如今见到奶奶,我有许多话要对奶奶讲,我讲全家人的思念,讲全家人的感恩,讲我对奶奶的问候和祝福。我就这样一直想到天明。

吃过早饭,我跟蓝云说过,就匆匆跨上城市轨道公交车,点了一下那个少年园的名字,公交车以一百码的速度直奔奶奶所在的地方。

进了校园,我报出奶奶的名字,热心的管理人员立刻打电话过去。不一会儿,一个穿着入时、年轻貌美的青年女子走了过来。

"您找我吗?"那位女士问。

"我找圣星老师。"我嗫嚅着说。

"我就是。有什么事吗?"圣星热情地问。

面对这样一个年轻人,我一时不知从何说起。我说:"我是从0185星球来的,我特地来看您,想和您说几句话。"

"和我说几句话?"圣星有些诧异。突然她笑了,说:"您就是那个0185外星人?当年您坐飞碟过来,我们全校师生都在天帝中心广场欢迎您呢!"

"是我是我。"我说。

"您想采访我?"圣星问。

"是——"我说,"您有空吗?"

"有空。"圣星说,"最近采访我的人不少,其实我也没有做什么,但是赞美啦、荣誉啦,接踵而来。你们的信息真快啊!"圣星转身把我带到一个凉亭,说,"就在这儿说吧。"

我们在凉亭的凳子上面对面坐下,我上下打量着圣星,她年轻貌美、青春焕发,周身哪里有一丝奶奶的痕迹?

"说吧,需要什么材料?"圣星看着我迟疑的样子,鼓励我说。

我想了想说:"我想问一下,圣老师,您是否知道,您前世在0185号星球待过?"

圣星摇摇头说:"我不知道,有什么说法吗?"

我说:"我在星球档案馆查找我奶奶的下落,我奶奶是二十年前在天帝星球转世的。我查到的结果是——"

"是什么?"圣星问。

"您就是我的奶奶。您的前世是0185星球人,您在0185有三个儿子、三个女儿,我是您第三个儿子的第一个儿子,也就是您的第二个孙子。"

"是吗?"圣星感到意外。

"千真万确!您知道,天帝星球档案馆的档案是很全的,是绝对准确的。您就是我的奶奶,我就是因为这个才来见您,我见到您,就等于见到我的奶奶了。"我激动地说,"要知道,我是多么想念我奶奶啊!"

"是啊,毕竟是亲情难舍嘛!"圣星点头表示理解,"你奶奶对你好吗?"

"何止是一般地好!"我说,"我奶奶一生与人为善,勤劳俭朴,她把她的一生奉献给了子孙,在大饥荒年代,奶奶为救全家人,宁可自己不吃,最后活活饿死了。那时候我们兄弟还小,不懂事,长大之后,我一想起奶奶,

39. 我找到了我的奶奶

心里就很难过,我们亏欠奶奶太多了。我今天来就是想说一声,奶奶,您的子孙连累了您、对不起您,您的大恩我们无法回报,我们子子孙孙将您铭记在心。"说到这里,我情不自禁地放声大哭起来,同时向圣星跪下了,下意识地想抱住圣星的腿,把头靠在圣星的膝盖上痛哭,就像小时候受了委屈那样。我说:"奶奶呀,我终于找到您了,我要把我深藏在心中无处表达的话说出来,我要让奶奶听听孙子的心声,您的孙子是多么爱您!"

圣星大吃一惊,一时愣住了。后来她把我扶了起来,说:"祖孙骨肉情深,人世间很正常。你奶奶做了一个奶奶应做的事情。我已经忘记了前世的一切,所以你说的事,我一点儿也不知道,也不需要知道了。你查了档案,我不能说你说得不对。但过去的事已经过去了,我们是另一世的人了。时间不会倒流,生活要向前看,我说得是不是呀?"她把我扶了起来,让我坐到凳子上。

我抽泣着说:"不管怎么样,我找到奶奶了,把心里话说出来了,我的心里舒服多了。"

圣星问我是如何到天帝星球来的,现在在做什么,我一一回答。说话中我一口一个"奶奶",圣星似乎有些不堪承受之态,她劝我说:"你不要再叫我'奶奶'了,在天帝星球,人人都是平等的,不存在长辈晚辈之分。我们都是独立的个体。"

我看着圣星,从她的脸上和神态中,找不到一丝"奶奶"的影子。我把心中许多话都咽下去了。我叹了一口气,对我的失态表示歉意。我告别了圣星女士。

回来的途中,我心里一直很沉重,确切地说,我心里有些失望,奶奶已经不是以前那个奶奶了,我的一番深情表白并没有在"奶奶"的心中引起共鸣。"奶奶"忘记了过去的岁月,对艰难困苦之中的骨肉深情没有感同身受,就像一个旁观者听我的诉说,所有的劝慰都只是客气话而已。那么我对奶奶的亏欠和感恩之心,只能永远埋在自己的心底了。"奶奶,原先的奶奶,孙儿永远找不到您了。"我仰天长叹。

  但是我又想,奶奶终于来到了天帝星球,生活在天堂之中,这是善良的回报,是天帝给奶奶的奖赏。奶奶幸福地生活在天堂里,作为孙子,不应该高兴吗?想到这里,我心里得到了莫大的宽慰。与此同时,我也打消了去寻找爷爷的念头。

40. 抢救长立

我来到未来研究分院上班，我的直接领导就是陆仙主任。这天，陆仙告诉我："长立出车祸了，已经仙逝。"

"长立？我的同学长立？"

"是他。"陆仙说，"长立毕业后，被分配到瓜洲星球物理研究分部当一名地质科学研究人员。他工作努力，进取心强。因为开车考察高山大川，没有很好地休息，疲劳驾车，不幸坠落山谷，车毁人亡。"

"啊，这太可惜了！他可是个人才。"我说。

"是的。"陆仙说，"我们都为他惋惜。不知道瓜洲那边怎么处理。"

"怎么处理？"我说，"人已经死了，还怎么处理？无非是善后。"

"看瓜洲那边有没有救人方案。"

"救人？人死还能复生吗？"我不解地问。

"能够复生。就看有没有这个必要。"陆仙肯定地说。

"如果能救活，当然要救了。"我看到了一线希望。

"不完全是这样。"陆仙说，"对于一般的人，死了之后，没有必要救活他。但是对有用的人才，就要设法救活他。"

我打开瓜洲网页，搜索长立的名字，果然看到瓜洲科学研究部已做出了救活长立的决定。理由是：长立是外星人，著名科学家，他的智慧和经验对人类有用。而且长立的肉体属于0320星球，将来他还要回去。据说这是天帝的指示。

直升机已把长立的尸体从山谷里运到瓜洲春城医院,起死回生的工作正在进行。

我决定去瓜洲看望长立。尽管路途遥远,坐航天飞机十几天方可到达,来往的费用很高,但我不惜一行。自从我参加工作后,薪水增加了不少,账上已有了一笔巨款。我向研究分院请了假,告别蓝云,登上了去瓜洲的航天飞机。

瓜洲的洲会叫常春市,处于亚热带,四季如春,故又名春城,最大的医院叫春城医院。

我来到春城医院,说明来意,医院方面根据我的身份识别码,知道了我的一切情况,十分热情地接待了我。

长立的主治医师向我介绍:"长立先生伤势很重,脑组织已经死亡,心脏停止了跳动,身上多处骨折,肺部大面积毁损,血管多处断裂。本来像这种情况是不需要抢救的,但因为他是外星人,也是一名重要的科学家,天帝专门作了指示,一定要让他起死回生。"

我问:"人已经死了,还能起死回生吗?"

"能够。"医师肯定地说,"目前我们采取了四项措施:第一,给他安装了机器人心脏,首先让他的血液循环起来,防止肌肉组织坏死;第二,给他安装了临时性人造大脑,让他的思维神经保持活跃;第三,为他安装了呼吸机,让他身体的各个组织得到氧气的供应,维持新陈代谢;第四,我们给他的身体里注入几万个纳米机器人,负责打通血管,清除坏死的细胞组织,这样,他的肌肉就有了活力。接下来,我们着手人体再生工程,通过启动再生细胞,让他的大脑、心脏、肺组织、骨骼和血管全面再生,身体全面修复。时间需要十五年。"

我问:"原先的脑组织在缺氧的状态下已经死亡,就是再生一个脑袋,里面的信息还能保存吗?"

"我们已经保存了。"医师说,"我们在长立先生死亡的二十四小时内,通过电击方法，启动他大脑中的细胞信息流，将有用的信息快速刻录下来，储存在电脑中了。十五年后，他的再生大脑完全长成，我们将他原先大脑中的信息逐步刻录到他的头脑里，让他恢复记忆，依旧保持着思维的连续性和充沛的创造力，他仍然不失为一位称职的科学家。"

我对天帝星球的医疗科学技术赞叹不已。

我想看看病床上的长立，医师说没有必要，他现在人事不知，只是一副躯壳。况且躺在无菌室里，任何人不能进入。

我只好乘航天飞机回到中洲。

41. 再见，木里

这天，我收到一个陌生的信息，一看却是木里，这使我大为兴奋。转眼间我们分别五六年了。木里说他要来看我，我感谢他还没有忘记我。我又想到长立。可怜的长立，如果不出车祸，我们一定把他叫来，我们三个同学畅快地聚一聚。

木里来了，我发现他脸更黑、人更瘦了。不仅如此，他还显得心事重重，龇着两排白牙，笑得比较勉强。我和蓝云陪着，三人在海边酒店的一个餐厅里，吃着天帝星球的海鲜。

我问木里工作和生活情况。木里轻轻叹了一口气，说："我是来向你们告别的。"

"告别？"我感到诧异和突然。

木里说："我要回到出生地0213星球去了。"

"是吗？"我很吃惊。虽然知道我们这些外星人在天帝星球学习和工作一段时间是要回去的，但什么时候回去，自己做不得主，得由天帝安排。我记得，木里是多么留恋这里的生活，不想回去。一听说要回故乡，他总是流着眼泪。我还知道，0213星球人类过着多么悲惨的日子。木里好不容易脱离了苦海，现在真的要他回去，他能不难过吗？

我问："是天帝要你去的？"

木里点点头说："十几天前，长洲科学研究部负责人通知我到神仙台市。我感到突然，问什么事，他说去了我就知道了。我说路途太远，主任说有航天飞机来接我,让我把属于我的东西都带上。我感到奇怪。果然第二天,就有一架直升机停在我的宿舍门前。主任把我送上飞机。飞机把我带到航天机场,上了航天飞机。十几天后,我到达神仙台市。

"在机场接我的是洪圣博士。这使我预感到此次行程的重要。博士说:'我们一起去见天帝。'这更使我感到诚惶诚恐。见天帝是我梦寐以求的好事,但此时我心里直打鼓,不知道天帝为什么要召见我,我将面临什么不可测的命运。我们上了一架专机,直飞帝园。

"下了飞机,进入帝园,果然天帝就坐在花园里的太师椅上。洪圣博士说:'木里来了。'天帝说:'好啊!'我向天帝跪拜,天帝让我坐在他身边的凳子上。洪圣站在一边,我不敢坐,天帝说:'坐吧。'洪圣也叫我坐,我就坐了下来。

"天帝和蔼地说:'你到这个星球已经十年了,学习和工作都很优秀。现在你们那个星球出现了问题,打起了核战争,死了不少人,星球被糟蹋得不成样子,剩下的人也不多了。我们需要一个人去拯救那个星球,洪圣博士推荐了你。你马上回去,飞碟已经为你准备好了。'

"我说:'我来的时候,就感觉有核战争的危险,现在果然打起来了。但是我去能制止他们吗?我有什么办法拯救星球呢?请天帝明示。'

"天帝说:'你现在回去,途中要花二十多年时间,等你到达那里,核战争已经成为过去。你去的目的是要让星球休养生息,建立起一个和平的星球,再不允许任何人挑起战争。你去负责宣传,让老百姓都知道积德行善,做好事,做好人,才能上天堂来。告诉他们,如果做了坏事,任何人都逃脱不了惩罚。'

"我说:'我怕能力不够。'

"天帝说:'我给你两样武器,一样是火,一样是水。对于小部分作恶的人,你用火烧死他们;对于大部分作恶的人,你用水淹死他们。只要你有这个意念,就会有人帮助你的。'

"我说：'我想在天帝身边，永远不再回去，我不想离开天帝。'说这话的时候，我哭了。

"天帝说：'你并没有离开我，即使你在几百万光年之外，你的一举一动、一心一念，都会与我相通。你勇敢放心地去吧。事成之后，你的灵魂回到这里，将获得永生，永远在我的身边。'

"天帝这样说，我也无话可说，只好吻了一下天帝的手背，含着眼泪离开天帝。想到几天后就要离开天帝星球，我心里有无限的不舍和留恋。我又想到外星人培训学校的老师和同学，想到你田永生，想到蓝云老师，还想到其他人，便趁着到神仙台市的机会，和大家见个面道个别。今后我如能回来，也不知道是哪年哪月，而且喝了'迷魂汤'，什么也不知道了。"说着又掉下一串串眼泪。

见面本来是很愉快的事，但因为行将离别，又使人感到伤感。我安慰他说："我们能再见面的。将来你回到天帝星球，一定要发信息给我，我会去看望你的。除非我那时也回到0185去了。"

木里点点头说："一定。"

几天后，木里动身回去，我和蓝云送他到神仙台航天机场。前往送行的还有伍神教授和陆仙教授。洪圣博士和许多科学家也来送行。前来送行的还有0213星球的人类始祖和先贤共四十多人。木里在天帝星球的好朋友都来送行。最引人注目的是，先后和木里一起生活过的四位女友也来了，只是少了那位叫金妃的机器人女郎。另外还有几千名群众。电视台现场直播新闻节目。记者和摄像师在录制影像和录音资料，准备将来为木里建设灵庙使用。

一架崭新的飞碟停在机场上，就跟从0185带我来的那架飞碟一模一样。飞碟在阳光下闪着银色的光辉。

我与木里话别时说："我迟早也要回0185。我今天送你，今后谁来送我？结识木里先生是我人生的一大快乐，分别又是我们的遗憾。"

木里说:"希望我们像你说的,能再见面。"

我说:"我们会再次见面,回到天帝身边的。"

我们两人紧紧地拥抱,泪水横流。

一声礼炮响,飞碟载着木里腾空而去。看着飞碟在云霄渐渐消失,我想起自己未来的命运,心里像被掏空了一样难受。我的故乡——0185星球现在怎样了?第三次世界大战打了没有?如果打起来了,天帝会得到报告,会让我立刻回去吗?

42. 我被派往遥远的星球执行任务

木里走后约两个月,一天陆仙主任来到我的办公室,郑重地跟我说:"准备一下,我们去见天帝。"

"见天帝?"我十分震惊。见天帝是我梦寐以求的好事,但自从木里走后,"见天帝"就成了离开天帝星球的代名词。我在天帝星球的生活结束了? 我问:"是不是要我回0185?"

陆仙说:"到那里才知道。"

我忐忑不安地跟着陆仙上了直升机。在直升机上我给蓝云打了电话,说我要去见天帝。蓝云在电话里愣了一下,她大概也感觉到事关重大,因为天帝是不轻易接见子民的。我说:"什么情况,回来告诉你。"

直升机在帝园门前降落,洪圣博士在停机坪迎接,这使我想起木里见天帝的情形。我心想:"回0185,是毋庸置疑的了。"

洪圣博士带着我和陆仙走过花木扶疏的小径,来到天帝居住的地方。一幢靠山边的简易平房,门前一片草坪,屋边几株桂花树和香樟树。周围青山环抱,小桥流水,景色宜人。据说这地方冬暖夏凉,四季如春,是神仙台山最佳处。我们进入会客厅,见天帝坐在高大的太师椅上,仍然一身黑色的长袍,手里扶着手杖。我向天帝跪拜毕,天帝指着身边的木凳子说:"坐吧。"

我们在天帝身边坐下,没有说话,室内很肃静。大约过了一分钟,天帝才缓缓地说:"0450乱得不成样子,那里的人民在受苦受难,搅得我寝食不安。"

0450？我想天帝是不是弄错了，把我记成0450的人了？但我又想，天帝是不会错的，他虽然身居深宫，但信息灵通，宇宙间大事小事都在他的掌握和考虑之中。

天帝继续说："我们要派人过去，教育或者惩罚他们。你们两人作为我的使者，去执行这个重要任务吧。"他面向陆仙，陆仙点点头。

天帝看看我说："你从0185来，在这里生活十年了。你的智商和能力都不错，这次让你跟陆仙去0450完成一项任务，锻炼锻炼，你将来会成为有用之才。"

我连忙点头致谢，想说"我能力有限，还犯过错误"，但我不敢说。

天帝转头对洪圣说："你们要研究一下，为他们俩做好一切准备，包括安排飞碟、携带生活用品及防身武器。各方面的困难和危险要考虑周到些。"

洪圣点头领旨。

最后天帝站起来说："当你们遇到困难和危险的时候，就点一下手表上的求救信号，会有人及时帮助你们的。这架飞碟就作为你们的坐骑，留在你们身边使用。"

离开天帝，我十分激动。我没有料到在这种情况下见到了朝思暮想的天帝，亲耳聆听天帝的声音。我开始心情十分紧张、忐忑和惶恐，但天帝那和蔼可亲的态度，使我消除了紧张和恐惧，心中感到融融的暖意，幸福感充满全身。天帝是一个慈祥的老人，他洞察一切，关心每一个人。对天帝的敬畏和感恩，使你不得不无条件地按照他的要求去做。此次赴0450，体现天帝对我的信任，我一定不负重托，就是赴汤蹈火也在所不辞。

其他事情都不在话下，只是我有一桩心事不好启齿：我舍不得离开蓝云。我知道这一走，将与蓝云分别一百多年，蓝云不可能一直等我，一直不交男朋友。当我回来之时，蓝云一定是别人的女人了。这对我来说是莫大的损失。但是在天帝星球，你不可能要求女人从一而终。在即将离别的几天里，我们俩形影不离，说了许多你恩我爱的情话，缠缠绵绵，惨惨戚戚。蓝云知道我深爱着她，她也深爱着我，但是任务所在，人类大事为重，不得不分离。

43.陆仙关于宇宙星球生命的理论

临行,洪圣博士赶来送行,我和蓝云深情拥抱,洒泪而别,然后和陆仙登上飞碟,向着遥远的星球飞去。

在飞碟上,我从电脑中查阅了0450星球的资料:0450星球是宇宙中的一个中等星球,也是一个年轻的星球,球龄三十亿年,星球上水体和空气充足,植被丰茂,气候宜人。三十万年前,天帝派人类登陆该星球繁衍生息。目前星球上约五亿人口,是一个人口稀少、资源丰富、自给自足的人类家园。该星球人类科学技术尚不发达,农耕和养殖是生活的主要来源,已经懂得烧煤、冶炼铜铁,建筑和纺织技术有了初步的发展,社会形态由部落奴隶社会跨入了国家封建社会。由于车马的使用,人们的活动范围扩大、视野拓展。这本来是件好事,但因各国之间竞雄称霸,扩张领土,互相残杀,战争不断,于是天帝决定派使者前去制止战争。洪圣博士在信息中说:"此次派你们二人去,天帝不仅赋予你们授道解惑之责,还给予了惩罚之权。"但我还是担心,仅仅我们两个人能行吗?

飞碟上四个司乘人员负责操控飞碟,两个人工作,两个人休息,轮流值班。陆仙和我无所事事,只是吃饭、睡觉。我们吃的是压缩干粮,喝的是从太空搜集来的纯净水。太空中某些星球带有大量的水汽,我们从它们身边经过,就可以吸取一些纯净水储存起来。飞碟上有健身器材,我们可做一些简单的健身活动。还可以看看电脑,听听音乐。再有空闲,就观察宇宙中的星球旋转、流星飞逝。飞碟在宇宙中飞行近五十年才能到达

0450,在狭窄的飞碟里,难免感到生活单调和无聊。为了打发时间,我们还可以吃一点冬眠药品,一次冬眠十几二十年不成问题。

根据宇宙星图,我们在旅途中还会遇到一些人类宜居星球。我们便将飞碟降落在上面,把它们当作太空站,作一次休整、旅游和考察。

第一个降落的星球是0216号,那是一个很好的星球,自然条件十分优越,人类生活十分美满。我们的飞碟总是选僻静的地方降落,如山上、海边或沙漠。留下机组人员看守飞碟,我和陆仙到人类活动的地方走走,看看那里人类的生活,和当地人说话聊天。我们身带语言翻译机,这种智能语言翻译机是更高一级的翻译机,它可以通过对方的语音、眼神和形体动作,经过计算机高速运算,很快破译对方的语言,同时运用记忆功能,自动生成一个语言翻译系统。有了这个功能强大的智能语言翻译机,到任何地方与任何人类交流都不存在障碍。我们在0216住了五个月,没有暴露身份,因为怕引起麻烦。

我们降落的第二个星球是0345号,在那里只住了两个月。这也是一个中等的星球,但球龄比较老,有六十多亿年了。星球上的条件不太好,缺水、空气干燥。但人类文明程度很高,科学比较发达。人类能够科学地利用自然资源,满足人类生活的需要。陆仙和我考察了大半个星球,认为这个星球严重老化,将渐渐不适宜人类生存,虽然人类努力改造环境,生活还过得去,但从长远来看,这个星球的衰亡是不可逆转的。

我问陆仙:"如果星球老化,不适宜人类居住,人类能不能移居到其他星球?"

陆仙说:"一般来说,人类不可能移居到其他星球,因为距离太远,动辄几十万或几百万光年,人类还没有造出超光速飞行器(除天帝星球外),人的寿命也没有那么长。"

我问:"如果人类把自己冷冻起来,把身体包装好,用飞行器运送到遥远的星体,几十万年之后在那里解冻复活,行不行呢?"

陆仙说:"那也不行。且不说人体冷冻几十万年之后不可能复活,就是能够复活,也无法生存,因为每个星球上的自然条件不一样,空气、阳光、土壤、水分、植物、动物甚至细菌都不同,人类不可能很快适应。死亡是必然的。"

我问:"人类是否可以到达就近(几年或几十年航程)的星球?这个星球的空气、阳光等条件与所在的星球相似,只是没有水源,没有生物,能否经过改造成为宜居星球?"

陆仙说:"那就更不行了。一个没有水源、没有生物的星球是一个死星球,是经过几十亿年的运转逐渐老化的星球,人类没有力量让它起死回生。"又问,"你怎么产生这么奇怪的想法?"

我说:"不是我有这种想法,我们那个0185星球就有人持这种想法,想向邻近的星球上移民。"

陆仙问:"你们那个星球怎么了?不能生存了?"

我说:"能够生存,但近年来星球过度开发,资源过度挥霍,空气、水体、土壤出现严重污染。"

陆仙说:"好好的一个星球,人类自己把它弄坏了,又不想治理,却幻想着移居其他星球。你以为改造一个星球的生存环境那么容易吗?把你们所在星球的全部资源用上去也改造不好,岂不是得不偿失,愚蠢至极?"

我无言以对。

陆仙说:"天帝是不允许人类有这种想法和行动的。破坏了自身所在的星球,又想移居和破坏其他星球,即使他们有这种能力,天帝也不会让他们得逞的。他们的一切努力都是白费工夫和白费金钱,都是星球人类的一场灾难。"

我问:"像0345这样逐渐老化的星球,人类将来怎么办呢?坐等着星球被毁灭的那一天?"

陆仙说:"星球有它的生老死亡的规律,人类依附在这个星球上,不可能违抗星球生命的规律。到时候,天帝会把人类的灵魂收回天帝星球再做安排。"

我问:"宇宙空间究竟有多少星球?"

陆仙说:"宇宙空间的星球数不胜数,可以亿万计,但有人类生存条件的星球在三万八千个左右。"

说到宇宙星球的发展规律,陆仙说:"宇宙本来是个空旷、辽阔的苍穹,各种物质在空中飘浮,成为一个黑暗的、浑浊的、静止的世界,但宇宙又是有灵性的,它需要一个伟大的灵魂和精神来主宰,这就产生了天帝。天帝用他的魔杖在空中搅动了几下,宇宙万物便开始旋转、运动。运动中各种物质相互吸引,发生强烈的碰撞。巨大的撞击力释放出巨大的能量,导致了宇宙的大爆炸,并将物质向宇宙空间弹射,出现放射性的漂移。大爆炸产生了炽热的高温,使宇宙中形成了大大小小的温度极高的云气团,云气团在天空中旋转,冷却成液态火球(所以宇宙天体都是球体)。有的火球大,有的火球小。大的火球冷却慢,小的火球冷却快。当小火球已经成为不发光的行星时,大火球还在发出炽热的光亮,照亮它周围的黑暗中的行星。大的火球质量大,吸引力大,小的火球质量小,吸引力小,大火球就把小火球吸引过去,成为它的卫星,它自己就成了恒星(其实恒星并不是恒定不动),这就形成了以恒星为中心的一个个天体。当小的天体被大的天体吸引、聚集,最后再次发生了大碰撞、大爆炸。宇宙正是这样吸引—碰撞—爆炸—弹射、吸引—碰撞—爆炸—弹射,循环往复,以至无穷。天帝巧妙地利用物质的磁性、吸引力与排斥力、作用与反作用,让物质运动起来,使宇宙成为一个车轮状的活的机体。"

我问:"地球上的高山和峡谷是怎么形成的?"

陆仙说:"星球的强大吸引力和排斥力使地球始终处于不断的旋转运动中,在宇宙寒冷的环境下,液态球体的表面开始冷却,形成了坚硬的地壳,地球内部的液态岩浆在动荡中使地壳开始漂移、褶皱,形成高山和低谷(这就像一锅糨糊,表面冷却,内部炽热,锅一晃动,褶皱就形成了)。地壳的板块运动,是形成高山、峡谷等复杂地貌的原因。"

我问:"地球的液态水是从哪里来的?"

陆仙说:"星球形成之初,球体有强大的吸引力,它把宇宙中的各种气体吸附过来(它本身也释放各种气体),当氢气遇到氧气时,在一定的比例下就变成了水。当地球表面温度降到一百摄氏度以下时,液态水就不易蒸发,而且越积越多,地球表面就形成了海洋。"

我问:"为什么有些星球有水,有些星球没有水?"

陆仙说:"这与星球的球龄有关。星球都经历一个从有水到无水的过程,就像一个人,青少年时期满头头发,到了老年时期头发就掉了。当星球内部的能量逐步耗尽时,它的吸引力降低,不仅不能吸附宇宙中的气体,而且自身携带的气体也会逃逸散失到太空,年长日久,它的气体耗尽,就成了没有生命的死星球。这就是为什么我们在没有生命的星球上,还能发现曾经水流的痕迹。"

我问:"是不是所有的天体最终都将变成无水的星球?"

陆仙说:"是的。大多数星球都有一个从水量充沛到逐渐干涸的过程。有水的星球,万物才能生长。天帝利用这一时机,及时缔造万物,繁衍人类,让人类管理星球。"

我最后问一个问题:"我们0185星球有一个卫星,我们称之为月亮,它总是一面对着地球。我们的科学家百思不得其解,学术上争论不休。"

陆仙笑着说:"这有什么争论的?明摆着月球重心不同嘛!月球靠你们地球的一面一定是山多,质量大,另一面山少,甚至有凹陷,质量轻。就像不倒翁,质量大的一面始终贴着地面,所以不倒嘛!"

陆仙补充说:"星球之所以能在空中旋转,是因为它的表面质量分布相对均衡,之所以做到相对均衡,是因为它们原来都是液态火球,在旋转中地壳可以向不均衡的地方漂移。你们的月亮表面质量分布不均衡,说明它在表面固化之后，受到某个星球的撞击，受了重伤，才导致现在的形状。"

我对陆仙的论述深表信服。

44. 北土国大王

按照航天星图和宇宙导航仪的引导,我们飞行了五十年后,终于到了0450。从飞碟上向下看,一个美丽的蓝色的星球呈现在我们面前,它简直就是另一个0185,使得我油然而生思乡之情。飞碟从一座高山上落下,我们测了一下星球上的空气和温度,十分适宜人类生存。我们下了飞碟,坐在岩石上休息。

举目远眺,群山连绵。苍翠的山野一直延伸到远处的大海边。海水闪着蓝色的波光,照耀天空。太阳把温暖的光芒洒向大地,和风吹拂,飘来阵阵花香。我甚至怀疑,这么一个美丽的星球,一个温馨的世界,怎么会有战争、恐怖和死亡?我甚至怀疑天帝掌握的情况的真实性,大老远地派我们来拯救这里的人类,是否多此一举?

吃了一点干粮,我们坐在山上观赏风景。就在这时,我发现山腰的树林里冒出几缕黑烟。

"有人!"我说。

我们朝着冒烟处观看,果然看到有人类在活动。陆仙昐咐飞碟机组人员照看飞碟,带着我朝山下走去。没有道路,我们只好攀着树枝向山下滑行。

渐渐地,我们到了冒烟的地方,看到百十个衣衫褴褛的农民在烤肉吃,有男有女,有老有少。他们看到我们,十分惊恐。有人拔腿便跑,一时间妇女惊呼、小孩哭叫,一片混乱。我们通过语言翻译机大声喊:"不要怕,我们不会伤害你们,是来帮助你们的!"

逃跑的人群停了下来,男人们手里拿着铁叉,极为警惕地护卫着妇女、儿童,回头看着我们。显然,他们听懂了我们的语言。

"不要惊慌。我们是好人。"陆仙说,"我们是天帝派来的。"

"天帝派来的?"人们显然对天帝十分陌生。其中一个年纪七十来岁的老汉怯怯地问:"天帝是谁?"

"天帝是天上的神仙,人类的缔造者。"陆仙指着天上说。

"天帝派你们来做啥?"老汉问。

"他老人家听说你们星球战争不断,百姓受难,派我们来帮助你们。"

"天帝有这样的好心肠?"

"天帝关心每一个人。你们有什么要求,可以跟我们说。"

老汉长叹一声说:"要是天帝能管这事就好了。我们这里打了几十年的仗,死了很多人。房屋被毁,粮食被抢,土地荒芜。为了躲避战争,我们老老小小只能躲到山上,靠采野果、打猎活命了。"

"为什么要打仗呢?是食物不够吗?"陆仙问。

"不是。都是首领们任性。他们要争地盘、争权力、争面子。"老汉说,"我们星球上有几个暴君,他们连年征战,互相残杀。老百姓被驱来赶去,血流成河。现在只剩下北土国和南土国,两个大王非要争个你死我活,不愿停战。他们有吃有穿,过着奢华的生活,但仍不满足。我们反对战争倒成了罪人,国王派人抓捕我们。我们虽然躲进深山,但随时都会被抓去送死。"说着说着,老人流出了眼泪,其他人也哭成一片。

陆仙说:"天帝给我们的任务就是制止战争,让星球人类和平相处,安居乐业。"

老汉问:"你们带来多少人马?"

"就我们两个。"

"你们两个人?"老汉轻蔑地说,"没有百万天兵天将,想制止战争,那

44. 北土国大王　215

是做梦!"

"我们两个人就是天兵天将。"陆仙说,"天兵天将不需要那么多。"

"你们打算咋办?"老汉问。

陆仙说:"首先我们要了解情况,找北土大王、南土大王谈谈,劝他们改邪归正,停止战争。"

"对牛弹琴。"老汉说,"管什么用?弄不好你们会被他们杀了。"

陆仙冷笑一声说:"他们杀不了我们,我们杀他们倒很容易。"

正说着有人来报:"他们上山来抓我们了。"

众人一阵惊慌。

陆仙问:"他们是哪一国?"

"北土国。"老汉说。

"来得正好。"陆仙说,"省得我们去找他们。"

陆仙和我向山下走去。到了山下,见一队穿着黑衣持着长矛大刀的士兵在一个小头目的带领下,向山上搜寻而来,见到我们,便大声喝住。

我们站住了。小头目走到我们的身边,上下打量着我们与农民不相同的服装,问:"你们是什么人?"

陆仙说:"我们是天帝的使者。"

"天帝的使者?"小头目不解地问,"天帝是谁?"

"天帝是天上的神仙,是宇宙和人类的主宰。"

"胡说八道!"小头目说,"我们大王才是人类的主宰,至高无上。"

"你们大王只管你们星球上的北土国,天帝管天上地下、宇宙人间。"

"别跟我瞎扯!你们究竟要干什么?"

"我们要见你们大王。"

"好大的口气!什么人都有资格见大王?"

"因为我们是天帝的使者!"

"我们大王可是杀人魔王。"

"我们就是要见杀人魔王！"

小头目冷笑一声说："好吧，既然你们活得不耐烦，就跟我们走吧！不过，为了我们大王的安全，我要把你们捆起来。"

他一声命令，上来七八个人，把我们捆了个结实。我本来想反抗，但看到陆仙束手就擒，毫无拒捕的意思，我只好随他的样子。

陆仙说："我们有重要使命，你们不得无礼。"

小头目说："这就是见大王之'礼'。"他把我们向山下押去。山下有一条沙石大路，小头目和他的士兵站在路边向前方探看。只见远方黄尘滚滚，来了一辆高大的马车，前后簇拥着几十匹高头大马和几百名手持长戟的武士。小头目说："真巧啊！大王来了。"

马车来到近前，小头目把我们推搡到马车前面。我看到马车当中坐着一位很胖的留着长胡子的汉子。他头戴古怪的高帽子，遮住了大半个脸。

小头目在大王的马车前跪下，叩了个头，然后抬头说："大王陛下，我们抓到两个很可疑的人。"

"是不是南土国的间谍？"

"不像是间谍。"小头目说，"他们自称是天帝的使者。"

那大王仰着头，半晌才把眼睛向下，看了看站在前面的陆仙和我，懒懒地问："天帝的使者？天帝是谁？"

陆仙说："天帝是宇宙的主宰。"

"他住什么地方？"北土大王问。

"他住在天帝星球，宇宙的中心。"陆仙指着天上说。

"一派胡言！"大王把脸一沉，"叫你们的天帝来见我！让他看看我是谁！"大王指着自己那顶高高的帽子，那帽子代表着他至高无上的权威。

"即使您是大王，也是天帝的子民。"

"放屁！"大王说，"你们来干什么？"

"我们奉天帝之命,传达天帝的指示。天帝要求你们停止战争,让老百姓休养生息,过上和平安宁的日子。"

"原来你们冒充天帝的使者,反对战争?"大王恶狠狠地问。

"对!反对战争。这是天帝的旨意。"陆仙认真地说。

"反对战争者死!你们不怕死吗?"

"怕死就不会来见大王!"陆仙说,"为了传达天帝的旨意,为了拯救星球人类,为了制止流血。"

"别跟我胡扯什么天帝!"大王喝道,"我们的战争是正义的战争,是为人类谋福祉的战争。我们的目的是扫除星球人类一切恶人,实现全球人类大统一,最终让老百姓过上和平、安宁、幸福的日子。不通过战争就不能实现统一,不通过流血就不能得到和平。为了这个宏伟目标,民众暂时的牺牲是必要的。反对战争就是反人民,就是叛国,就该杀头。"

陆仙强调:"天帝说:'发动战争是犯了反人类罪!'和平不需要战争。通过战争实现和平,是好战分子的诡辩。实现人类和平统一,必须通过正确的思想教化和科学的社会制度,这是唯一正确的途径。"

大王冷笑一声:"把你们天帝的话传达给南土大王吧。"

"首先要从您做起。如果您同意罢兵,我们可以说服南土大王,大家都得听天帝的话。老百姓是渴望和平、反对战争的,是战是和,只在你们两个首领的一念之间,您为什么不做个榜样呢?"

大王不以为然地一笑,说:"痴人说梦。一山不容二虎。如果是那样,星球由谁领导?谁来主宰?"

陆仙说:"说来说去,你们争的不是什么正义不正义,也不是民众福祉,而是争夺个人对人类的统治权,要别人向你俯首称臣。"

"这话有点靠谱。"大王得意地说。

陆仙说:"你们为了个人的地位、利益,用伪善的战争理论蛊惑民众,让他们为你们的私欲赴汤蹈火、牺牲性命。你们这种行为是不是太邪恶了?"

大王愣了一下,这话点到了要害,但他高傲地说:"人类自古就是如此。弱肉强食是生物的丛林法则。而民众只是统治者实现个人野心的工具而已。"

陆仙说:"天帝给了大自然弱肉强食的丛林法则,但天帝给人类也立了规矩,如果有人为了个人的欲望驱使民众为他们牺牲,残害同类或其他生灵,他会受到天帝的惩罚,死后下地狱。这一点我务必提醒大王。"

"胡说。"大王不耐烦地说,"别跟我说什么天帝,在这里我就是天帝。你们公然阻挠我们的正义战争,我就叫你尝尝我这个天帝的厉害。来人,把这两个反战分子烧死!"

他一使眼色,两旁的士兵把我们捆在两根柱子上,同时一些士兵搬来干柴,堆在我们的脚边。我看着陆仙,见他面无惧色。我心里却十分害怕,默默地祷告,请天帝保佑我们渡过危难。

陆仙最后说:"大王,你已经犯下战争罪、反人类罪,如果再杀害天帝的使者,就犯下了忤逆罪,天帝决不会轻饶你,你将得到报应。我劝你迷途知返,把我们放了,按照天帝的要求,停止战争,才能救赎你的身体和灵魂。"

大王咬牙切齿地说:"死到临头还嘴硬。本人王从来不相信天帝,如果有天帝,那就让他来救你们吧。动手!"

士兵们将干柴点着了。

我闭上了眼睛,心想:完了,今番死在这里了。天帝啊,您交给我们的任务没有完成,惭愧啊!

只听陆仙说:"闭上眼睛!"我只好闭目等死。

突然狂风大作,飞沙走石,刮得人睁不开眼。士兵队伍一片混乱,纷纷回避。风暴中,有人拍了一下我的肩膀,我睁开眼睛,见飞碟机组人员站在我的面前。他们帮助我们解开绑绳,接上飞碟。原来我们的对话和

44. 北土国大王

危险处境早被手表记录,它发出求救信号,飞碟收到信号迅速起飞,及时赶到现场的上空,用狂风吹灭了火焰,吹散了人群,把我们救走了。

飞碟飞到山顶落下,山上的老百姓都围拢过来,他们问我们和北土国大王谈话的结果。陆仙对大家说:"这次与北土国大王没有谈好,不过我们并不气馁,将继续做工作,直至仁至义尽。现在我们让北土国大王冷静地思考几天,我们去跟南土国大王说说。"

一位老汉说:"南土国大王更不好说话了。"

我们向农民了解了南土国的情况,告别众人,飞碟向南方飞去。

45. 南土国大王

飞碟飞到南土国,我们仍将飞碟停在山顶,下山来到南土国首都。一路上我们看到许多人穿着白色的长袍,手里捧着食品,排着队,向一座小山上迤逦而行,一路唱着悠扬的颂歌。我们混在队伍当中。

我们问做什么,百姓说他们到九宫山朝圣,朝拜九宫大神。

随着队伍前进,我们来到九宫山,登了九千九百九十九级台阶,到达山顶雄伟的九宫庙前,再进入高高耸立的圆柱围绕的大堂。大堂上立着九宫大神的塑像,约三十米高,留着长而杂乱的大胡子,戴着圆顶红帽,穿着红色长袍大褂,十分硕大威武。在九宫大神的塑像身边,坐着一位同样头戴圆顶红帽、身披红色长袍的大汉。他脸上的胡须卷曲杂乱,高高的蒜头鼻肉红带紫,一双圆瞪着的大眼睛带着杀气。有人告诉我们,这位自称是九宫大神的弟弟——八宫大神,是一位在世的真神,而九宫大神则是传说中的人类保护神。

众信徒来到神庙,首先将身上背着的粮食、食油和钱币分别倒进门前三个很大的桶里。桶装满后,两边的工作人员将其抬往大堂后面的仓库,换上三个空桶。民众将一年来的劳动成果尽行奉献之后,净身排队进入大堂,向九宫大神塑像和八宫大神跪拜。许多人把头磕在地上,那力度之大,导致头破血流,满脸是血。拜后匍匐上前亲吻八宫大神光着的又黑又脏的脚趾。许多人挤不上,就亲吻大神脚下的砖石和黄土,并把每一粒灰尘吃进肚里,以至于八宫大神的脚边潮湿一片。八宫大神用手指在身边的木盆里蘸着水,将水珠洒向朝圣者的头上。据说这叫领取圣水,能够确保年丰日阜,全家平安。

跪拜礼完毕,信徒们便走向门外,在广场上集合排队。广场很大,可以容纳好几万人。左右分十支队伍,每一支队伍前面站着一个首领,穿着与众不同的红色战袍。据说他们是八宫大神的"十大高徒",分别掌控着十个民族部落。

信徒们排好队之后,八宫大神便在众信徒的簇拥下从神庙里走出来,站在众人面前的石墩上,发表讲话。

八宫大神说:"我的兄长九宫大神在梦中托我向世人喊话:现在星球上北土国不信九宫大神,是异教徒,是魔鬼。九宫大神宣旨要将他们斩尽杀绝,以净化人类。所以我们全体教徒都要参加战争。大家要不怕牺牲,勇往直前,实现圣主的意愿。"

广场上一片欢呼:"杀!杀!"

八宫大神强调说:"此次参战是每一个信徒的幸运。如果在战争中牺牲,可以很快升天,到九宫大神身边享福。九宫大神会将美酒和美女赐予你们,并且给你们穿上最华丽的衣服,住宽敞的房子。"

八宫大神命令:"分发武器,准备出发——北征!"

广场上的教徒齐声高呼:"北征!北征!"

有人抬来长矛大刀,挨个儿分发。

这时陆仙越过众人,走到八宫大神面前,大声说:"大神,南土国和北土国都是人类,都是天帝的子孙,是同一种血脉的兄弟姐妹,不应该互相残杀。信仰不同,教派有别,不应成为互相征战的理由。"

八宫大神显然没有料到有人竟敢在他面前毫无忌惮地说话,吃惊地问道:"你是谁?"

陆仙说:"我是天帝的使者。"

"天帝的使者?天帝是个什么东西!"八宫大神大声吼道,"我们只信奉九宫大神。其余的都是异端邪说!"

陆仙正色道:"大王不得无理。天帝乃万物的主宰、人类之父,我们都是天帝的子孙,岂能侮蔑天帝?信奉天帝才是人类信仰的正道,九宫大神或许有之,但也仅是一方小神,岂可与天帝相提并论?任何神灵都必须服从天帝,接受天帝的管束,否则不仅不会得到天帝的庇护和赐福,还将会受到天律的惩罚!"

"大胆妄言!"八宫大神叫道,"我们征讨不信奉九宫大神的异教徒就是你们,你们正好送上门来。"他一声命令,七八个武士将我们两人捆了个结实。

"且慢,我的话还没有说完。"陆仙说,"不信奉天帝、不为人民谋福祉才是异教徒。以征讨异教徒的借口发动战争,那更是邪教。我今天带来天帝的指示。天帝十分关心你们星球人类的命运,要求你们立刻停止战争,让人类过上和平安宁的日子。战争是人类的灾难,发动战争者是人类的罪人。"

"放肆!"八宫大神大怒,"你敢反对我们北征?就凭这一条,你就死定了。"

陆仙耐心地说:"北征有什么好处?南土国人民生活得好好的,北土国人民也生活得好好的,为什么要互相厮杀?天帝不允许煽动教派仇恨,不允许鼓吹战争,不允许人类互相残杀。你发动战争想得到什么好处?你的目的就是奴役更多的人,让更多的人向你供奉财富,你好坐在人民头上作威作福。看看你的神庙里堆积如山的贡品,看看你住着富丽堂皇的宫殿,哪一处不是民脂民膏?天帝说,凡是利用教徒的忠诚和奉献获取利益,都是立教为私,是真正的异教徒。"

八宫大神被陆仙当众戳到痛处,歇斯底里地大吼:"你、你、你是找死——把他们送到海里喂鱼!"

陆仙说:"你们违背天帝的旨意,杀害天帝的使者,是会受到因果报应,要下地狱的!"

八宫大神恶狠狠地说:"我们这里也有地狱,就是无边无际的大海。凡是不信九宫大神的异教徒都要统统扔到海里喂鱼。"

武士们把我们胳膊捆着,押上一艘大船。船上的水手们解开缆绳,船向浩瀚的大海中驶去。海浪很大,天气阴沉。我十分焦急地看着手表,想知道飞碟来救我们的信息,但是手表毫无动静。我想这一下完了,即使飞碟到来,也很难把我们从大海里救起。我看看陆仙,他还是那样气定神闲,真叫我捉摸不透。

到了海中央,武士们一起用力,把我们俩扔到海里,就开船回港去了。就在我们即将入水的那一刻,陆仙大叫:"屏住呼吸。"接着我们就像石头一样沉入海底。我完全绝望,但头脑还很清醒。我屏住呼吸,坚持约两分钟,随着人体在水中自然漂浮,我感觉被几条巨大的手臂从海中捞起。出水一看,原来我躺在机器人大螃蟹的怀里,而飞碟就在我头顶上空。显然是飞碟将机器人大螃蟹放出,及时救了我们。我们就这样回到飞碟里面。

这时候我才知道,陆仙遇事总是那么镇定,那么胸有成竹,原来他早有各种应急方案以防不测,而且他领取这样的差事已经不是一次了。

飞碟回到山顶,我们换了衣服,吃了一些干粮,坐在山头上休息。陆仙说:"北土、南土两国我们都去了,北土国大王、南土国大王(八宫大神)都见了,天帝的话也传达了,但是他们不听圣谕,利欲熏心,一意孤行,仍要发动战争,我们只有替天行道,对他们进行惩罚了。"

我问:"怎么惩罚他们? 就凭我们两个人?"

陆仙反问:"两个人还不够吗?"

"人家有百万大军。"

陆仙轻蔑地一笑,说:"牵牛要牵牛鼻子。比如战争,几十万、几百万人的战争,想制止它千万不能以战止战,要抓头领。发动战争是头领的主意,军队和将士们都是被蛊惑、被胁迫的。"

我问："怎么抓头领？去绑架北土大王和八宫大神？"

"何必要抓？"陆仙说，"直接消灭不就得了？"

"人家身边有军队，有警卫，消灭他们，容易吗？"

"容易。"陆仙说，"我们带着秘密武器。"

"什么秘密武器？"

"机器人大黄蜂。"

"您还带了机器人大黄蜂？"我笑了。

"这有什么可笑的？"陆仙说，"你不相信大黄蜂的威力？我在大黄蜂腹中装上毒药，让它们飞到指定对象身上，扎上一针，就完成了任务。"

我问："大黄蜂怎么知道捕杀对象？"

陆仙说："我们和北土、南土两国大王都说过话，有过近距离接触。他们身上的气味早被我们的手表获取，形成了化学数据。"

我惊讶："手表还有这种功能？"

"手表的功能十分强大，很多功能你不知道，因为你没有用过，也没必要用它。但在需要的时候、关键的时候可以用上。"

我看了看手表，说："这样一来，战争就简单了，不需要千军万马上阵做无谓的牺牲，老百姓也不用受苦受难了。"

陆仙说："这就是我们新的战争理念，叫作'斩首行动'。有时候斩一个首领还不够，必须斩掉几个核心人物。例如八宫大神身边的那十个头领，都是战争狂热的鼓吹者。他们想通过战争加官晋爵，用战士的鲜血染红头上的官帽。"

46. "惩罚行动"立见成效

就在我们讨论斩首行动之时，北土国和南土国的战争正在一天天临近。浩浩荡荡的军队正穿过国家边界的山口走向战场。

北土国的军队行动较快，士兵们一律穿着黑色的军装，手持大刀和盾牌，排四支纵队，行走在宽阔的山间大道上，军官们骑着马，提着长矛。旌旗飘扬，战鼓阵阵，声势雄壮。看来是一支训练有素的队伍。北土国大王坐在高大的马车上，八匹高头大马都是用黄色的绸缎束腰，马车上金黄的华盖在日光下闪闪发光。大王神色威严，军人们勇敢而悲壮。他们旗帜上的口号是："生为大王而战，其战伟大；死为大王而死，其死光荣！"

我们决定首先解决北土国大王。为了做到先礼后兵，我们把写好的宣传标语从飞碟上散发下去，上面写着："人类不应该互相残杀！""为战争死亡，毫无意义。""违背天帝的旨意，必将受到惩罚。"传单发下去后，我们看到有些战士拾起传单互相传看，最后递给了大王。大王瞟了一眼，生气地扔到地上，口中发出不满的怪叫。战士们再也不敢拾取传单，更不敢送到大王面前。传单被将士们踩在脚下，没入泥土之中。

"看来传单不起作用。"我说。

陆仙点点头："逼着我们不得不采取'惩罚行动'。"

陆仙打开他的宝箱，我伸头一看，见里面是密密麻麻的小格子，每一个格子里面蛰伏着一只大黄蜂，两只大眼睛看着外面，像一个个活物。陆仙通过遥控器调出十只大黄蜂。大黄蜂接受命令立刻爬出格子。陆仙又打开一只铁盒,铁盒里面盛着药剂。大黄蜂伏到盒子里吸饱药剂后,陆仙给它们设定了方位、距离,并让它们读取了北土国大王的气味信息。最后一按遥控键,大黄蜂迅即朝北土国方向飞去,眨眼不见了。

我们盯着手表。手表显示:大黄蜂飞到北土国。

此时北土国大王正在战车上吃着酒席,将士们围绕着他享受途中午餐。大黄蜂毫无声息地逼近目标,在北土国大王的脖子上扎了几针。这种针没有刺痛感,对方毫无感觉。大王和将士们仍喝酒、谈笑风生,不久药性发作,大王就像大梦初醒一样,浑身颤抖起来,嘴里说:"多么冷啊,你们感觉到了吗?"将士们诧异地问:"冷吗?"他们都站了起来,为国王寻找可以保暖的衣服。国王穿上防寒大衣,仍然觉得寒冷刺骨。因为没有多余的衣服,将士们就把自己的大衣给国王披上,但仍然解决不了身体寒冷。大王大叫:"生火!"将士们连忙去搬木柴,点燃了一堆篝火。大王迫不及待地扑向火堆,恨不得把火焰搂进怀里。大火熊熊燃烧,但在大王面前,那火简直就是一簇冷光,毫无温暖可言。大王愈觉奇冷无比,就干脆跳上了火堆。将士们惊呼:"大王,大王!"可是,大王还没有享受到温暖,就被无情的火焰吞噬了。不到一刻钟工夫,大王被烧成了灰烬。

将士们看呆了,先是一阵惊慌,继而你看看我,我看看你,毫无办法。有的人象征性地哭了几声,但更多的人为大王的死而暗中庆幸。

战争狂人北土国大王死了,群龙无首,将士们高高兴兴地解散回家了。

机器人大黄蜂完成使命后回来了。我们即乘飞碟前往南土国。

在南土国上空,我们看到几十万个宗教信徒跪在广场上举行宗教仪式。据说这种仪式在行军中每天早晨必做一次,既是战前动员,也是精神麻醉。信徒们穿着白色的战袍,背上背着明晃晃的大刀。身穿红袍的八宫大神和十大首领坐在高高的圣坛上,接受信徒们的朝拜。圣坛两边有大幅标语:"杀尽天下异教徒。""战死者上天堂。"

我们照例发下传单,劝导他们停止征战。但是我们看到竟没有人拾起传单呈给八宫大神。传单如同废纸,大神教化下的信徒,真是刀枪不入啊!

陆仙说:"我们行动吧。"他照例打开宝箱,调出二十只机器人大黄蜂。大黄蜂吸了药剂,朝南土国飞去。

我们的手表收到大黄蜂即时发回的信息。只见二十只大黄蜂围绕着八宫大神和十大首领转了两圈,瞅准机会,悄无声息地在他们的脸上、颈脖上注射了药剂,顺利返程了。

八宫大神正在作动员讲话,忽然感觉浑身燥热。他脱下长袍,还是热;他又脱下衬衣,光着膀子,还是热。与此同时,他的十大首领也感觉热得不行,都脱下衣服,光起了膀子。信徒们都奇怪地看着他们。

八宫大神热得无奈,终于停止了演讲,大声说:"我很热,你们给我扇扇风!"信徒们急忙找来扇子,一起为八宫大神扇风,也有人为十大首领扇风。可是八宫大神和十大首领都觉得风太小,不解热,他们生气地把众人赶走了。八宫大神觉得自己身上像着了火,为了降温,他不顾一切地跳进了附近的池塘里,十大首领也跟着跳了进去。但他们身上的温度太高,像一团火炭,很快把池水烤热了。八宫大神气愤地骂了十大首领几句,怨他们也跟着下了池塘,烤热了池水。十大首领也顾不得礼让八宫大神,因为他们一样需要凉水降温。八宫大神爬出池塘,疯狂地朝海边跑去,十大首领紧跟其后。信徒们都说八宫大神和十大首领疯了。他们一面追着一面喊:"大神,大神,海里面不能去,风大浪高,危险!"

八宫大神和十大首领哪里顾得上这些,在他们看来,现在只有无边的海水才能浇灭身上的火焰。他们连滚带爬地奔向大海,一头扎进了海里。海水确实凉快,但海风呼啸,巨浪像小山一样压了过来。八宫大神和十大首领在水里扑腾了几下,就再也没有露出水面。

教徒们赶到海边,看着茫茫大海发愣。他们再也看不到那些驱赶他们去战场送死的大神了。教徒们终于从战争的恐怖中解脱，四散回家了。

我问陆仙："北土大王和八宫大神都是被机器人大黄蜂蜇死的，但两者死法不一样，是怎么回事？"

陆仙说："这是我配的药剂不一样。北土大王要用火把我们烧死，我就要他尝尝火烧的滋味。八宫大神要把我们扔进大海，我当然要把他淹死了。"

"说得有理。"我称赞说。

一场人类大战就这样轻易地平息了。我们的飞碟回到山顶，向躲藏在深山的老百姓说，北土国大王和南土国大王都被消灭了，这就是驱使人类互相残杀的人的下场。大家可以放心地回到自己的家园，耕种纺织，过太平日子了。

47. 第二次执行任务

经过五十多年的太空航行,我们终于回到了天帝星球。在太空航行的最后几天,我激动得难以入睡,屈指算来,我们已离开天帝星球一百二十年了,天帝星球是我的第二故乡,也将是我永恒的故乡,我是多么想念它,多么想念大慈大悲、和蔼可亲的天帝。"天帝,我回来了!"一想到天帝,我的心里就涌起暖流,心潮澎湃,眼睛都湿润了。

在天帝星球,我还有很多朋友和亲人,一百多年来,我一直想念着他们:蓝云怎么样了?洪圣博士、伍神博士还是那样吗?长立是否恢复了生命?我们见面还能相认吗?父亲、母亲、妻子、叔伯、舅姑他们还在天堂岛吗?

飞碟在神仙台航天机场降落,像当年我来到天帝星球一样,神仙台市迎接我们的民众人山人海。毕竟我们离开了一百多年,前去执行一项重要的任务。新闻媒体已经把我们的消息炒得很热。我们下了飞碟,千万民众向我们欢呼。天帝星球人类十分热情,又喜欢热闹,他们把我们当作凯旋的英雄,使我们置身于亲切愉快的氛围之中,更使我有了到家的感觉。

洪圣博士到机场迎接。他永远是那样精神、帅气,伍神博士也来了,他身边还有金宁博士。更使我高兴的是见到了蓝云博士。她和她的男朋友——一个长得帅气的高个子年轻人一起。蓝云拥抱了我,并亲吻了我的面颊。蓝云的男朋友则拍了拍我的肩膀。这说明他知道我和蓝云的关系。

回到宿舍,我的手表上的信息爆满,表达崇敬和赞扬的,表达爱慕和爱情的,不计其数。那些貌美女郎,不仅发来照片,还发来生活视频,说只要我愿意和她相处,多久不限。

形势所逼,我不得不尽快解决女友问题。乱花渐欲迷人眼,叫我一时很难选择,但有一条信息引起我的特别注意,就是那个叫白金的女郎,乌山钢铁厂的讲解员。当年她曾邀我共度佳期,我不敢答应。一百多年了,她仍然对我念念不忘,一直关心着我的行踪,知道我出差外星回来,特地给我发来信息。我是个重旧情的人,迅即回应了她。至此,有关媒体上关于我的女友的热议才告平息。

但是三个月后,我又接到了另一项任务,不得不与白金分离。

这天洪圣博士请陆仙和我吃饭。饭后,他还邀请我们到他的办公室做客。这使我十分激动。毕竟洪圣博士是天帝星球的顶尖人物,几十万年的人生资历,天帝身边的红人,请陆仙和我吃饭,意义不同寻常。

洪圣博士的办公室在神仙台市郊区的别墅里。别墅很漂亮,但不是很大,只有两百多平方米,洪圣博士和他的女友住在这里。洪圣博士的女友漂亮自不必说,听说也是一位著名的科学家。家里用了三个机器人女佣,一个做饭做菜,一个打扫卫生,一个管理绿化。还有一个男机器人,负责修理直升机和用具。(附带说一下:天帝星球的机器人根据买主的需要,可定制各种各样的功能,洪圣博士家的机器人都是工作机器人。工作机器人分专业,如养花养草的机器人不会做家务,而做家务的机器人不会养花养草。同样,修理直升机的机器人也只会修理飞机。这些工作机器人不具备情感功能,不会与人类产生爱情。能与人类恋爱和结婚的机器人由专门的工厂制造,神仙台市电子科技大学的校办工厂就是。)别墅楼下是机器人休息的地方,楼上是洪圣的寝室和办公室。

洪圣博士把我们引到楼上办公室。办公室很大,有五十多平方米。

除了桌椅、文件柜之外,再就是几台计算机和几面巨型荧光屏。洪圣博士坐在家里,随时都可以和任何科学家联系,进行视频通话,召开视频会议,也可以随时调阅图书馆里的档案资料,更可以通过卫星信号,了解社会上任何地方发生的情况。有一台红色的专线电话,直接与天帝办公室相通。

更神奇的是,墙壁上一面很大的荧光屏具有旅游休闲功能。如果你工作累了,想放松一下,电脑可以带你出门旅游,荧光屏就可以调到全球任何景区,美丽的风景历历在目。你穿上旅游鞋,脚踏传送带,随着你脚步的移动,当地当时的风景便随之向你迎来。你身临其境,好像漫步于景区的山水之间,穿行于景区的游人之列,感觉到丽日当空、清风拂面、鸟语花香,身临其境的新鲜感和愉悦感顿时让你改善情绪、消除疲劳。

洪圣博士让我们坐下,对我们说:"现在又有一项重要的任务,还是让你们去一下。有一个叫0528的星球,上面的人类生活过于奢侈和任性,浪费资源,践踏环境,残害生灵,已经到了不可饶恕的地步。天帝要我们尽快派人去管一管。"

洪圣博士对我说:"本来,这项任务是叫长立去的,但长立的家乡那个星球也出现了麻烦,在你们回来之前他就回去了。"

"长立,他好吗?"我禁不住插问。

"长立的身体恢复得很好。他临走的时候,知道你出差没有回来,对未能与你再次见面表示遗憾。"

洪圣博士接着说:"这次还要你和陆仙博士去一下。你们上次到0450配合得不错,任务完成得很好,天帝很满意。"

我感谢洪圣博士对我的信任和褒奖,表示服从安排,再次远征。我说:"和陆仙博士一起出征我感到十分愉快,并从他那里学到了很多知识。"

陆仙博士谦虚地笑着。我知道这次出差又是陆仙推荐所致。

洪圣博士说:"连续两次出征的人不多,你这次去如果顺利回来,你的经历将是你人生中不可多得的财富。"

我历来就有敬业精神和自我牺牲精神，否则我也不会小有成就，在0185成为著名学者和作家。一两百年辛苦的出差，在天帝星球数万年的人生长河中只是一瞬，我乐于付出，一切都不在话下。我难舍的只是，我和白金刚刚结婚，彼此正如胶似漆。但我不能违背天帝的旨意。

0528星球离天帝星球五百多万光年，采用宇宙终极速度，单程也需要五十多年时间。这次我们很有经验，旅途中安排了不少有益的活动，比如我们降落了五六个人居星球，进行了有意义的星际旅游，每次降落旅游都是两三年不等。

经过漫长的旅行，我们终于到达0528。从天空中望去，星球显得比较暗淡。空气灰蒙蒙的，海水的颜色有些浑浊，陆地上的草木也不够鲜亮，空气中飘浮着一股异味，这分明已是一颗病球了。

飞碟选择一处平坦的地方徐徐降落。立刻就有许多人围了上来，其中有一个领头的男人，头上戴着羽毛冠，穿一身花绸子衣服，脚蹬一双皮靴，手拿一只玉环，上来问我们："哪里来的？"

陆仙通过语言翻译机告诉他们："我们是天帝派来的使者。"

"天帝派来的？"那男人并不感到惊讶。他显然知道天帝，但不够重视和尊敬。

"你知道天帝吗？"陆仙问。

"我知道。"男人说，"有架飞碟来过我们这儿。天帝是你们那个星球的主宰吧，就像我们这里的总统。"

"天帝是宇宙的主宰。"陆仙说。

男人淡然一笑："那与我们无关。在我们这里，是总统主宰一切。你们既然来了，就算是朋友吧。我看你们也不够富有——从衣着上看，需要我帮助，尽管说。我叫横来，是总统身边的人。"

"好，请你带我们去见总统。"陆仙说。

47.第二次执行任务　233

总统住在豪华的总统府,我们要登上数百级汉白玉台阶,再进一道道大门,方能见到总统。我注意到每道门都用象牙雕刻,用黄金镶嵌,豪华到极致。

总统是一个长得高大肥胖的家伙,态度和蔼,却掩饰不住狂妄自大。他居高临下地看着我们,微笑着说:"你们是从天帝身边来的?这么寒酸?这套衣服穿了很久吧?破旧不说,也过时了。换一套吧。"

"不用,我们的衣服很好。"陆仙说,"既不破旧,也说不上过时,不需更换。谢谢总统。"

总统慨叹道:"看来天帝也没有什么了不起,他并没有给你们带来幸福的生活。"

陆仙说:"天帝让我们愉快、自由、满足,这就是幸福的生活。"

总统轻蔑地问:"你身上的衣服何时更换?"

"当然穿破了才更换。"

"那就是说,你们总有穿旧衣服的日子,多么可怜!我们可不同,衣服一天换一次,不用洗,不穿旧衣服。"

"有必要吗?旧衣服也能穿呀,只要不破。"

"多么丢人。别人一天一换,你不换,就显得落后、土气、寒酸。"

"是不是太浪费了?"

"不叫浪费,是需要,是跟潮流。你们看我身上的衣服,很漂亮吧?明天它就归于垃圾桶。"

正说着横来进来说:"总统大人,吃饭的时候到了。"

总统起身说:"起驾!"

我们上了总统的专车。前面有警车开道,后面有警车护送,一路鸣着警笛,在城市大街上开着,十分威风。

陆仙问横来:"吃饭的地方远吗?"

横来说:"不远,几公里路程。"

"如果在总统府设个饭堂,岂不方便?"

"那样太随便了。我们有专门的饮食城为总统服务。"

车队开出城外,穿过几条隧道,绕过几座大山。一路上每隔十米就站着一个警察,挥手放行,气势十足。

我们仔细看那些山,没有土壤,也没有树木。

陆仙问横来:"这些山很奇怪,怎么没有土,不长草?"

"这是垃圾山。"横来说。

垃圾山这么大,把城市围得水泄不通。我们仔细看,见山上堆放着许多布料、木料、塑料和金属材料,还有崭新的小汽车在阳光下闪闪发光。

陆仙问:"那些崭新的小汽车也是垃圾?"

"款式淘汰了。"横来说。

"只要好用,款式那么重要吗?"

横来看了看陆仙,懒懒地说:"社会进步就是要不断弃旧换新。"他大概觉得陆仙是一个没有见识的人,便不再回答他。

车队最后来到豪华的饮食城,我们被带进一个豪华餐厅,在桌边坐下,几十名漂亮的小姐环侍身后。

横来一挥手,厨师送上酒菜。

总统举杯开饮,大家随之进餐。

酒很香醇。菜很丰富,竟有两百多道。但每道菜只吃一口便被撤下,倒进垃圾桶里。

陆仙问横来:"一盘菜只吃一口,其余都倒掉,不可惜吗?"

总统接话说:"吃多了就不香了。"

这时厨师又端上来一盘黑色的粉丝样的东西。

陆仙问:"这是什么菜?"

总统说:"这是鲢鱼的胡须。鲢鱼须是鱼身上的精华,是活肉中的活肉。"

陆仙惊问:"要多少鲢鱼才得有一盘鱼须?"

"要两千多条吧。"总统说。

"我觉得还是鲢鱼肉好吃些。"陆仙说。

不料他的话引起哄堂大笑。总统不屑地看着陆仙说:"你真是土老帽儿,谁还吃那种垃圾食物?"

陆仙惊讶得张大了嘴。

这时端上来一盘黄色的条状物。

陆仙问:"这是什么?"

"是鸡舌。"总统问,"吃过吗?"

陆仙承认:"像这样吃鸡舌,没吃过。"

总统取笑说:"你还是想吃鸡肉吧?"

陆仙看出总统在笑话自己,反问道:"是不是鸡肉也是垃圾食物?"

"对了,"总统说,"谁还吃鸡肉?惹人笑话!"

这时又上来一碗白色的粉丝。

总统问:"这是鱼翅,知道吗?"

陆仙说:"鱼翅我知道,但是在天帝星球,人们是不吃鱼翅的。"

"为什么?"总统问。

"因为它要伤害鲨鱼的性命。为了保护鲨鱼,我们不吃鱼翅。"

总统哈哈大笑。

这时端上来一盘熊掌。总统问:"陆先生,照你这样说,熊掌你们也不吃了?"

"是的,我们不吃熊掌。"

总统不解地问:"这也不吃,那也不吃,你们吃什么?"

"可吃的东西多得很。"陆仙说,"但人类也不能滥吃,特别不能浪费。"

总统不以为然地说:"这不叫浪费,叫促进消费,促进流通,促进经济发展。"

"过度发展就是浪费,因为它消耗星球资源。"陆仙强调。

总统不以为然地说:"如果这些算浪费,我们的许多建筑更应该是浪费了?"

"当然,不必要的建筑就是浪费。"陆仙说。

总统拍了拍陆仙的肩膀说:"你刚才看到我们的总统府了吧?花岗岩、大理石的穹顶、廊柱,黄金镶嵌的走廊、台阶,象牙雕刻的门窗。够豪华的吧?"

"够豪华!"陆仙承认。

"马上就要炸掉,重新建设。"

"为什么?"陆仙很是吃惊。

总统说:"风格、式样老化,不好看了。"

"这可是建筑艺术精品,价值连城!毁掉多可惜!"

"正因为它价值连城,所以我们才毁掉它。毁掉重建,启动投资,拉动生产,拉动消费,实现繁荣。"

"什么逻辑?"陆仙愤然说,"这是消耗人力物力,消耗星球资源,是无意义的重复劳动,这样的经济繁荣,有意义吗?"

总统与横来对视了一下,不以为然地摇摇头,把陆仙的话当作浅薄无知之论。

这时,一位总管模样的人跑过来说:"总统先生,一切都准备好了,就等您去督战了。"

总统转过脸来对陆仙说:"陆先生,咱们也不要争论,穷人永远不会理解富人的行为。我请你看一场游戏吧。"

我们随总统来到一个广场,现在已是夜晚,只见外面灯火通明。两边站着黑压压的人群,人群的身边,是一筐筐热气腾腾的包子,散发出熟面熟肉的香味。

我们正感到纳闷,不知搞什么名堂,突然总统将手中的小红旗往下一

47. 第二次执行任务   237

劈,随后一声喊:"打!"

顿时人群中对峙的双方,立刻把热气腾腾的肉包子向对方掷去。霎时间肉包子像冰雹一样在空中飞射,落在人的头上、脸上、脖子上。面皮和肉馅顺着人的身体滚落地。一时欢声笑语,万众沸腾,好一个热闹的战斗场景。

陆仙和我目瞪口呆。肉包子大战持续了两个多小时,两边的肉包子堆成小山,人们在肉包子的战壕里腾挪着双腿,腿上腻腻糊糊,地上一片狼藉。

事后,人们把成堆的肉包子用推土机推进河里,让水冲走了。

陆仙对总统说:"肉包子是吃的,不是用来打仗的呀!怎么用肉包子打仗?"

总统笑着说:"你就不懂了,肉包子扔掉了,包子店的销路打开了,它会拉动整个肉包子产业链,促进经济繁荣啊!"

陆仙郑重地说:"天帝要求人类守本慎需,即在保证自身起码的生存需求之外,不可滥用自然资源和生物资源。用通俗的话说,人类要懂得节约,不可浪费。像你们这样恣意妄为,无限消耗星球的物力和人力,严重破坏星球物质资源和自然生态。你们的星球空气、水体和土壤严重污染,垃圾成山,污水横流,你们还不警醒吗?自夸人类富裕、经济繁荣,这种富裕和繁荣的生活是人类需要的吗?是健康的吗?是能保持长久的吗?"

总统见陆仙与自己观念总是相违,便不再理会陆仙,拂袖而去。他一定觉得陆仙和我是两个不懂礼数、不知好歹的家伙。

48. 通天塔和穿地洞

这以后,我们开始了自行考察。我们穿着滑轮鞋奔驰在山区和平原上。我们发现这个星球的地面已经失去了原始状态,就像一个被啃得残缺不全的西瓜皮。山被挖得坑坑洼洼,水被拦得断断续续。真正的原生态的青山没有了,垃圾山倒是一座连着一座。土地平坦的地方不多,低洼处填满了工业废料废水和生活垃圾。

陆仙说:"这是肆意挥霍星球资源的例证!"

考察中,我们还从百姓口中了解到一个重要情况:0528星球人类正在兴建两大工程——通天塔和穿地洞。我们很诧异,问:为什么要建这两项工程?它们是管吃还是管喝?人们说:什么也不管,这只是总统个人的主张,他立志要创造两大奇迹,好让后世记下他的"不朽业绩"。

据说通天塔建成,可以与天上的星星连接。0528星球有一颗天然卫星,其质量是本星球的百分之一,两者相距数十万公里。人们一直对这颗卫星很感兴趣。其实这颗卫星只是一颗死星球,星球上没有一滴水,连一棵草也不能生长,只有一些能反射微弱的阳光的石头。但它对所依附的星球有很大的引力,两颗星球互相依附,形成了宇宙中的重力平衡,维持着0528动植物生长。通天塔这样浩大的工程,如果真能建成,对0528星球的平衡肯定是有影响的,那将是一场无法想象的灾难。实际情况是通天塔根本不可能建成。只要稍作计算,以星球上的人力、物力,根本实现不了。狂妄无知的总统却一意孤行。一群溜须拍马的文人墨客跟着吹捧,说建造通天塔必然成功,并有种种好处:发展旅游,解决就业,搞活经济,甚至可以安装一部电梯,直达卫星,到卫星上居住。说得天花乱坠,骗得老百姓心痒难耐,从官到民,都做着登天之梦。遂不计代价,不问可行,仓促上马,通天塔进入如火如荼的建造中。

我们来到通天塔工程工地,只见那里已经建造了一座四方形的土石堆,堆基面积约有一百平方公里,四周用石块砌成方形基墙,里面填上土,用夯夯实,一层层向上垒。许多传送带、吊车、夯机等机械在繁忙地工作。眼下已经垒了五百多米高,十分雄伟壮观。上面的人像蚂蚁一样忙着。有累死和工伤死亡的人,人们就将尸骨从上面扔下来,日久天长,形成了一个可观的尸骨堆。据介绍,这项工程已经削平了几个山头,死了数万人。按照计划要建造十万米的高度,超过星球上任何一座高山。但人们不知道,即使这样,仍与卫星相距遥远。

陆仙对这种徒劳无功的工程极为生气,他要求见到总统,当面质询。总统认为陆仙一定会对通天塔工程深为叹服,于是接见了我们。陆仙二话不说直奔主题,他说:"通天塔是无用的工程。通天塔不仅通不了天,也上不了卫星,不仅劳民伤财,而且会造成一场灾难。"陆仙用大量的数据说明建造通天塔是一种妄想,人类应该过好自己的生活,不要做那些不切实际的事情。

总统微笑着说:"你说通天塔无用?那么你说说人类哪一项伟大的工程有用?告诉你,凡是伟大的工程都是无用的。"

"既知无用,为何还要造?"陆仙问。

总统说:"但从另一个方面来说又是有用的。它毕竟是人类创造的奇迹,将来也是历史文物呀!"

陆仙说:"你要算算这项工程要花掉多少人力、物力!"

总统说:"如果考虑人力、物力的损失,那么任何一项伟大的工程都造不出来。我所考虑的不是这个。我想的是要办一件惊天大事,让子孙后代永远记住我、记住我们这个朝代。"

陆仙说:"你要做一件对人民有用的事,人民会记住你,也会歌颂你。但你若做一件对人民有害的事,人民会痛恨你。"

总统说:"你说错了。历史上那些循规蹈矩、敬业爱民的帝王,后世有几个人记得他们?而那些伤害人类最深、做事最荒唐的帝王才是后人津津乐道的英雄。无论是歌颂还是痛恨,在我看来都是一样,都会流传千古。像我这样一个管理四海、手握着星球资源分配和人类生死大权的总统,不创造一点奇迹,岂不枉费人生?我现今正当其时,有权不用,过期作废。"

陆仙大怒:"你这是在对人民犯罪!"

总统哈哈大笑:"犯罪?这是你说的,而在我这里不叫犯罪,叫英明果断、雄才大略,是奇迹的创造者。"

陆仙说:"通天塔每提高一百米,就有上万人牺牲,通天塔下尸骨成堆,你知道吗?"

总统淡然地说:"这么大的工程,死几个人有什么大惊小怪的?人算个什么东西?在我看来,人只是我实现个人野心的工具。人肉可以做肥料,人骨也能利用。我们将在通天塔上面建造二十四层人骨楼。"

"人骨楼?什么人骨楼?"陆仙不敢相信自己的耳朵。

"就是用人的骨头造成的大楼。你不是说我们建造通天塔要伤害千万人的生命吗?我们用这些死亡者的骨头造一幢大楼。这将是千古第一楼,人类的骄傲。"

"天帝会惩罚你的。万年的地狱有你坐的,永世不得超生!"陆仙看着扬扬得意的一张邪恶无耻的脸,恨恨地说。

见过总统后,我们又去考察穿地洞工程。

这个工程就更荒唐。目的是把星球挖穿,看看星球内部有什么秘密。说可以采掘地核中的宝藏,还说打通后,从星球这一面到另一面会缩短三分之二的距离,有利于节约旅行费用,提高工作效率。

我们来到施工现场,远远地就看到那里竖立着许多又高又大的井架。走到近处一看,有一个几十平方公里面积的大洞,从洞口向下看,几千米深处亮着密集的灯,就像天上的星星掉在洞里。各种各样的机器在轰鸣,电梯、传送带向地面传送着土和石块。芝麻大小的人体,光着身子像微小的虫子在洞底蠕动。据说底下已经有六十多摄氏度高温,不时有死尸从底下送上来。

陆仙问工人:"井下有多深?"

工人说:"最深处已近万米。"并说,"现在我们无法挖下去了。因为下面温度太高,像进了火炉。每天要热死一大批人。总统却说:'继续挖,不穿透地心,决不罢休。'"

陆仙再次被激怒,说:"我找总统去。这项工程比通天塔的危害更大,真是活得不耐烦了!"

陆仙见到总统,劈头就问:"你想毁灭星球、毁灭人类吗?"

"危言耸听!"总统大怒说,"看你是天帝星球来的客人,我对你还算客气,你却越来越放肆,竟然一再干涉我们的行动。我的容忍是有限度的!"

陆仙继续说:"星球本是一团火,一团岩浆,内部什么也没有。你们把星球打通,不怕岩浆喷射出来,火山爆发吗?那时候人类都不能生存,你还万古留什么名?"

总统说:"不,据我们的科学家估计,星球的核心是坚固的铁心,是各种稀有金属集中的地方,如果我们能到核心采矿,将是一笔取之不尽、用之不竭的财富。"

陆仙说:"什么狗屁科学家?他们只是为了迎合你的心思,说假话,抬轿子。就算星球核心有稀有金属,你们要那么多的稀有金属做什么?星球表面的物质还不够用吗?天帝造人是让人类管理好自然,不是让你们破坏自然,你们这样穷奢极欲,将会受到大自然的报复和惩罚的。"

"你们给我滚!"总统吼道。

我们再也无法与总统说下去,只好把考察的情况通过电信向洪圣博士报告,由他转报天帝,请示行动。我们认为有必要对总统采取斩首行动,尽快制止通天塔和穿地洞工程。不然,这个星球就毁了,人类就毁了。

奇怪的是,这次却迟迟得不到洪圣博士的回音。我们相信,洪圣博士不可能没看我们的信息,更不可能玩忽职守。就是他一时没有注意,手表也会及时提醒他。陆仙说:"洪圣博士一定在和天帝一起讨论重大决策。"

几天后终于收到洪圣的回复,信息说:"0528 人类已经不可救药。该星球将面临灭顶之灾。天帝要求你们尽快离开。"

我们不知道什么意思,只好回到飞碟身边,把情况告诉了机组人员,大家坐上飞碟,迅速离开了地面。我们在两万米高空围绕着 0528 飞行,观察着地面的动静。仅仅过了两天,我们的手表都叫了起来。陆仙说:"有危险!"飞碟迅速远离星球。

果然再过两个小时,我们看到天空中火光一闪,接着听到一声闷雷似的轰响。我们向地面看去,只见穿地洞工程那里突然冒起浓烟,一股火红的岩浆喷涌而出,正在施工的人们顿时被岩浆吞没。大地不停地震动,巨大的火山灰烟柱直上云霄,遮天蔽日,渐渐地将整个球面覆盖,星球变成一团黑炭。0528 星球上的一切生物包括人类顷刻在窒息中死亡。

我们仍继续围绕 0528 飞行,但再也探测不到该星球一点信息。我们只好向天帝星球方向飞行。

我心中有一个疑问:天帝怎么知道远在几百万光年的星球的穿地洞什么时候出事?火山喷发是穿地洞工程必然的结果,还是天帝有意为之?

我只问 0528 星球将来会怎么样。陆仙说:"等到火山灰沉淀下来,要五千年以上。再到星球上长出生物,有了新鲜空气和氧气,又需五千年左右,就是说至少一万年之后生物才能生长繁衍。那时候天帝会重新安排向这个星球移民。"

陆仙说:"天帝会把0528星球死亡的灵魂收回天国。凡是没有做坏事的住进天堂岛,等待转世;做过坏事的下地狱受刑罚。像总统这样的狂人,"他点了一下手表说,"电脑系统已经作出结论:0528号星球总统将永远在地狱岛受刑,用自己的骨头烧火取暖,再无出头之日。"

49. 魔鬼的星球

结束了 0528 之旅，我们决定打道回府。我看了一下宇宙时历，从我们第二次离开天帝星球算起，已经六十多年了。就要回去了，我激动得彻夜难眠。

但是我们只航行了十年时间，这天收到洪圣发来的信息说："有件重要的事情告诉你们。想必你们都知道了（我们这几年冬眠，没有在意手表上的信息），远在六百三十九万光年的星球人类，声称要到天帝星球来。他们通过远程光谱探测，知道天帝星球在宇宙中的位置以及与他们的距离。"

"那好啊！他们要参拜天帝吗？"我说。

洪圣的信息说："天帝星球是不允许外星人类朝拜的。据了解，0639 星球人类不是来参拜天帝，而是来犯上作乱的。"

"犯上作乱？"我感到惊奇，"他们有多大能耐？"

信息说："这个星球人类科学十分发达，他们除解决了人类长生不死的问题之外，还制造出了超光速宇宙终极速度飞行器，所以他们才能跨越数百万光年的距离到达天帝星球。这之前他们已经在附近的外星球来往穿梭，并且对那些星球人类进行残酷的屠杀和掠夺，有一些星球人类已被他们斩尽杀绝，他们到哪里，哪里就有灾难。为此天帝十分生气，说即使他们不来天帝星球作乱，单就他们所犯的罪行，也应该去惩罚他们，把他们打进地狱。"

信息说:"这个星球人类为了进攻和征服其他星球,制造了各种进攻性武器,如导弹、核武器、激光武器、电子武器、化学武器、生物武器等等,他们不仅征服和毁灭邻近星球,而且扬言要占领天帝星球,逼天帝让位,由他们主宰宇宙星空。他们的野心已经膨胀到了天帝不能容忍的地步。"

"真是天帝的不肖子孙。"我说。

信息说:"这里涉及我们以前说过的人种异化的问题。人类会不会变成魔鬼,现实的答案告诉我们,人是能够变成魔鬼的,只要他们的神通足够大。0639号星球人类就是一个典型的例子。人类科学发达到一定的时候,不仅可以毁灭其他人类,也可以毁灭他们自己。"

信息说:"天帝要求你们立刻赶到那里去监视他们,早介入早控制,不能让他们继续祸害其他星球人类,更不能让他们危及天帝星球的安全。考虑这次任务非比寻常,经天帝同意,由我亲自带领一百架飞碟,组成科学家远征队,赶往0639。"

"什么,洪圣博士亲自出征了?"我有些激动和振奋。

信息还说:"考虑到你们离那里比较近,时间这么紧迫,天帝要求你们暂不回来,直接赶到0639。我们在0639星球附近的0571号星球集合。你们先行赶到,在那里等我们。"

陆仙回了信息,飞碟转向朝0639飞去。

三十年后,我们离0639近了。通过宇宙定位系统,我们找到了距离0639星球四十二万光年的0571星球,并且顺利登陆。经查资料,二十万年前天帝派人登上了该星球,人类繁衍成功,估计现在应该是人口众多、兴旺发达了。

0571是个美丽的星球,我们走出飞碟,眼前山川和田园历历在目,村庄和屋舍隐约可见。我们展开小天使翅膀,朝一个很大的村庄飞去。

到达村庄,我们感到很奇怪:尽管村庄屋舍齐整、街道纵横,却不见一个行人、一辆车。在一座高大的瓦房门前,我们推门进入,头上飘下一片灰尘。进入屋里,家具齐全,粮食满囤,但都腐烂了;床褥完好,却落满厚厚的灰尘。走近一看,我们大吃一惊,床上分明躺着一具具完整的枯骨。蜘蛛网像蚊帐一样从屋顶挂下来,罩住了床和被褥。

"怎么回事?"我问陆仙。

陆仙说:"死了这么多人,并没有发现战争的痕迹,只能说明这里曾经发生过大瘟疫,以至于连死人都无法埋葬。"

我们一连巡视了几个村庄,都是一个样子。陆仙说:"如果是瘟疫,不可能全部死亡,总会有活着的人。我们到处找一找。"

我们背上小天使翅膀一路寻找过去。先是在村庄、田野,后来到了山区。终于有一天,我们在一个山洞里找到一群人。他们见到我们,恐怖地躲进山洞,千呼万唤不出来。

陆仙用语言翻译机喊话。过了好一会儿,终于有一个白发老者慢慢走了出来,他冷眼看着我们,有一种视死如归的气概。

老者警惕地问:"你们是哪里来的?"

陆仙说:"我们是天帝派来的。我们去完成一项重要使命,在你们星球上休息一下,顺便了解你们星球人类的生活情况。"

"你们不是又来毒害我们吧?"老汉说。

"不是。"陆仙问,"我看你们星球上房屋完好,田舍整齐,就是很难见到人类,这是什么原因?出了什么事?"

老者说:"我们这里发生过大瘟疫。"

"我们猜到了。"陆仙问,"大瘟疫是怎么发生的?"

"是外星球的强盗带来的。"

"您说说看。"

老者说:"十年前,有几架飞碟到我们星球,从飞碟上下来几个人。他们自称是来帮助我们发展经济,让我们过上好日子。我们热情接待他们,用最高的礼节、最好的食物款待他们。但是他们不仅不感谢,反而趁我们

49. 魔鬼的星球   247

不备,向我们举起了枪和刀,对我们实行了大屠杀。我们全球人类拼死反抗,他们见屠杀不了那么多,就在各地抛洒病毒,紧接着我们星球就发生了大瘟疫,成千上万人死亡。我感觉情况不好,带着一些人跑到山区躲藏起来,才免遭大难。"

"那些强盗呢?"陆仙问。

"那些强盗看我们星球人类死了,就占据了我们的星球,开始大规模地向我们星球移民。原来他们是一伙宇宙侵略者。"

"他们的居民点在何处?"陆仙问。

"我带你们去看。"老者说。

听说有几百公里路程,我们穿上小天使翅膀。陆仙把老者绑在自己的胸前,一起飞升。我们翻过了几道山,到达一个平原落下。眼前出现了一大片帐篷,但是没有一个人。老者说:"这就是他们的临时定居点。这样的定居点有几十个,大约来了十万人。"

"人呢?"陆仙问。

"他们也死了。"老者说。

"他们被自己带来的病毒毒死了?"陆仙问。

"不是,他们对自己的病毒是有免疫力的,那些病毒只会毒害我们。"

"他们怎么死的?"陆仙不解地问。

老者说:"他们被我们星球的细菌杀死了。因为他们对我们星球的细菌没有免疫力。"

"他们想移民,占领你们的星球,但没有成功。"

"是的,没有成功。"

"看来,星球真正的主人是细菌。"陆仙叹道,"外星人害人害己,罪有应得。"

老者说:"他们是一群魔鬼,神通广大,制造了各种奇奇怪怪的害人的东西。听说他们还要去天帝星球,要把天帝赶走,由他们来主宰宇宙。"

"他们的星球叫什么？"

"不知道。"老者摇摇头。

陆仙对老者说："放心，他们是不会得逞的。天帝有办法惩罚他们。我们就是来执行天帝的命令。"

陆仙把这个星球的情况向洪圣作了报告。不久，洪圣博士带领一百多架飞碟到达。我们在山头升起一面天帝星球的七彩旗，迎接飞碟大队降落。

飞碟集体降落。看到洪圣博士走出来，我和陆仙迫不及待地迎了上去，像是见到了久别的亲人。洪圣笑着和我们握手，向我们嘘寒问暖。洪圣身后陆陆续续从飞碟上下来许多人。使我感到惊喜的是，其中有伍神博士、金宁博士，还有不少我在外星人培训学校的同学。大家异乡相逢，欣喜异常，互相拥抱。

陆仙向洪圣等科学家报告了0571星球的情况。

"使用高科技，占领其他星球，戕害星球居民，是不允许的，必须严惩！他们死有余辜。"洪圣说，"对于星球上的细菌、病毒，我们带有益生菌，这种益生菌专门消灭对人类有害的细菌和病毒，并能生长有益细菌。用不了一个月，这些有害东西就会被控制。"

接下来几天，我们全部穿上小天使翅膀，背着益生菌到处喷洒。不久，躲在山洞里的老百姓纷纷走出来，回到他们的家乡。

50. 戴防毒面具的人类

终于到达 0639 星球。这是一颗硕大的星球，飞碟绕飞两周后，落在一座荒凉的小山上。走近看，山上没有树，只有一些低矮枯黄的茅草；再向远处看，天空灰蒙蒙的，海水混浊不清，显得毫无生气。难道是一颗病星球？

大家正准备走出飞碟，突然手表叫了起来。为谨慎起见，洪圣要求测试一下星球的温度和空气质量等指标。仪器显示：飞碟外面气候炎热，在四十五摄氏度。空气中有严重的核污染，并伴有浓厚的粉尘和各种化学毒气。这样的环境已经不适合人类居住了。

洪圣要求大家穿上防护衣，戴好防毒面具，走出机舱。为了行走方便，还戴上小天使翅膀，穿上滑轮鞋。

我们在荒凉、燥热的地面滑行，有时遇到沟壑和河流，就展开小天使翅膀飞越过去。走了很远，既看不见树木，又看不见动物，更看不见人类，就像行走在沙漠里。

几天后，我们终于在一座大山下听到机械的声音，循声找去，发现几辆高大的挖掘机在挖山。这是一处工地。我们且惊且喜，急忙飞了过去。

挖掘机旁边站着几个人，穿着黑色紧身衣，光着脑袋（头上无毛，分不出男女），眼睛看着机器在劳动，身体像木桩一样一动不动。直到我们走到身边，他们才回首。

"你们是谁？"其中一个人看着我们，声音像是男音。

"我们是天帝派来的。"洪圣通过自动翻译机说。

"天帝派来的？天帝是什么？"那人机械地说,语音生硬,没有表情。说完他继续看着机器劳作,身体像木桩一样。

洪圣问:"你们在做什么？"

"挖矿。"那人头也不转。

"什么矿？"

"铀矿。"

"做什么用？"

"制造核武器。"

"准备打仗吗？"

"是吧,不过那是人类的事。"

"人类？你们不是人类？"洪圣有些奇怪。

"我们是施工机器人。"

"哦。"我想,怪不得说话有些僵硬。

"这个星球上的人呢？"洪圣问。

"他们住得很远,在星球的另一面。"

"这里的生产由谁管理？"

"平时没人管,他们偶尔来一下,基本是遥控指挥。"

"矿石运回去吗？"

"就地加工。"

"有加工厂吗？"

"有加工厂。"机器人朝前方指了指。

"加工厂那边有人吗？"洪圣问。

"也没有。只有机器人。"机器人回答。

大家继续朝前走,渐次看到矿石加工厂、核原料提炼厂、核武器制造厂和导弹制造厂。厂里面设备先进,机器人工作认真,程序严密完善,表现出很高的科技水平。而这一切都是人在星球的背面遥控指挥。

洪圣、陆仙不住地慨叹："有如此高的科学技术,为什么不用来造福人类,而是制造大规模的杀伤性武器?"

我们正在议论,突然天地间一亮,几百倍于太阳的光亮把天地间照得惨白。紧随一声巨响,狂风卷起,大地在颤抖。我们知道这是核爆炸试验,便迅速躲进山洞,以降低辐射和冲击波的伤害。好在我们所穿的防护服绝对可靠,不仅可以防备核辐射,还能过滤空气中的核污染,丝毫不会影响身体。

洪圣说："开采稀有矿藏,把有害物质扬弃在空气中、流失在水体中,造成了空气污染和水污染。同时进行核试验,空气里充满着核废料、核粉尘,人类自然无法生存,只有借助于机器人了。"

突然我们听到沙沙的声响由远而近。循声找去,见漫山遍野爬着一些奇怪的小虫,它们成群结队地寻找食物。

洪圣看了看说："这是蟑螂。蟑螂生命力顽强,在重度核污染之下,只有它们侥幸存活。但已不是以前的蟑螂,而是一种变异的品种。"

看到这些小虫,我们毛骨悚然。

地面上几乎没有生物,我们来到海边,海里也是一样,海水是奇怪的灰褐色。水中除了像水蛭一样的软体动物之外,什么也没有。

洪圣说："到另一面看看吧。"

我们用太空纯净水做一次严格消毒,然后才进入飞碟,离开地面。

飞碟飞到0639星球的另一面,在云雾中降落。到达地面,手表再次发出警报声。洪圣要求再检测一下温度和空气,虽然各项指标好于星球另一面,但仍然不适宜人类生存,洪圣博士要求大家继续戴好防毒面具,做好身体防护,然后走出飞碟。

为了了解0639星球的情况,洪圣博士要求我们进行伪装,深入人群参加人类活动。

0639号星球人类,都是戴着防毒面具和穿着防护服生活,他们长得怪模怪样,由于长期带毒,他们的鼻子很长很肥,像猪的鼻子。又由于长期用脑不用体力,他们的脑袋很大,头上无毛,下巴很小,脖子很细,远远看去,脑袋像一个气球。他们身体很矮小,很瘦弱,走起路来轻飘飘的,像被风吹着一样。

洪圣连声说:"变种了,变种了,这哪里像天帝的子孙!"

由于我们戴着防毒面具、穿着防护服,一时还不会被人们发现有什么不同。

我们在人群中游走、观察。0639号星球人类科学十分发达,汽车、私人直升机十分普及。到处都是高耸入云的大楼、天桥、高速公路、飞机场。无数个烟囱冒着浓烟,昼夜不停地燃烧着星球上一切可燃的物质。热浪滚滚,粉尘飞扬,奇怪的气味直扑鼻孔,令人窒息。

城市人口密集,像沙丁鱼一样挤在一起,连走路都很困难,更不用说堵车了。一切生活资源都集中在城市,一切资金都用于建设城市。一幢幢大楼遮天蔽日。大楼旁边也就是城市周围,则是高耸入云的垃圾山。

原野里没有植物,没有动物,甚至没有昆虫。只有在叫作"树木种植场""粮食种植场"和"动物饲养场"的地方,才有绿色的植物和活着的动物存在,其他地方都是工地和工厂。为了挖矿石,山被挖平了,并且沿着山脚挖下去,直到地心深处。地面上存留着大大小小的矿坑。带有放射性的尘土到处堆积,晴天灰尘飞扬,雨天污水横流。

原有的森林被砍光了,动物被吃光了,现在只好借助于科学,借助于人工培植、人工养殖,借助于转基因等先进科学技术生产。为了让星球好看一些,人们用塑料制成了森林,用钢铁、水泥塑成了各种业已灭绝的大型动物模型,供人们参观和回忆。

河水是不能喝的,必须采取高科技净化,才能饮用。山顶上流下的有限的泉水,被储存在水库里,再用瓶子装起来,成为价格昂贵的商品。由于空气和土壤严重污染，从天上降下来的雨水也不干净。上层人士则饮用太空水，即从太空中捕捉氧元子和氢元子进行组合。掌握这项技术已不易，且成本太高，一般人根本无法享用。由于很难吸到纯净的空气，相对净化的空气也成了商品，人们要吸一口净化的空气，必须以昂贵的价格购买。对于平民来说，那是高不可及的奢望。土壤已经贫瘠化、毒化、硬化，无法生长庄稼。自然生长的树木和花草，矮小病态，萎靡不振，在痛苦中挣扎。庄稼只好靠无土栽培，在实验室里生长。万物赖以生存的一切自然条件都不具备，这就是人类无节制地挥霍自然资源的后果。人们已经知道在这颗星球上无法继续生存下去，唯一的出路是尽快向其他星球移民。但是移民也不顺利，几次移民到外星球都不成功，落得肉包子打狗——有去无回。得知天帝星球的位置之后，这个星球人类像被注入了强心剂，他们妄图占领天帝星球，做最后一次挣扎。

由于医学高度发达，0639星球人类寿命大大提高，几百岁的老人比比皆是，最高的竟活到五百多岁。他们长寿的主要方法就是更换身体的器官。医院里储存着各种型号的脑、心、肝、肺、肾、脾、胃、肠等各种人造器官。但是换过人造器官的人，已经部分或者基本上不是原来的人了。特别是更换了头脑之后，病人失去了记忆和情感，成了另外一个人，一切知识都要从头学习，生活习惯都得从头养成，人与人的关系要重新相处。我们发现许多人行动古怪，说话语无伦次，感到不可理解。后来听说此人换过头脑，自然就理解了。人类活成这样，就是能活一千岁，又有什么意思？

为了深入生活，我们两人一组，到城市去打工，参加社会生活。相约两年后相见。

我和陆仙一个小组。我们首先来到一个城市养猪厂求职，成为两个养猪倌。

这个养猪厂很大。四周是大院墙，里面几十排猪舍，整个养猪厂只有百十来个职工、两百多个机器人，由一位年长的厂长管理，他鹤发童颜，据说已经两百多岁了。他是个挺好的人，只是说话有些神神道道的，一时清醒，一时糊涂。有人说他换过几次脑袋。但他恢复得很好，所以仍能担任厂长一职。

厂长问我们是哪里人，多大年纪，做过什么工作。我们为了应付他，编了一套谎话，把他蒙过去了。但是有一点他还不糊涂，说："看来你们身份低贱，只能在猪栏里做下手活。"

后来我们知道，0639星球人类是讲究等级的，身份有高低贵贱之分，这是由血统决定的。由于我们不是"精英血统"，只好工作在最下层，直接和猪打交道。我们的工作就是管理机器人，最脏最累的活由机器人去做，如果机器人坏了，我们负责通知制造厂派人来维修。那些"精英血统"的人，则坐在办公室里看视频，监督我们的工作。

初进猪舍，我俩大吃一惊，只见一头头大猪挨个儿睡在地上，大得像小牛，睡觉时发出雷鸣般的鼾声。猪身上绑着链子，插着软管，输液瓶挂在架子上。

厂长介绍说："这是我们靠科学技术培育的最新肉猪品种，它们每头重三百公斤左右，平均每天长肉三公斤。一百多天长成出栏。我们最新的养猪方法，猪不需通过进食成长，而是通过输送营养液，让猪直接将营养转化为猪肉。"

陆仙问："为什么猪身上绑着链子？"

厂长说："防止猪逃跑。这种猪凶得很，不把它绑住，它会咬人。"

陆仙又问："猪身上这些管子都是营养液吗？"

厂长说："不全是营养液，有些管子是打抗菌素的，不然猪会生病。"

养猪厂旁边是养牛厂，我们也常去看看。养牛的方法与养猪基本相同，只是饲料不同。牛饲料不是草，也是一种营养液。我们还参观了奶牛厂，这种奶牛不生小牛，专门生产牛奶。奶牛整天站在那里，一动不动，由于站不住，用架子架着。牛身上同样插满管子，输营养液和抗菌素。牛奶源源不断地流到桶里,奶牛就是一个产奶机器。

厂长说:"这是我们的新技术。母牛不发情,不生育,却能长年累月地下奶,从不间断,直到生命终止。"

"这比我们0185星球上的奶牛更悲惨。"我对陆仙说。

"点点滴滴都是罪恶!"陆仙向厂长说,"猪和牛都是天帝制造的一种生物,它们有生命,有情感。你们如此残忍地对待它们,特别是这样残忍地对待奶牛,是虐待动物,会受到天帝惩罚的。"

厂长听了哈哈大笑,说:"你们的想法很奇怪,动物还需要保护吗?"

这天我们正在养猪厂上班,忽然听到门外一阵骚动,厂长突然大声喊:"快躲起来,快躲起来!"一时间,当班的工人都钻进了猪圈里,靠庞大的猪身掩护着自己。我们感到奇怪和吃惊,知道有危险,来不及躲藏,只好把门关了。只听见外面一阵风声,接着就沙沙地响,声音越来越近,好像有大队人马通过。我们通过窗户朝外看,见几千只大鸟飞奔而去,样子像鸡,走起路来咚咚作响,像马蹄一样敲击着地面,遇到什么连啄带踏。来不及躲避的人被啄得满身是血,或者头上被啄了个大洞,血往外汩汩地流。

我看到厂长浑身发抖,样子像要瘫下去。好不容易等到大鸟过去,他才恢复正常的神态。

厂长说:"太危险了,差一点我们就没命了。"我觉得厂长过于恐慌,便问他:"刚才过去的是什么鸟?"厂长说:"你们还看不出来?就是鸡嘛!"

"鸡怎么长那么大?"陆仙问。

厂长说:"这是用转基因技术培育的鸡,本意是为了增加产肉量,但是这种鸡长大了就不好管了,它们力大无穷,智商还很高,常常出其不意地攻击人类。每年都有不少人被鸡啄死。刚才一定是哪个养鸡厂鸡舍没关牢,让鸡跑出来了。这样的事情是常有的。——哎呀,好怕人。我头都痛。"他抱着那颗换过几次的脑袋。

陆仙说:"把它们杀了不就好了?"

厂长说:"这种鸡肉好吃,是我们肉类供应的重要来源。"又说,"不仅是鸡,还有猪、牛、羊等食肉动物,在进行了基因改造之后,体形庞大,智商很高,对人的攻击性加强了。你们看我们养猪厂的猪,一个个老老实实,但只要你帮它们脱掉锁链,它们就会立刻造反,谁也控制不住。"

陆仙说:"根据人的需要改造动物,既害了动物,又害了人类自己。"

厂长说:"目前发展到这个地步,已经回不去了。在过度污染的自然状态下,动物都无法生存,也不能繁殖后代,全靠人类在实验室里培种。生命的链条十分脆弱,搞得不好就物种灭绝。"

我和陆仙在养猪厂工作几个月之后,辞了工作,来到蔬菜种植场,当了菜农。

蔬菜种植是在大棚里,用无土栽培或者人造土壤种植。

厂长是个女士,她打扮得花枝招展。但从她那硕大的脑袋、小小的下巴和细细的脖子上,实在看不出美来,倒显得有些滑稽。

她告诉我们,地面上的土壤已经严重污染,因为长期使用化肥和农药,庄稼长不起来。就是长出庄稼也是毒庄稼,人不能吃,只好在大棚里种植。她说:"当前最大的问题是种子问题。由于人类大量使用转基因技术,培植出来的蔬菜品种不能结籽,留不下能够复制生命的种子。星球生物已经面临全面危机。"

我们觉得遇着了一个明白人,陆仙便把我们的担心向她说了。女厂长说:"转基因技术不仅造成了物种的灭绝,连人类也不能幸免。由于食草动物大量食用转基因食品,性激素水平降低。人类食用性激素水平很低的食物,自身性激素就难以合成,最后导致繁衍障碍,这就出现了人类生存的危机。现在出现年轻人结婚率越来越低,结婚后怀孕率越来越低,怀了孕保胎率越来越低,健康婴儿出生率越来越低。"

陆仙说:"人类不能繁衍可是大问题,难道就这样让人类自然灭绝?"

女厂长说:"现在解决的办法是,尽可能地保证少数精英血统的人少吃或不吃转基因的食物,喝纯净的水,以确保他们有生育能力;而对普通大众来说,只能让他们成为没有生育能力的无性动物,自生自灭。但是由于整个环境的改变,也不能保证精英血统的人长期具备生育能力。"

女厂长又说:"现在我们用宇宙飞船到外星球寻找野生动物和植物的种子回来培育。但这些动物和植物移植到我们这儿,在被污染的土壤、空气和水质环境下很难生存,有的也变异了,不能自然繁衍后代。我们的星球眼看就要成为一个死星球。所以,占领其他星球,向外星球移民,已经刻不容缓。"

陆仙说:"天帝给了你们一个很好的星球,你们把它搞坏了,现在想祸害其他星球,天帝能允许吗?你们能成功吗?"

女厂长默然。

这天,我和陆仙在蔬菜种植场里做活,突然来了四五个穿制服的男人,他们问明我们的身份后,当场把我们逮捕。我们提出抗议,问:"我们有什么罪?你们为什么限制我们的自由?"

警察说:"我们早就注意到你们,发现你们是一批不速之客,不是我们星球上的人。你们是从外星球来的,目的是侵略我们的星球。"

陆仙说:"我明确告诉你们,我们来自天帝星球,奉天帝之命来巡察。我们不想侵略你们,而是想拯救你们星球和人类。"

"好大的口气!"警察冷笑地看着我们。

"对,拯救你们。"陆仙严正地说,"由于你们恣意横行,违反自然规律,挥霍星球资源,破坏星球生存环境,你们的星球已经腐烂,不适宜人类生存,再不拯救就会成为一颗没有生命的死球。"

"危言耸听。"警官摸着他的特制的防毒面具和防护服,大声说,"我们的星球是宇宙中环境最好的星球,我们星球人类是宇宙中最幸福的人类,我们星球是最有希望的星球。"

"大话解决不了当前的问题。只有把眼前的问题处理好,才有资格谈未来,谈希望。"陆仙说。

警察说:"你们一到本星球,就横挑鼻子竖挑眼,散布不满言论,抹黑我们星球形象,造谣惑众,你们知罪吗?"

陆仙说:"我们无罪。好事不说不要紧,坏事不说不得了。一个善良的、有责任心的人不屑于唱赞歌,只会挑毛病。"

警察说:"好啊!那就让你们到你们应该到的地方去,让你们闭嘴!"

我们被投入监狱。

在监狱里,我们意外地见到了洪圣博士和其他人,他们早就被关在里面。我觉得我们全部完了。又想洪圣博士神通广大,怎么会被人家抓进来了?他不反抗吗?他是怎么想的?

我问伍神博士。伍神说:"洪圣博士要求我们不要反抗。他说,进监狱或许会了解新的情况,得到新的证据。"

我担心地说:"如果人家加害我们怎么办?我是算不了什么,可是洪圣博士和您……"

伍神说:"放心好了,洪圣博士带着秘密武器。"

我们在监狱里待了几天,这天监狱长把我们集中起来,对我们说:"你们这些人不是说是天帝派来的吗?我们即将攻打天帝星球,元首决定让你们给我们带路。如果你们不带路,就会把你们杀死;如果带路,会有你们的好处。今天让你们看看我们的队伍。"

我们坐上了汽车,向遥远的山边开去。到了山边,我们被安排登到山腰一处高台,见到这个星球的元首。只见他戴着防毒面具,高高地坐在看台上,身材高大,长发披肩。我们向山下看,见山谷里一左一右站着两支黑压压的队伍,漫山遍野,有几十万之众。他们手持步枪、冲锋枪,扛着迫击炮等武器,彼此对峙着。只见元首站起身来,声如洪钟地向战士们喊话:

"各位将士、英雄,现在,站在我身边的是天帝派来的代表,他们到我们星球向我们求援来了。他们在天帝的领导下,过着十分悲惨的生活。他们冒着生命危险来到我们这里,要享受我们星球人类美好幸福的生活。他们更想我们去解救天帝星球受苦受难的人类。"

他说话的时候,广场上数万将士把脸转过来看着我们,脸上的防毒面具像浪一样波动。

元首继续说:"我们是一个爱好和平的星球,我们的人民是爱好和平的人民,我们要把支持天帝星球人类、解救他们的苦难作为我们的责任。我们要练好本领,准备战斗。现在我们进行实战训练,希望你们拿出勇气和不怕牺牲的精神进行战斗,不要给我——你们的元首丢脸!"

众战士高呼:"元首万岁!为了元首,我们战斗,我们牺牲!光荣属于元首,光荣属于我们!"声音像山呼海啸。

"打!"元首把手一挥,下达了战斗的命令。

只听得一片呐喊,双方战士举枪齐射,开炮互轰。顿时,震耳欲聋的声音震响山谷,战场上血肉横飞,山谷里硝烟弥漫。

我们被这种场景惊呆了,这不是把人的生命当儿戏吗?洪圣立刻站起来向着元首大声说:"元首,你怎么让战士们互相残杀?"

元首不满地看了看洪圣,问左右官员:"谁在这里说话?"

一位官员说:"禀告元首,就是那自称从天帝星球来的。他是头儿。"

"把他杀了!"元首起了肝火。

官员说:"您不是说要他们给我们带路吗?"

"我说过让他们带路了吗?"元首反问。他把说过的话忘了。他也换过几次脑袋,还换过肝脏。

"就是就是。"官员说,"不过,这个人很狂妄,总是说他们的天帝怎么说,我们应该怎么做,好像我们应该听他那个天帝似的。"

"让他们看看,也好使他们明白,谁才是最有实力的霸主,不是他们的天帝,而是本元首。"

"他们会明白,会向我们屈服的。"官员说。

这时洪圣仍在大声说:"元首,立刻让你的军队停止互相残杀!你这是在犯罪。"

元首哈哈大笑:"这是实战演练。你真是少见多怪。"

"这是什么实战演练?拿人的生命当儿戏吗?"洪圣质问道。

"只有真刀真枪地厮杀,才能练出强兵,怕死的不是好战士。"元首说。

洪圣走到元首的身边,问:"战士们的生命是宝贵的,怎能轻易地让他们失去生命?"

元首说:"参加战斗的都是职业战士。他们情愿去战斗、去牺牲。他们生命的价值只有在战斗中体现。你懂什么?"

战争在残酷地进行,死亡的战士越来越多,鲜血洒遍大地。元首带着欣赏的态度一边观赏一边喝酒,他身边的那些官员不停地恭维着战士们的勇猛和元首的伟大。

洪圣怒不可遏,指着元首大声斥责道:"胡闹!作为元首,应该爱护你的人民、你的战士。你这样对战士们流血牺牲熟视无睹,视战士们的生命如草芥,还配当元首吗?如果不赶快停止战斗,你的罪责就不可饶恕了!"

"放肆!"元首大声说,"告诉你吧,我们这些战士都是贱民,是工奴,是战奴。他们从小经过基因阉割,成年以后,头脑里被植入了电脑芯片,只知道做工或打仗,只知道敬畏元首,听从命令,赴汤蹈火,在所不辞。他们的思想和行为由政治家控制。我们造就这样的人民,训练出这样的队伍,就能所向无敌。"

洪圣说:"你们把人民当作工具,随意驱使和虐杀,毫不顾惜。你罪恶滔天,等待着下地狱吧!"

元首哈哈大笑:"人世间根本没有天堂和地狱。我们只相信权力,相信利益。民众的死亡在政治家的心中只是一个数字,有什么值得顾惜的?"

洪圣说:"我看你是魔鬼附体,已经疯狂了。俗话说,'人要灭亡,必先疯狂',天帝的惩罚大棒离你的头顶不远了。"

看过了战士演习之后,我们仍然被押到监狱,不过现在的待遇有了明显的变化,在一个大院子里,活动有了自由,而且可以在一起议论问题,伙食也有了很大的改善。

洪圣召集大家研究形势,认为各小组分散深入生活可以告一段落,现在要继续对元首进行面对面的教育和斗争。无论他听不听,我们都要做到仁至义尽。

有人担心:"如果我们惹怒了元首,会不会有生命危险?"

洪圣说:"为了人类的幸福和尊严,为了完成天帝的使命,危险也顾不得了。"

这天,一名官员传来元首的通知,邀请大家参观火箭发射现场。

原来元首想让我们看看0639星球的军事实力,以观察天帝星球来人的态度。

我们坐上了元首派来的直升机,来到一处荒凉的原野。这里寸草不生,只有几条水泥路,有几个发射架竖在那里。

大家下了直升机,令人意外的是元首站在那里迎接我们。

元首满脸挂着不怀好意的笑容,他走上前来对洪圣说:"尊敬的天帝星球的使者,你们见过这样的武器吗?今天让你们见识一下。"

洪圣故意不看竖起的发射架,态度冷冷地指着一片荒野,说:"这个地方不长树木,不长庄稼,连野兽也无法生存,你们以为这是人类想要的地方吗?"

元首暗笑,以为洪圣只知道植树、种庄稼,想不到还有更重要的东西,说:"树木和庄稼值几个钱?我的这些东西可是价值连城。"

洪圣说:"如果把人类生存的环境弄坏了,使人在这个星球上待不下去了,其他一切都是毫无价值的。"

元首说:"宇宙中宜居星球千千万万,就是这个星球环境坏了,也没有什么了不起,我们有能力移居其他星球。现在我们知道,天帝星球是最好的星球,我们将要移居那里,你看怎么样?"

洪圣说:"天帝不允许任何人擅自登临天帝星球。"

元首问:"如果我们要强行登陆呢?"

洪圣反问:"你们凭什么强行登陆?"

"就凭这个。"元首指着发射架,"我们这里有几千个发射架,它们可以发射导弹,也可以发射超高速飞行器。我们可以超光速十万倍在太空飞行,到达天帝星球只要几十年时间。我们携带的核武器、激光武器,可以摧毁天帝星球上的一切。当然,我们只是占领天帝星球,把天帝囚禁起来,我们成为天帝星球的统治者。"

洪圣问:"你们不怕天帝惩罚你们?"

元首说:"天帝将是我们的手下败将,他将向我投降,包括你们。如果你们为我带路,为我们进攻天帝星球做向导,我们会给你们封地升官,让你们世世代代享受荣华富贵。否则你们会被处死。"

洪圣笑了笑说:"你的这些东西,在天帝那里一钱不值。天帝掌握的武器比你们先进多了。"

"不对。"元首说,"据我们掌握的情报,天帝星球并没有大规模的杀伤性武器,就是想制造也来不及了。"

洪圣说:"天帝慈悲为怀,各个星球人类都是天帝的子孙,天帝不忍大开杀戒,但天帝惩罚叛逆的子孙并不是没办法。"

元首说:"我们还有很多你们想象不到的武器,我带你们去看。"

大家坐直升机来到一个山洞,下了直升机,坐着有轨电车进入。在山洞深处,是一排排房间,里面放着一个个冰柜,冰柜的门上贴着标签。上面只有编号,不知内容。元首说:"你们猜猜,这里面是什么?"

洪圣看到编号，早已明白了内容，说："好像是病毒吧。"

"对，你真聪明。"元首说，"这些都是人造病毒，它们是星球上没有的病毒，正因为自然界没有，所以也没有一种药物能医治，人体也不能免疫。只要把它们释放出来，就会立刻杀死星球上所有的生物。"

洪圣说："要是那样，你们自己不也将被消灭吗？"

"不。"元首得意地说，"我们生产了这种病毒，自然要制造出相应的免疫疫苗。因此，此种病毒只会杀灭敌人，不会伤到自己。"

洪圣一笑："天帝星球制造的消毒水和益生菌，会把你们的病毒统统杀死。你们的一切努力，在天帝那里只不过是小儿科。"

元首怒色满面，说："我知道你们很善言辞，但我们的计划不会动摇。摆在你们面前只有一条路，就是听我的话，给我们做向导，帮助我们攻下天帝星球，和我们一道享受富贵。否则，你们将受到我们的严惩，待我们打下天帝星球之后，你们就后悔了。"

51. 天帝下决心消灭魔鬼

我们仍然被关在牢房里，不得自由。这天早晨，我们听到外面奇怪的声音，像下雨一样沙沙作响，从窗口向外看，一队队穿着灰色军装的战士在奔跑。

当地的囚徒说："这是在做最后的训练，离出征天帝星球的日子不远了。"囚徒又说，"元首准备了十万架飞碟、一百万名战斗人员、一万枚导弹、五千枚核弹头、五百颗激光卫星、一万桶化学毒气、两千罐特殊细菌，由元首和元首夫人亲自带队，计划花六十年到达天帝星球。"

经囚徒一说，大家都有些惊慌，向洪圣博士说："元首行动提前了，咱们该采取措施了，时间不能再拖。"洪圣说："大家不必多虑，我已报告天帝，天帝自然会有指示。"

我们都以为洪圣带有秘密武器，看来他啥也没带，只是等待天帝的指示，我们不免有些失望。我越过了陆仙，壮着胆子对洪圣说："无论如何都不能掉以轻心，如果元首的军队离开星球，他们的速度也是光速的十万倍，我们怎么追得上？怎么确保天帝星球的安全？"

洪圣博士看了看我，神态仍是波澜不惊。我不敢再说话。

洪圣每天将情况报告给天帝，同时输入电脑，但电脑中枢只是接收信息，并没有做出决定，可能也在等待天帝的命令。

这天监狱的铁门打开了，进来几名穿着黑色制服的狱警。警官向洪圣说："元首要和你们最后说几句。"

我们离开后,狱警把所有的囚犯镣铐打开,并且对大家说:"各位自由了,想去哪儿就去哪儿。元首即将远征,没人管你们了。"但是囚犯们没有立刻离开,他们哭声一片,都说:"我们离死期不远了。元首向田野里撒了大量的病毒,这个星球已无法生存。"

我们坐上汽车,来到元首府,元首坐在高高的宝座上接见我们。他满脸堆笑,对洪圣博士说:"现在我们是一家人了。我们即将起身到天帝星球,请你们做向导,到时候荣华富贵与尔等共享。"

洪圣提醒他说:"天帝星球只提供各个星球人类死后灵魂暂住之所,不可能让肉体凡胎登上天帝星球。如果想成为天帝星球人类成员,生活在天帝身边,就必须行善积德,修行七世,抛弃肉体凡胎,方可在天帝星球转世为人。像你们这样强行登上天帝星球,不仅天帝不允许,你们也不可能实现。"

元首说:"如果你们不给我们带路,我们也能到达天帝星球,到时候我成了天帝星球的统治者,你们的命运就掌握在我的手里。如果有地狱的话,到时候下地狱的就是你们。"

洪圣说:"我们的命运在天帝手里,不在你们的手里,你们的命运也在天帝手里。我要求你们立即停止进攻天帝星球,利用你们已经掌握的科学技术,把你们生长的星球治理好,把被你们破坏的环境恢复起来。天帝教导我们,'人类不能超越环境,不能过度追求不现实的东西,要抑制永无休止的欲望。如果人的欲望不加控制,人就会成为魔鬼'。一旦变成魔鬼,天帝就会废除他们做人的资格,他们将会从肉体到灵魂都被清除,永远不得再生……"

元首打断洪圣的话说:"当我们成为天帝星球的主宰时,谁是魔鬼,是我说了算。我们现在目标既定,箭在弦上,不得不发,没有回头的余地。"

洪圣郑重道:"我们受天帝的委托,不得不把利害陈述。至于何去何从,还是由你自己考虑,只是由于你的愚蠢和任性,害了你们星球的人类,也害了你自己。"

"住嘴,我没有工夫听你们说废话。你们不给我们带路,也没有你们的活路。告诉你们,我已经把大量的病毒撒在大地上。我们离开后,这个星球上的人类就会全部死亡。我还埋下了几千颗核武器,它们会自动引爆,毁灭星球。你们想乘飞碟回去的路已堵死。我们占领了天帝星球,没有你们的容身之地。哈哈!"元首下令,"启程!"

这时十万架飞碟起飞,发动机声音像风暴席卷大地。元首头也不回,带着他的夫人和随员登上了飞碟。飞碟飞上辽远的太空,瞬时不见。与此同时,在导弹发射场,一万枚导弹喷着火焰扑向天空,顿时无影无踪。

看着元首走远,洪圣把手一挥,天空中一百架飞碟骤然而至。洪圣吩咐飞碟:"五十架飞碟用磁电感应器,寻找元首埋藏的核弹在什么地方,用最快的速度把引爆装置拆除;五十架飞碟把带来的消毒液和益生菌播撒出去,给这个星球彻底消毒灭菌。"

飞碟迅速朝四面八方飞去。

不大一会儿工夫,飞碟陆续回来,报告核弹危险已经解除,消毒液已经洒遍各地。

洪圣说:"好,我们也启程吧。"针对大家担心元首他们会提前到达天帝星球,洪圣说,"你们放心,我已经把信息发给了天帝。他们无法靠近天帝星球。这一次,天帝将使用绝杀手段,史无前例,你们等着看好戏吧。"

大家登上飞碟,洪圣命令飞碟绕着0639星球飞行了七八周,然后才掉转航向,飞行在回家的航途中。

不知不觉我们飞行了三十多年,行了一半路途。这天洪圣通知各飞碟说:"天帝作出指示,要我们偏离航道,向右飞行,得到指示后再回归航道。"

有人问为什么。洪圣说:"不用问,天帝要在魔鬼飞行的航道上采取行动了。"

飞碟偏离航道,向右飞行了十年之久。这天,洪圣紧急通知:"注意观察宇宙变化。"我们透过飞碟的玻璃窗向外看去,宇宙仍然一片漆黑,什么也看不见,只有遇到恒星时才能得到一丝光亮。我们只好静静地等待着意外情况发生。突然,眼前蓝光一闪,伴随着雷鸣般的声响,宇宙更黑暗了,耳朵中好像有飓风在呼啸,我们的飞碟闪动了几下。洪圣说:"快,看屏幕。"只见电视屏幕上黑浪翻滚,伴着一束束闪电似的光亮。不一会儿,在遥远的宇宙中间,逐渐形成了一个巨大的旋涡,把许多星球都卷了进去。洪圣说:"看哪,这就是黑洞,宇宙中吞噬一切的黑洞。0639星球的元首和他们的飞碟、火箭、导弹和战斗部队全部被吞进去了!"

我们激动得鼓掌欢呼。不一会儿,宇宙就像经过风暴后的海水一样,荡开几层海浪、几圈涟漪,又恢复了平静。

洪圣命令飞碟重归正确的航道,直飞向天帝星球。他兴奋地说:"大家看到了吧,天帝用他的魔杖轻轻一点,宇宙中就掀起巨浪,形成巨大的黑洞,一切都会葬身其中。0639星球的元首只知道他的武器厉害,但他不知道天帝更厉害,一切尽在天帝的掌控之中。这一次天帝把元首和他的军队全部划入魔鬼等级,他们的肉体和灵魂同时被消灭,永远不能再生。宇宙再也没有他们的位置了。"

52. 我和妻子意外重逢

消除了0639星球魔鬼的危险,我们顺利回到天帝星球。这次我们受到空前盛大的欢迎。从神仙台市中心广场到遥远的城市乡村,几亿人站在广场上、公园里和公路边,手持鲜花,挥舞七彩旗,向着天空欢呼。穿着小天使翅膀的儿童,像放飞的鸽群,在空中飞翔,遮天蔽日。我们一百多架飞碟在神仙台市上空盘旋三周,然后冉冉而下,落到神仙台市天帝中心广场。人群像潮水一样涌来。据我所知,天帝星球从来没有这么热烈隆重地迎接从外星球归来的使者。可见人们都知道我们此次出差的重要性,我们成了战胜敌人的凯旋英雄。

在天帝中心广场,天帝星球许多著名的科学家和知名人士围了一圈,他们受天帝的派遣,特地来迎接我们。洪圣博士自然是皎皎明月,我们也成了拱月之星。人群中,我一眼就看见蓝云博士。一百多年没见,她还是那样年轻美丽、风姿绰约。见到她我感到格外亲切。她上来与我拥抱,告诉我,神仙台山上已经有了我个人的纪念馆。这说明,我已经真正成为天帝星球的功臣了。这使我十分高兴,同时感谢天帝的关怀。

蓝云对我说,她给我找了一个女朋友。我表示感谢,说:"我刚刚回来,以后再说吧。"蓝云却说:"这个不是一般的女子,她和你是有渊源的,你一定会满意。"她手一指,"看,我已经把她带来了。"

这时从蓝云的身后站出来一个身材姣好、白璧无瑕、美貌绝伦的女子。似乎冥冥中有月老牵线,我对她一见钟情。我心想,这女子好面熟!

大概是玉妃吧？蓝云真鬼啊，把我的玉妃复制出来了。我笑着说："可不是机器人吧？"蓝云说："哪里，这可是真人啊！"我说："她这么漂亮，就是机器人我也接受。"

蓝云介绍说："女孩子名叫玉兰，今年十八岁。我们研究所的同事。"

听到"玉兰"这个名字，我很吃惊，这不是我妻子的名字吗？怎么这么巧？我说："好啊！我在0185星球的妻子也叫玉兰！"不料蓝云说："她就是你的前任妻子玉兰嘛！"我看着玉兰，想从她身上找出我妻子年轻时的影子，却一点也没有，我不由得摇了摇头。玉兰却调皮地说："我就是你的妻子玉兰呀。"

"怎么会？"我笑了说，"我妻子在天堂岛，她现在怕是到0185转世去了，怎么会到这里？"

玉兰说："我是转世去了，经过二世，在天帝星球再次转世，成为天帝星球的人了。"

"是吗？"我问，"你两次转世，怎么还能知道前世的事情？又怎么知道你曾是我的妻子呢？"

玉兰说："有档案可查嘛。不久前我到蓝云博士研究所工作，博士告诉我，她曾有一个男友，一百多年前到外星球出差，即将回来了。蓝云博士因为有了新男友，就想着把你介绍给我，问我同不同意。我说要看我们俩合不合适。于是我到档案馆查了你的档案，也顺便把我的档案查了查，结果发现，你是0185星球人，我也是0185星球人，我们前世的前世竟然是夫妻。我在0185的名字叫玉兰，我就把我的名字改成'玉兰'，就等着你回来团聚哩！"

"这真是隔世的情缘哪！"我感到意外惊喜和激动，"这是不是天帝有意安排，驱使你去查档案？如果不查档案，我们就是在一起，也不知道彼此曾是前世夫妻呢！"我把妻子抱在怀里，喜泪盈眶。

蓝云站在一边微笑地看着我们。我和玉兰特地走到蓝云面前，郑重地鞠躬表示感谢。蓝云说："你们前世感情太深,感动了天帝,得到天帝的帮助,这叫天作之合呢。"

就这样,我和我的妻子在天帝星球又走到了一起。

但是,此玉兰已非彼玉兰,她对我们在0185星球的生活一无所知。我们之间还显得十分陌生。毕竟玉兰已经将过去的生活彻底遗忘,前世的话题往往引不起她的共鸣。我只有一点一滴地帮助她回忆。

我向玉兰讲起我们在0185的生活。我们从小青梅竹马,长大后自由恋爱,结为夫妻,共同生养了一对儿女。讲到我们的家庭、我们的事业,甚至讲到我们老年时的生离死别,讲到伤心处,我的泪水湿透了她的手帕。玉兰安慰我,她既像一个当事人,又像一个局外人。

我向玉兰说了我去寻找奶奶的事情,说隔世之亲,要找回以前那种感情,却已经找不到了。本来我还想去找爷爷,但不想去打扰他了。至于父亲和母亲,我也不想去找了,祝他们生活快乐。虽然我这样说,但我对爷爷奶奶和父亲母亲那种血脉亲情还是割舍不了。在天帝星球,一家人是可以团聚的,但由于经历转世,已经没有当年那种浓浓亲情了,这使我很是失落和惆怅。

玉兰表示理解。她说:"现在我们已经在天帝星球走到了一起,这是喜事,应该高兴起来。我们要面对未来,迎接新的生活,不要沉湎于过去的感情泥沼。"

玉兰的话是对的。"没有共同的生活,就没有共同的情感。"我们虽然前世是夫妻,但现在她在我面前是个陌生人,我们还要互相了解,还要重新磨合。

与前世妻子重聚,我感到莫大的快慰。再则因为这次出差,我已成为天帝星球人类的名人,名人馆中我的个人纪念馆也已经建成。这对于我来说,是两件大喜事。

这天,我参加了我的纪念馆揭牌仪式。仪式由洪圣博士主持,各著名科学家都到场祝贺,其中有我尊敬的伍神博士、陆仙博士、蓝云博士,还有金宁博士。我的人生达到了巅峰。当举行宴会时,洪圣博士特地向大家介绍我和玉兰的前世姻缘,人们都啧啧称奇。

  我和妻子玉兰在一起生活十分幸福,我们有相同的爱好、相同的情趣。在天帝星球,我研究人类未来学,玉兰则研究人类与自然的关系,虽然研究方向不同,但多有相通的地方。玉兰已是一个知识渊博的女学者、女博士,我对她刮目相看。每当空闲的时候,我就告诉她我们前生的事情。经过我一次又一次的回忆、描述,玉兰才有所了解。我们重新建立起来的感情日深一日,我们的共同语言越来越多。

53. 带着遗憾身死故乡

我被飞碟带到天帝星球，没有经过死亡转世，对过去的事情记忆清晰，这是好事也是坏事。在我的心中，老是有一个放不下的心结。每当夜深人静，我看着满天星斗，总是想起远在一百八十五万光年的遥远的故乡。有时候我甚至想回故乡看看。

当这一愿望真的实现的时候，我反而感到凄惶、悲凉和无奈。这一天，洪圣博士邀我同游神仙台市志愿者灵园。志愿者灵园是人们旅游的地方，在此一方面可以凭吊贤哲，另一方面也可以游山玩水，放松心情。作为天帝星球的顶级科学家，洪圣博士日理万机，他今天邀我同游志愿者灵园，有什么考虑，我猜不透。我知道洪圣博士对我十分看重、信任，已经把我当作天帝星球重要的科学家，这种待遇在外星人培训学校的同学中是唯一的。洪圣博士是有什么重要的事情要跟我说吗？

我来到神仙台市志愿者灵园门口，洪圣博士早就等在那里，同他站在一起的还有蓝云博士。蓝云博士身为天帝星球重要的科学家，还兼任科学院的发言人。蓝云博士曾与洪圣博士做了六十年的夫妻，既有工作关系，又有私人关系。而我与蓝云博士也曾是夫妻，关系也很特殊。正因为如此，洪圣博士把蓝云博士和我邀到一块，形成了某种类似于亲情的氛围。

洪圣把我们带到0185号星球纪念园，我再一次瞻仰了伏羲与女娲塑像，想起0185那个生我养我的地方，我再一次瞻仰了地球人的先贤，回顾

53. 带着遗憾身死故乡　273

了他们到 0185 为人类做出的贡献和牺牲。我心潮澎湃,一种思乡之情和为家乡人民建功立业的思想在心中升腾。不用说,我已经知道洪圣博士的意思了。

我问洪圣博士:"是不是要我回去?"

洪圣说:"本来,你做那么多的工作,已经考虑不要你回去了,作为特殊情况,直接在天帝星球转世入籍。但是据 0185 传来的消息,你们的星球目前处在十分危险之中,第三次世界大战一触即发。天帝为了拯救 0185 人类于水火,决定派一个得力的人去,把人类从战争的边沿拉回来。所以决定还是由你去。"

我沉默了一刻,然后说:"我服从天帝的决定,尽我的能力而为。"

洪圣说:"0185 科学技术比较发达,人们生活有了一定的改善,但问题是,他们的科学发展走上了歧途,大量的资金、资源不是用于民生,而是用于战争,甚至用于对外星球的探索和侵略。土地、水体和空气污染严重,星球资源过度开发,千疮百孔。人们的欲望膨胀,永不满足。为了争夺资源,各个国家互相征伐,大量制造核武器、激光武器、化学武器、细菌武器、病毒武器等等,越来越快地走向自我毁灭。因为知道自己的星球已不适宜人类居住,他们也同样想着移民外星球。你知道天帝能允许他们去践踏别的星球吗?要是那样,人类就不是宇宙的守护者,而是宇宙的破坏者了。所以天帝说,不能让他们走向毁灭,必须拯救他们。"

我顿感责任重大,表示立刻启程赶回故园。

洪圣让我带上消毒水和益生菌,也带了能够实施斩首行动的机器人大黄蜂和相关药水。凡是能想到的措施,我都想了个遍。洪圣说:"把人类引向战争的,主要是专横、狂妄的暴君,而人们是渴望过和平生活的。这次你去之后,对这些暴君进行斩首行动,绝对不要手软。"

洪圣博士是个讲实话、做实事的人,他详细地给我分析了各方面的细节,提出了一系列具体方案,使我增加了完成使命的信心和决心。

出乎我的意料,天帝亲自接见了我。这说明天帝日理万机却见微知著,一切都在他的考虑之中,大到宇宙大事,小到每一个人、每一件小事。他那巨大的脑袋容量大得惊人。与天帝在一起,我由衷地感到自己的渺小。

天帝并没有说话,只是陪我吃了一顿便饭,洪圣博士和蓝云博士相陪。天帝态度和蔼亲切,甚至还亲自为我倒了一次酒。我感动得不知如何是好。

我面临的最困难的事情是和玉兰分别。这次分别将是百年的分别,到那个时候,由于各自际遇不同,很难再次见面和团聚。毕竟过了百年,各人的际遇和想法是否变化,谁也说不清楚。为此我们互相发誓,来世一定要找到对方,重新相聚,永远相守。我留下字据放在玉兰的身边保存,作为破镜重圆的见证。

我离开天帝星球的那天,为我送行的人特别多,除了洪圣博士、蓝云博士、伍神博士、陆仙博士、金宁博士外,还有很多科学家和各界名流,甚至与我短暂结合的白金也来送行。玉兰和我洒泪而别。送我的飞碟仍是启望机组。启望与我几百年没有见面,他还是那样年轻、精干,今天相见,十分亲切。启望仍然每六十年到0185一次,当然他不仅仅去一个星球,他负责巡视的星球有一百多个,带回的地球人活标本却只有我一个,所以他对我的印象特别深。他称我是一个幸运的外星人。

我离开天帝星球时心情非常复杂。因为偶然遇到飞碟,我幸运地被带到天帝星球,使我发现了我的视野之外的广阔世界,发现了存在于一百八十五万光年以外的天帝星球,并在天帝星球生活了几百年,参与了天帝星球的工作,知道了宇宙之大和人生之道。在天帝星球,我见到了去世的父母,遇到了结发妻子,见到了我们星球人类的始祖和先贤。在天帝星球,我有过几次婚姻,结交了许多朋友。我这一回去,一切都断了,因为我回到地球就会变老、死去,我的灵魂将进入转世的程序。到那个时候,一切都要重新开始。我既思念家乡,更留恋天帝星球。虽然我知道,作为天帝星球的知名科学家,我死之后二十年将直接在天帝星球转世,成为天帝星球的永久居民,但谁能知道,我去之后会遇到什么情况?

我在太空飞行了近二十年之后,回到我的故乡——0185号星球,在从空中下降的那一刻,我感到地球太小了,小得都容纳不下我的一颗心了。这是因为我懂得了什么叫遥远和广阔,什么叫天上和地下,什么叫长生和永恒,可笑的是地球人,为了一块小小的土地,为了眼前的蝇头小利,为了巴掌大的脸面,漠视几十年短暂的生命,争得你死我活,搅得天翻地覆,最后弄巧成拙,堕入黑暗的地狱,受苦受难,何苦来哉!此次回来,我要教导人民,互相帮助,和睦相处,平平安安地度过一生。不可妄自尊大,想入非非;不可恃强凌弱,专横跋扈;不可奢侈恣肆,暴殄天物。要泯灭邪恶的意念,放下战争的屠刀,建立起一个和平、民主、平等、公正、有序、幸福、繁盛的社会。对一意孤行不听我的劝告者,天帝授予我惩罚之权。我信心满满,决心为故乡人民做出我的贡献。

可是我回来晚了一步,地球人已堕入一场浩劫:可怕的核战争提前打响了,生物武器、细菌武器全部被投放到战场上,地球人所剩无几,仅有极少数人在苟延残喘,人类一下回到茹毛饮血的原始状态。空气、水、土壤全部污染,已不适宜人类生存。我的人生何处依凭?精神何处寄托?我只有一死了之,把我的躯体还给地球,灵魂远走高飞了。

我在临走的时候跟您说这些话。您可以写出来发表,也可以留在心里。我还带着一些益生菌和消毒水,已经撒到全球各地,希望能够消除地球上的毒气,改变水体和土壤中的污染,保护人类和各种生物,使地球恢复生机。我带来的秘密武器(机器人大黄蜂)已经派不上用场,随我下葬了。

作家先生,再见!

作家听到这里,立刻从梦中醒了,但耳边的声音十分清晰。于是他用树枝蘸着泥浆,把梦中听到的话陆陆续续记录在崖壁上。完成了这一切之后,作家步出山洞。此时正是深夜,看着天上的繁星,作家心绪浩茫,夜不能寐。他不知道哪一颗闪亮的星星是天帝星球。此刻他只觉得自己十分渺小,同时感觉身体很沉很沉……